굴뚝새는 어디로 갔을까

지은이 문흥술

1961년 경남 사천에서 태어나 부산에서 성장했으며 경희대 국문과를 졸업하고 서울대 대학원 국문과에서 석사와 박사 학위를 받았다. 1993년 『조선일보』 신춘문예 문학평론 부문에 「인간 주체의 와해와 새로운 글쓰기」로 당선되어 평론 활동을 시작, 『자멸과 회생의 소설문학』(1997), 『작가와 탈근대성』(1997), 『시원의 울림』(1998), 『모더니즘 문학과 욕망의 언어』(1999) 등의 평론집과 「이상 문학에 나타난 주체 분열과 반담론에 관한 연구」, 「1930년대 한국 모더니즘 소설에 나타난 언술 주체의 분열 양태 연구」 등의 논문을 펴냈다. 월간시지 『심상』 및 계간문예지 『문학정신』과 『무애』의 편집위원으로 활동중이다.

굴뚝새는 어디로 갔을까

2000년 10월 10일 1판 1쇄 발행 / 2001년 1월 10일 1판 2쇄 발행

지은이 문흥술 / 펴낸이 임은주
펴낸곳 도서출판 청동거울 / 출판등록 1998년 5월 14일 제13-532호
주소 (135-080)서울 강남구 역삼동 832-52 상봉빌딩 301호 / 전화 02)564-1091~2
팩스 02)569-9889 / 하이텔I.D. 청동 / 전자우편 cheong21@freechal.com

편집장 조태림 / 편집 문해경 / 표지디자인 우성남 / 영업관리 정덕호

값 7,000원

잘못된 책은 바꾸어 드립니다.

ISBN 89-88286-34-0

청동거울 신작소설

굴뚝새는 어디로 갔을까

문흥술 장편소설

청동거울

굴뚝새는 어디로 갔을까

차례

굴뚝새는 어디로 갔을까

핏빛 아우라지로

송천과 골지천이 합쳐지는 아우라지에 도착했을 때는 해가 뉘엿뉘엿 지고 있었다. 멀리 서쪽 산머리에 반쯤 걸린 해는 힘든 하루의 생을 마감하려는 듯, 자신의 온 존재를 불사르면서 붉은 기운을 사방으로 퍼뜨리고 있었다. 동쪽에 있는 마을 뒷산은 붉디붉은 노을보다 더 붉은 선홍빛을 발산하면서 눈이 부실 정도로 활활 불타오르고 있었다. 양쪽 산을 넓게 감싸고 있는 아우라지의 하늘은 땅에서 치솟은 붉은 기운들 때문인지 핏빛으로 물들어 있었다. 핏빛 가을 하늘은 그 빛을 다시 지상으로 흘려보내, 가을 들녘을 붉게 물들이고 있었다.

영호는 온통 붉은빛으로 물든 마을 풍경을 보는 순간, 아무래도 이번 일은 절대 알아서는 안 되는 것을 알게 될 것 같은 불길한 예감이 들었다. 시멘트로 포장된 마을 도로에 들어서서 천천히 차를 몰았다. 갑자기 샛노란 은행잎들이 차 앞 유리창으로 우수수 떨어졌다. 흠칫 놀라 주위를 훑어보니 도로에서 십여 미터 떨어진 오른편 공터에 수백 년은 된 듯한 우람한 은행나무가 얕은 대리석 담으로 둘러쌓여 있었다. 은행나무는 자신의 위용을 과시하려는 듯 굵은 가지를 도로가에까지 뻗치고 있었다.

마을 가게를 끼고 오른쪽으로 천천히 차를 몰자 좁은 비포장 도로가 나왔다. 가을걷이가 끝난 휑뎅그렁한 들판을 양쪽으로 끼고 약 5분 가량 차를 덜컹거리면서 몰았다.

"저깁니다. 저기가 바로 과수원입니다."

아까부터 졸리는 듯 연신 눈을 비비면서 앞자리에 앉아 길을 안내하던 최 계장이 팔을 창 밖으로 뻗어 손가락을 흔들면서 오른편 언덕을 가리켰다.

"저게 문제의 그 땅입니다. 정말 한 번도 와 본 적이 없습니까?"

"예. 처음입니다."

영호는 운전대를 잡고 상체를 오른쪽 앞으로 비스듬히 내밀어 과수원을 바라보았다. 앙상한 가지만 남은 사과나무와 배나무들이 야트막한 둔덕에 심겨져 있었다. 둔덕 조금 아래 빨간 기와지붕을 한 단아한 단층집이 있었고, 그 주위를 감나무와 밤나무 들이 둘러싸고 있었다.

"이상하다. 그러면 어째서 강 선생 형님 이름으로 땅 등기가 되어 있을까요? 정말 부친이나 형님에게서 땅 이야기를 한 번도 들어보지 못했습니까?"

"그렇습니다."

영호가 최 계장으로부터 전화를 받은 것은 어제 오전이었다. 영한 사전 기획건으로 국장과 심한 말다툼을 한 후 화를 삭이려고 막 담배에 불을 붙이려던 참이었다. 인터폰이 울렸고, "실장님 전화 왔습니다. 일 번입니다"라는 미혜의 음성이 들려 왔다. 영호는 수화기를 천천히 들었다.

"강영호입니다."

"안녕하십니까? 저는 정선 군청 지적과 최 계장이라고 합니다."

"예? 지적과요?"

영호는 지적과라는 단어가 무척 생소하게 들렸다. 지적과에서 출판사로, 그것도 강원도 정선에서 이곳 서울까지 전화를 할 까닭이 없었다.

"다름이 아니라, 혹시 강영철 씨를 아십니까?"

순간, 영호는 깜짝 놀라 손에 들고 있던 담배를 재떨이에 황급히 던지고 수화기를 귀에 바짝 갖다 댔다.

"제 형입니다만, 어떻게 아십니까?"

"이번에 저희 군청에서 토지대장을 전산화하다 보니, 강영철 씨 명의로 땅이 있는데……."

"예? 형 명의의 땅이라니요? 형 땅이 있단 말입니까?"

"모르셨군요. 그래서 그랬구나……. 그런데 말입니다, 강영철 씨께서 재작년에 돌아가셨더군요. 그렇죠?"

"아, 예, 그렇습니다만."

"그런데 명의가 돌아가신 분의 이름으로 그대로 있더군요. 그래서 수소문 끝에 강영호 씨가 동생 분이란 사실을 알고, 명의 이전을 하시라고 이렇게 불쑥 전화를 드렸습니다. 물론 강영철 씨 존속되시는 모친께서 상속을 해야 합니다만, 모친도 지금 연락이 되지 않으니, 강영호 씨께서라도 오셔서 사실 확인을 해주십시오. 그리고 빠른 시일내에 법원에 이전신고를 해야 합니다. 어떻습니까? 일간 한 번 내려오셔야 될 것 같습니다만……."

"잘못 알고 계시는 것 아닙니까? 저희 형님은 땅을 산 적이 없을 텐데요. 혹시 동명이인은 아닙니까?"

"틀림없습니다! 강영철 씨 주민등록번호 앞 네 자리가 5802이고, 강영호 씨가 6010이죠?"

영호는 죽은 형이 땅을 가지고 있었다는 사실에 너무나도 놀랐다. 오후 내내 그는 일이 손에 잡히지 않았다. 죽은 형이 언제 땅을 샀는지, 그것도 아무런 연고도 없는 강원도 정선에 왜 땅을 샀는지 도통 알 수가 없었다. 그는 오후 내내 점심도 거르고, 자신이 혹시라도 형의 땅에 대해 알고 있는 사실이 있는가 싶어 온갖 기억을 더듬었지만 전혀 떠오르는 것이 없었다.

하도 궁금해서 그는 여러 번 어머니에게 전화를 했지만 부재중이었다. 어머니의 전화는 그의 명의로 되어 있었다. 아까 최 계장이라는 사람이 어머니의 연락처를 찾지 못한 것은 그 때문일 것이다. 동생은 전화를 받았지만, 전혀 모른다는 것이었다. 집에 들어와서도 그는 어머니에게 전화를 계속 했지만 어머니는 전화를 받지 않았다. 밤늦게까지 궁금해 하던 그는 이혼한 형수는 혹시 알까 싶어, 형수가 준 명함을 찾아 책상 서랍을 샅샅이 뒤졌다. 겨우 명함을 찾아 전화를 했지만 역시 통화가 되지 않았다.

밤새 뒤척이던 그는, 새벽에 눈을 잠깐 붙인 다음, 아침 일찍 차를 몰고 정선을 향해 달려갔다. 토요일이라서 퇴근 전에 정선 군청에 도착할 예정으로 120킬로미터가 넘는 속도로 고속도로를 질주했다. 그런데 원주를 지나면서부터 도로가 정체되기 시작했다. 시간은 벌써 10시를 넘어서고 있었다. 느릿느릿 차를 몰고 둔내를 지날 즈음 핸드폰이 울렸다.

"저예요, 미혜예요. 왜 출근 안 해요? 지금 국장이 찾고 난리예요."

"난리? 그 인간 또 고함지르겠구먼. 급한 일이 있어서 지금 지방 출장 가는 중이라고 해. 오늘 갔다가 오늘 올라올 거야. 미혜가 알아서 해."

그는 국장이라는 단어를 듣자, 갑자기 짜증이 나기 시작했다. 다음 월요일 회의 때 국장이 또 일본책을 베끼자고 고집 피우면, 국장의 턱을 한 대 갈겨 버리고 출판사를 뛰쳐 나올 작정이었다.

그는 핸드폰 전원을 꺼버리려다가, 아무래도 정선 도착이 늦을 것 같아 어제 최 계장이 불러준 전화번호로 전화를 걸었다.

"저, 어제 통화한 강영호입니다. 지금 정선으로 가는 중인데, 차가 밀립니다. 퇴근이 몇 시입니까?"

최 계장은 반갑게 전화를 받으면서, 집이 군청 옆이니까 늦게 도착하면 자신의 핸드폰으로 전화를 하라고 했다. 그는 한시름을 놓은 뒤 다시 차를 몰기 시작했다.

오후 3시가 조금 지나 정선에 도착했다. 전화를 받은 최 계장은 군청 뒤 문화예술회관 옆 식당에 있다면서 그곳으로 오라는 것이었다. 최 계장은 혼자 수육을 놓고 소주를 마시고 있었다. 악수를 나누고 명함을 주고받고 자리에 앉았다.

"출판사에 계시는군요. 먼 길 오셨습니다. 먼저 한잔 하시죠."

"아닙니다. 차를 가지고 왔습니다. 그건 그렇고, 어떻게 된 겁니까?"

그는 궁금해서 견딜 수가 없어 거두절미하고 땅 문제를 성급히 물었다.

"오늘 오시면 일을 처리할 수 없는데……. 언제 가실 겁니까?"

"오늘요."

"어, 그럼 서류 확인을 언제 하죠? 빨리 해야 하는데."

약간 붉어진 얼굴로 최 계장은 다시 술잔을 권했고, 영호는 마지못해 한 잔을 받아 탁자 위에 놓았다.

"그런데, 정말 모르셨습니까? 거참, 이상하네. 처음에는 강기호 씨 명의로 되어 있다가 강영철 씨 명의로 이전되었던데, 강기호 씨가 부친 되시죠?"

영호는 강기호라는 아버지의 이름을 듣는 순간 눈이 휘둥그레졌다.

"예? 저의 아버지 명의라뇨? 그건 또 무슨 말씀입니까?"

영호는 소주잔을 급하게 입에 털어 넣었다. 최 계장이 또 술을 따랐다.

"예, 틀림없습니다. 부친께서……, 하, 이거 기억이 잘 안 나네. 나도 늙었어. 젠장! 그게 그러니까…… 아마 80년인가 언젠가 땅을 샀고, 그리고 몇 년 전에 형님 명의로 이전을 했습니다. 아니, 그런데, 그걸 정말 모르고 있었습니까?"

"몰랐습니다."

"모친은 살아 계시던데, 모친도 모르시나요?"

"통화를 못했습니다."

"그래요? 아마 모친께서도 모르실 겁니다. 아셨다면 명의를 그대로 두셨겠습니까? 거참, 정말 이상하네. 식구들이 아무도 모르다니……."

최 계장은 혼자 중얼거리면서 소주를 홀짝 마셨다. 영호는 어머니와 통화하지 못했다고 말한 것을 후회했다. 최 계장의 말에는 아버지와 형 명의의 땅을 가족들 그 누구도 모르고 있다는 사실에 대한 약간의 비아냥거림이 섞여 있었기 때문이었다. 조금 불쾌했지만, 지금 영호는 그것을 따질 처지가 아니었다.

"땅이 어디 있습니까?"

"여기서 한 30분 정도 거리에 있는 아우라지에 있습니다. 과수원이죠."

영호는 더 이상 궁금해서 견딜 수가 없었다. 그는 소설을 쓰기 위해 전국을 답사하면서 아우라지에 한 번 들른 적이 있었다. 그런데 그곳에 아버지와 형의 땅이, 그것도 자신이 모르는 땅이 있다니, 믿을 수가 없었다.

"저, 지금 당장 그 땅을 볼 수 있을까요?"

"지금요? 뭐, 그러죠. 토요일이라서 일도 없고 마누라도 친정 갔겠다, 바람이나 쐬고 오죠. 갑시다."

영호는 최 계장을 태우고 아우라지로 향했다.

"그 땅 경치 좋은 데 있습니다. 송천과 골지천이 합쳐지는 아우라지

나루터에서 걸어 20분 가량 거리에 있는데 값이 꽤 나갈 겁니다. 원래 강 선생 형수님이 명의를 이전해야 하는데, 이혼을 하셨더군요. 자식도 없고. 아, 오해하지 마세요. 저도 어떻게 된 건지를 몰라, 온 천지를 수소문하다가 도저히 방법이 없어 경찰에 협조문을 보냈죠. 그랬더니만, 형님은 돌아가셨고……. 뭐, 그렇게 알게 되었습니다. 아이구, 저 고생 많이 했습니다."

영호는 어서 빨리 과수원에 도착해야겠다는 마음으로 급하게 차를 몰았다.

"그런데, 그 땅에는 지금 누가 살고 있습니까?"

"아주머니 한 사람이 살고 있습니다. 이전에는 할머니가 있었는데, 아마 돌아가신 것 같아요. 혹시 강영철 씨 연고자가 사는가 싶어 한 달 전에 가봤죠. 그건 그렇고, 어제 드린 말씀인데, 형님 연고분이 아무도 없으니, 모친께서 명의 승계를 해야 합니다. 그런데 도통 모친되시는 분의 연락처를 알 길은 없고, 그래서 강 선생님께 전화를 드렸죠. 강 선생님 찾느라고 저 정말 고생했습니다. 나중에 한턱 내셔야 합니다."

최 계장은 술이 오르는지 얼굴이 벌그레한 채 이말 저말을 늘어놓았다. 영호는 몇 번 고개만 끄덕거릴 뿐 줄곧 아무 말도 하지 않았다. 도대체 무슨 일인지 종잡을 수 없었고, 그 땅에 사는 아줌마가 누구인지도 궁금해서 빠른 속도로 고갯길에서 앞지르기를 했다. 최 계장이 문 손잡이를 꽉 잡고 몸을 잔뜩 움츠렸다.

"아이구, 좀 천천히 갑시다. 뭐가 그리 급하세요."

2 이십 년간의 비밀

깨끗하게 비질된 과수원 마당에는 드문드문 낙엽이 흩어져 있었다. 집은 정남향의 기역자 구조였다. 현관 가까이 평상이 하나 놓여 있었고, 마당은 꽤 널찍했다. 과수원 입구 수돗가에는 빨갛게 익은 홍시 몇 개가 앙증스레 달린 제법 커다란 감나무 한 그루가 서 있었다. 아까 최 계장이 말한 아줌마인 듯한 여인이 자동차 소리를 들었는지 수돗가에 서 있었다. 키가 작고 마른 체격이었다.

"안녕하세요. 저번에 왔던 군청 최 계장입니다."

최 계장은 여인에게 꾸벅 인사를 했다. 여인도 수줍어하면서 가볍게 고개를 숙였다. 여인은 긴 머리를 동여매고 흰색 스웨터에 종아리까지 내려온 청록색 치마를 입고 있었다. 치마 아래로 보이는 하얀 양말과 하얀 운동화가 눈에 띄었다. 영호는 여인을 처음 보면서, 수더분하게 생긴 시골 아주머니일 것이라는 자신의 예상이 빗나간 것을 알았다. 고개를 숙이는 여인의 이마가 환했고, 그 아래로 콧등이 선명한 선을 이루고 있었다. 미소를 살짝 머금은 입술이 하얀 피부 때문인지 무척 붉어 보였다.

"인사드리세요. 이분은 서울에서 오셨는데, 강영철 씨 동생 되시는 분입니다. 명의 이전 때문에 오늘 오셨습니다."

두 손을 치마에 가지런히 모으고 서 있던 여인이 어깨를 움찔하더니 이내 표정을 가다듬고 인사를 했다.

"먼 길을 오셨습니다. 이리 들어오시지요."

여인은 영호와 최 계장을 거실로 안내했다. 거실은 넓고 깨끗했다. 여인의 집은 서울의 아파트에서 흔히 볼 수 있는 구조를 갖추고 있었다. 여인은 두 사람을 거실 중간에 있는 낮은 탁자로 안내하고 부엌으로 들어갔다. 영호는 거실을 훑어보았지만, 특징적인 것은 없었다. 텔레비전, 전화, 오디오, 장식장 등이 거실 벽면에 알맞게 배치되어 있었다. 다만, 거실 구석에 있는 어른 키만한 책장에 제법 책들이 꽉 들어차 있는 것이 인상적이었다. 탁자 위 화병에 노란 산국화 두 송이가 꽂혀 있는 것도 특이했다.

여인은 커피를 세 잔 가져왔다. 재떨이도 탁자 위에 놓았다. 여인은 조심스럽게 꿇어앉은 다음 치마를 다소곳이 펴서 발이 보이지 않도록 덮었다.

"처음 인사드리겠습니다. 저는 조은지라고 합니다."

"저는 강영호입니다."

"말씀 많이 들었습니다. 진작에 인사를 드려야 하는 건데 늦었습니다."

"저를 아십니까?"

"돌아가신 형님으로부터 말씀 많이 들었습니다."

여인은 고개를 약간 숙인 채 탁자를 보면서 영호의 묻는 말에 작은 목소리로 대답을 했다.

"저의 형님을 아세요?"

"예."

"어떻게 아십니까? 형을 본 적이 있습니까?"

여인은 대답을 않고 들고 있는 커피 잔을 만지작거렸다.

"혹시, 저의 아버지도 아시나요?"

"예."

"저의 아버지는 어떻게 아십니까? 아버지도 뵌 적이 있습니까?"

여인은 고개를 들어 영호를 바라보았다. 영호는 여인이 난감한 표정을 짓고 있다는 느낌을 받았다. 영호는 여인의 입을 쳐다보면서 대답을 기다렸다. 최 계장은 커피를 홀짝거리면서 두 사람을 번갈아 보고 있었다. 여인은 다시 고개를 숙이고 커피 잔을 만지작거렸다.

무엇인가를 골똘히 생각하던 여인이 짧은 한숨을 내쉬면서 고개를 들어 마당을 응시했다. 한참을 마당만 바라보던 여인이 자리에서 살그머니 일어나면서 말했다.

"여기까지 오셨는데, 식사를 드시지요. 잠깐만 기다리시면 됩니다."

여인은 마당을 보면서 작은 목소리로 말하고는 황급히 몸을 돌려 부엌 쪽으로 걸어갔다. 대답을 기다리던 영호가 여인의 갑작스런 행동에 깜짝 놀라 손을 내저으면서 잠깐만이라고 말했을 때, 여인의 모습은 이미 보이지 않았다.

"저녁 드시면서 천천히 물어보시죠. 아무래도 사연이 있는 것 같은데……. 거참, 모르겠네."

황당한 표정을 짓고 있는 영호에게 최 계장이 담배를 물면서 말했다.

"강 선생, 그러지 말고 술이나 한잔 더 합시다. 저기 술이 많은데, 좋죠? 한잔 하면서 물어보면 좋을 것 같은데, 어떻습니까? 쉽게 대답할 것 같지 않는데요. 아주머니! 저희들 술 한잔 해도 될까요?"

최 계장은 부엌을 향해 큰 소리로 말했고, 곧 이어 "그러세요"라는 대답이 들려왔다.

"아이구, 고맙습니다. 맛있는 술이 있습니까? 뭐, 농주 같은 거요?"
"잠시만 기다리세요. 곧 차려 나가겠습니다."
"허허, 강원도 인심이 이렇게 좋다니까. 날씨도 좋은데 저희들 평상에 가서 먹겠습니다."
큰 소리로 떠들던 최 계장은 마루를 성큼성큼 걸어 평상으로 나갔다.
"경치 좋다! 강 선생, 거기 있지 말고 이리로 와요."
생각에 잠겨 있던 영호도 홀로 거실에 앉아 있기가 뭣해서 평상으로 나갔다.
평상이 있는 곳은 높은 언덕이라서 그런지 아우라지의 모습이 한눈에 들어왔다. 언덕 아래 아우라지에는 어둠이 서서히 깔리고 있었다. 해는 서산으로 넘어가고 보이지 않았다. 날이 저물면서 아우라지는 마을과 들판의 경계를 구분할 수 없을 정도로 어둑어둑해졌다. 조금 전까지 온 산하를 핏빛으로 붉게 물들이던 하늘도 언제 그랬냐는 듯이 은회색 빛으로 변해 있었다.
"저기 보이는 오른쪽 물이 골지천이고 위쪽에서 내려오는 물이 송천입니다. 장관이죠?"
최 계장이 가리키는 곳을 보았다. T자 모양으로 합쳐져 흐르는 물은 어둠에 잠기기를 거부하듯 은빛을 반짝이고 있었다. 과수원 마당도 어스레해졌다. 때를 맞춰 현관 전등에 불이 들어왔다.
과수원 쪽 언덕에서 누군가가 내려오는 것이 보였다. 여인이 술상을 차려 왔다. 상 위에는 농주 한 주전자와 계란말이, 도토리묵, 감자전이 놓여 있었다.
"급하게 차리느라 변변치 못합니다. 많이 드십시오."
"웬, 별 말씀을. 이 정도면 진수성찬입니다. 잘 먹겠습니다."
술상을 본 최 계장은 함박 웃음을 지으면서 자리에서 일어나 고개를 연신 꾸벅거렸다. 그때 언덕에서 내려오던 남자가 삽을 들고 수돗가에 이르렀다. 집 뒤쪽으로 가려던 여인이 그 남자를 보고는 돌아서서 가만히 불렀다.

"전씨, 잠깐 이리 오세요."

남자는 수돗물에 손을 두세 번 비비고 나서 물기를 웃옷에 쓱 문지르고 뚜벅뚜벅 평상으로 걸어왔다. 키가 꽤 크고 건장한 몸매였다.

"인사드리세요. 이분이 이 과수원 주인이세요."

여인의 소개에 영호는 당황해 하면서 평상에서 내려와 엉거주춤 서서 악수를 했다.

"처음 뵙겠습니다. 강영호라 합니다."

"아이구, 반갑습미더. 전씨라 합미더. 앉으시지예. 이러면 제가 송구스럽습미더. 주인님."

"아니, 저, 제가 주인이 아니고."

손을 가로저으면서 난색을 표하는데, 최 계장이 큰 소리로 말을 잘랐다.

"아, 이제부터 주인이지요. 인사는 그만 나누고 이리 올라오시오. 저하고는 일전에 만났지요. 힘들 텐데 술이나 한잔 하시죠."

전씨는 극구 사양을 했지만, 거의 강제적인 듯싶은 최 계장의 권유에 마지못하여 자리를 같이했다. 여인은 술잔을 하나 더 가져다 주고는 다시 부엌으로 들어갔다.

얼떨결에 벌어진 술판에 영호는 난감했다. 무엇보다 은지라는 여인이 어떻게 아버지와 형을 알게 되었는지, 또 어떤 관계인지 도무지 궁금해서 견딜 수가 없었다. 어서 빨리 여인으로부터 속시원한 대답을 듣고 싶은데, 이제 어쩔 수 없이 술판이 끝나기를 기다릴 수밖에 없었다. 그렇다고 술을 먹기도 곤란했다. 오늘밤에 올라가야 내일 주호를 볼 수 있기 때문이었다.

아내와 별거를 시작한 이후, 일주일에 한 번 일요일마다 아들 주호를 만나기로 약속을 했다. 아침 10시에 아내 집 앞에 가면, 아내는 주호를 곱게 차려 입혀 아파트 현관으로 내보냈다. 물론 아내는 내려오지 않았다. 지난 주에 영호는 주호를 데리고 가을 단풍 구경삼아 어린이 대공원에 갈 작정이었지만, 주호가 감기에 걸려 연신 재채기를 해대는 바람에 집 근처에서 피자 한 판을 먹이고 들여보내야 했다.

이 년 전, 주호가 네 살 때 아내와 별거에 들어갔다. 그때만 하더라도 주호는 영호를 만나면 별거하기 전처럼 온갖 개구쟁이 짓을 했다. 그런 주호가 여섯 살이 되는 올해부터 영호를 만나도 떼를 쓰거나 응석을 부리지 않았다. 언젠가 한번은 그와 아내가 왜 같이 살지 않느냐 면서, 이혼이 뭐냐고 물었다. 아마도 유치원에서 또래 친구들로부터 뭔가 놀림을 당하는 눈치였다. 말수도 적어졌고 툭하면 울음을 터뜨렸다. 갈수록 말수가 줄어드는 주호를 보고 영호는 자신이 큰 죄를 짓고 있다는 자책감에 빠져야 했다. 그래도 주호를 일주일에 한 번이라도 보지 않으면 견디기 힘들 것 같아, 별거 후 여태까지 한 번도 약속을 어기지 않았다.

"강 선생, 무슨 생각을 그리 합니까? 한잔 드시지요."

"아, 예, 아닙니다. 전 오늘 올라가야 합니다. 상관 말고 드시지요."

"오늘 올라간다고요? 힘들 텐데, 쉬시고 내일 가시죠. 내일 일요일인데."

"아뇨, 내일 약속이 있어 꼭 올라가야 합니다."

"그러면, 좀 드시고 쉬었다가 올라가세요. 차도 밀릴 텐데."

최 계장은 잔을 들어 건배를 청했고, 영호도 어쩔 수 없이 건배를 한 후 한 모금을 마셨다.

아우라지의 밤은 칠흑같이 어두웠다. 늦가을의 밤 공기는 생각보다 소슬했다. 잠바를 입었건만 영호는 으스스한 기운이 들어 몸을 조금 움츠렸다.

전씨가 일어나 집 뒤쪽으로 가더니 장작 한 무더기를 가지고 왔다.

"좀 있으면 추울겁미더. 모닥불을 쪼금만 지피끼예"

"아닙니다. 저 조금 있다 가야 됩니다."

"어허! 강 선생! 왜 이러세요? 아, 여기까지 와서 어떻게 된 건지 알고 가셔야죠. 그리고 웬만하면 서류 확인도 하고 가셔야 되고. 오늘 올라가면 또 언제 오겠어요."

아들 주호 생각에 잠시 잊고 있던 땅 문제가 다시 영호의 생각을 사로잡았다. 영호는 어떻게 해야 할지 망설이다가, 오늘밤 여인과 땅 문제를 마무리지어야겠다고 작정했다. 최 계장의 말대로 또 내려오기도 힘들 것 같았고, 한숨 자고 내일 새벽에 일찍 출발하면 주호도 만날 수 있을 것 같았다.

"그러죠. 마무리를 짓고 올라가겠습니다. 자 한잔 드시죠."

영호는 최 계장과 건배를 하고 단숨에 술을 들이켰다. 아무래도 최 계장을 보내고 여인과 단 둘이 있어야 여인의 이야기를 들을 수 있을 것 같았다. 낮술에 얼큰히 취한 최 계장을 빨리 취하게 하여 먼저 돌려보낼 작정으로 술을 자꾸 권하기로 했다. 모닥불을 피운 전씨도 합석을 해서 술자리는 익어 갔다. 최 계장은 연신 술을 들이키며 군청 일이며 집안 이야기를 주절주절 늘어놓았다. 전씨는 말없이 최 계장의 이야기를 한귀로 흘려듣는 듯했다. 영호는 최 계장과 계속 대작을 했다.

매캐한 연기를 내던 장작에 불길이 일면서 평상 주위가 조금씩 훈훈해졌다. 모닥불 빛에 비친 최 계장의 얼굴은 벌겋게 달아올랐고, 혀도 조금 꼬부라졌다.

"아, 그놈이 말이요, 내가 자기 봉인 줄 아는가 봐. 피도 안 마른 놈이 과장이라고 이래라 저래라 시키는데, 꾹! 어이, 취하네, 꾹! 정말로 말이야, 응, 배알이 꼴려 때려치우든지 해야지. 아, 제 놈이 행정고시 붙으면 붙었지 말이야. 아, 나 없으면 어떻게 일 처리 할 거야, 씨팔,

꾹! 나도 오십이 내일 모렌데 말이야, 미꾸라지같이 생긴 놈이, 꾹!"

최 계장은 나이보다 훨씬 늙어 보였다. 조금 벗겨진 앞이마에는 개기름이 번들번들 했고, 올챙이 같은 배를 씰룩거리면서 연신 술잔을 들이켰다.

"강 선생 말이야, 자식새끼 있지? 꾹! 허, 참, 미치겠네. 왜 이렇게 취하지. 키워 봐야 말짱 헛것이야. 이놈이 이제 말을 안 들어. 공부는 안 하고 허구한 날 돌아다니는데 팰 수도 없고, 꾹! 대학교 시험이 내일 모렌데……."

한참 주절대던 최 계장은 몸을 비틀거리면서 일어나더니 집에 가야겠다고 했다. 영호와 전씨와 여인이 저녁을 먹고 가라고 했지만, 최 계장은 뒤돌아보지도 않고 비틀거리면서 걸어나갔다. 영호가 과수원 입구까지 따라가 차를 태워 주겠다고 하자, 최 계장은 풀어진 눈으로 걱정 말라면서 어둠에 잠긴 들길로 휘청휘청 사라졌다.

영호가 다시 평상에 앉으려 할 때, 여인이 저녁을 차려 오겠다고 했다.

"아니, 괜찮습니다. 배가 부르군요. 저도 빨리 올라가야 하니까 잠시 여기 앉으시죠."

그의 말에 여인은 잠시 망설이다가 평상 모서리 끝에 걸터앉았다. 전씨는 수돗가에서 삽을 씻고 세면을 한 후, 집 뒤로 사라졌다.

그는 담배를 한 대 피워 물고, 고개를 숙인 채 손가락을 꼼지락거리고 있는 여인을 찬찬히 살펴보았다. 모닥불 빛에 비친 여인은 아까 낮에 본 것보다 체격이 더 작아 보였다. 여인은 이곳 산골 여인답지 않게 어딘가 품위가 있어 보였다.

그는 자신도 영문을 모르는 상황이라 무엇부터 이야기를 꺼내야 할지 난감했다.

"저어, 이렇게 불쑥 찾아 뵙게 돼서 죄송합니다. 어떻게 된 까닭인지

속 시원히 말씀 좀 해주십시오."

여인이 고개를 들고 그를 보았다. 아니, 얼굴만 그를 향한 채 눈동자는 마당 저 너머의 어둠을 바라보고 있었다. 여인은 무엇인가 말을 하려는 듯 잠시 머릿속을 정리하는 것 같았다. 뭔가 많은 상념들이 스쳐지나가듯, 여인은 동그란 눈을 무심결에 깜작이면서 수시로 얼굴 표정을 바꿨다. 그는 여인의 순간순간 변하는 표정에서 어떤 안타까움과 서글픔과 애절함이 뒤섞여 있다는 느낌을 받았다. 그는 여인의 말을 기다리는 시간이 꽤 길다고 느꼈다.

답답한 마음에 술을 한 잔 따라 세 번에 걸쳐 비웠다. 그래도 여인은 말이 없었다. 기다리다 못해 여인에게 말을 건네려는 순간, 여인의 눈에서 한 줄기 눈물이 흘렀다. 눈물을 감추려는 듯, 여인은 두 손으로 얼굴을 가리더니 고개를 조금 숙이고 어깨를 미세하게 떨었다.

순간, 그는 당혹스러웠다. 여인의 눈물을 보고, 아버지와 형, 그리고 여인 사이에 말 못할 곡절이 분명히 있을 것이라는 생각을 했다. 그런 생각이 들수록 그는 여인에게 어떤 말을 먼저 꺼내야 할지를 몰랐다.

"들어가 쉬세요. 자리 깔아 놓았어요. 죄송하군요. 이런 모습을 보여서……."

한동안 울먹이던 여인은 고개를 돌려 손등으로 눈가를 훔치고 숨을 가다듬은 다음, 다시 고개를 숙인 채 나지막하게 말했다. 여인의 그 말에, 그는 아까 거실에서 황급히 부엌으로 들어가던 여인을 생각하고, 혹시라도 또 여인이 들어가면 어쩌나 하는 조바심이 나 급히 말을 이었다.

"아닙니다. 제가 죄송합니다……."

그는 황급히 두 손을 내저으면서 말했다. 다시 술을 급하게 따라 단숨에 벌컥벌컥 들이켰다. 그와 여인 사이에 잠시 침묵이 흘렀다.

"저, 제가 새벽에라도 올라가야 합니다. 이런 말씀 자꾸 드려 죄송합니다만, 저로서는 자초지종을 알아야 해결을 할 것 같아 여쭤 보는 겁니다. 제가 궁금한 것은 저의 아버지가 왜 아무 연고도 없는 여기에 땅을 샀고, 왜 형 이름으로 명의 이전을 했고, 또 왜 부인께서 여기에 계시는가 하는 겁니다. 어떻게 된 건지 자세히 말씀해 주시면 고맙겠습니다."

그는 여인이 또 사라질까봐 조심스럽게 말을 이어 갔다. 여인은 고개를 들어 밤하늘을 바라보더니 짧고도 깊은 한숨을 쉬었다. 여인은 이마로 흘러내린 머리카락을 두 손으로 쓸어 올릴 뿐 말이 없었다. 다시 한참동안 여인의 침묵을 지켜보던 그는 신경질적으로 술을 따라 벌컥벌컥 마셨다.

"말씀을 안 하시는 이유를 모르겠군요. 사실을 알아야 제가 어떤 결정을 내리지 않겠습니까? 저도 이 문제로 머리 복잡해지고 싶지 않습니다. 또 내일 꼭 올라가야 합니다. 그래서 오늘밤 모든 것을 알고 싶습니다. 사실 죄송합니다만, 이곳에 땅이 있다는 사실을 아버지와 형을 빼고는 우리 식구들 모두 금시초문입니다. 그러니 제가 얼마나 궁금하겠습니까? 무엇보다 왜 이 땅을 저의 어머니 명의로 해야 하는지 이유를 알고 싶습니다. 그런데 말씀을 안 하시니 답답하군요."

여인의 침묵은 완강했다. 농아처럼 입술도 떼지 않고 두 손을 가지런히 무릎에 놓은 채 마냥 어둠 속을 응시하고 있었다. 여인의 그런 모습을 보면서 그는 여인이 살아 있는 사람이 아닐지도 모른다는 착각이 잠시 들 정도였다.

급하게 술을 또 한 잔 마시고 담배를 물었다. 아무 말도 없이 망부석처럼 앉아 있는 여인을 바라보고, 시계를 보고, 담배를 피우고, 술을 계속 먹으면서 대답을 기다렸지만 여인은 입을 열지 않았다. 그는 안달이 나서 견딜 수가 없었다. 차츰 가슴 밑바닥에서 버럭 고함을 지르고 싶은 충동이 일어났다. 담배를 폐부 깊숙이 빨아들인 후 연기를 길게 뿜어내는 짓을 몇 번 반복했다. 울컥울컥 치밀어 오르는 감정을 겨우겨우 억제하고 말을 이었다.

"저의 어머니는 땅에 관심이 없는 사람입니다. 그래서 별 관계가 없으면, 그냥 이 상태로 내버려 두고 싶은 것이 저나 저의 어머니의 솔직한 심정입니다."

혹시, 여인이 땅에 대해 욕심이 있어 입을 다물고 있는 것은 아닐까 하는 생각이 들어 조심스럽게 말을 한 후, 여인의 표정을 살폈다. 여인은 여전히 미동도 않고 있었다.

평상에서 벌떡 일어나 들고 있던 담배를 마당에 홱 던져버리고 수돗가로 갔다. 술기운이 올랐는지 많이 어지러웠다. 수돗물을 세차게 틀고 푸푸 소리를 내면서 손으로 얼굴에 물을 끼얹었다. 손수건으로 얼굴을 닦아내자 정신이 조금 들었다. 여인을 보았다. 여인은 술상 근처로 와서 술잔에 술을 따른 후 한 모금을 홀짝 마셨다.

그는 어떻게 하든지 오늘 여인의 이야기를 들어야 한다는 생각에, 화를 삭이면서 여인의 맞은편 평상에 걸터앉았다.

"술이 참 맛있습니다. 집에서 담았습니까?"

그는 화를 참고 억지로 웃으면서 여인에게 말했다. 여인도 입가에 미소를 살짝 머금었다.

"예."

"그렇군요. 이런 술 처음 먹어봅니다. 서울에서는 매일 맥주 아니면 소주만 먹다가 오랜만에 참 좋은 술 마셔 봅니다."

"술이 다 됐는데 더 올릴까요?"

여인이 그를 빤히 쳐다보면서 말했다. 그도 여인의 얼굴을 보았다. 눈을 반짝이면서 그를 보던 여인이 얼굴을 살짝 붉히더니, 다시 아우라지 쪽으로 고개를 돌렸다.

"술 많이 마셨습니다. 조금 취하는군요. 그건 그렇고, 저의 아버지는 어떻게 아십니까?"

여인의 입가에서 다시 미소가 없어졌다.

그는 술을 다시 급하게 들이마셨다. 여인은 땅과 관련된 이야기는 일체 하지 않기로 작정을 한 모양이었다. 그의 얼굴이 시뻘겋게 달아올랐다. 취기도 올랐지만, 아까 겨우 참은 화가 다시 치밀어 올랐기 때문이었다. 생각 같아서는 왜 말을 않느냐고 고함을 지르고 싶었지만, 꾹 참고 더 이상 묻지 않기로 했다. 여인에게서 자초지종을 알아내기는 힘들 것 같았다. 시계가 9시를 지나고 있었다. 일단 서울로 올라간 뒤 기회를 봐서 시간을 넉넉히 잡고 내려와야겠다는 생각을 하고, 자리에서 일어났다.

"좋습니다. 말씀을 안 하시니 할 수 없군요. 그럼 다음에 찾아 뵙기로 하고 이만 가겠습니다. 안녕히 계십시오."

그는 과수원 입구에 세워 둔 차로 걸어갔다. 연거푸 들이킨 술에 취기가 오르는지 많이 어지러웠다.

"잠깐만요. 지금 어디로 가시게요?"

여인이 자리에서 벌떡 일어났다. 그는 비틀거리면서 몸을 뒤로 돌렸다.

"정선에 가서 눈 좀 붙이고 새벽에 올라갈 겁니다."

여인이 한 발 그의 앞으로 다가왔다.

"안 돼요. 그 몸으로 어떻게 험한 밤길을 가신다는 거예요. 여기서 주무시고 가세요."

"아뇨. 그럴 수 없습니다. 생판 모르는 집에 잘 수는 없습니다. 가겠습니다."

몸을 돌려 몇 걸음을 옮기자 여인이 종종 걸음으로 따라와 그의 팔을 붙잡았다.

"안 됩니다. 주무시고 가세요. 그러시다 사고라도 나면 어떻게 해요."

그는 여인의 손을 뿌리치고 버럭 고함을 질렀다.

"사고가 나든 댁하고 무슨 상관입니까? 내가 댁하고 인척이라도 되나요? 아니면 뭐나 되나요? 도대체 말을 않는 이유가 뭐예요?"

여인은 깜짝 놀라는 표정을 짓더니, 다시 고개를 숙이고 발 밑을 보았다.

"나 원 참, 도대체 영문을 모르겠네, 영문을 모르겠어."

그는 혼자말을 내뱉고 차 쪽으로 휘청휘청 걸어가 차 문을 열었다.

여인이 또 달려왔다.

"안 됩니다. 이렇게 가시면 안 됩니다. 여기서 쉬었다 가세요."

여인은 애원하듯, 두 눈에 눈물을 글썽이면서 그의 팔을 붙잡고 다급하게 말했다. 그는 여인의 손을 홱 풀고서는, 열었던 차 문을 세차게 닫았다. 여인의 완강한 침묵에 그렇지 않아도 답답해서 미칠 지경인데, 한술 더 떠 자꾸 그를 가지 못하게 하는 여인의 행동에 신경질이 날 대로 난 그는 다시 버럭 고함을 질렀다.

"도대체 왜 이러시는 겁니까? 제가 지금 벙어리하고 말하려고 여기까지 온 줄 아십니까? 그리고 제가 가든 말든 무슨 상관입니까? 왜 이렇게 사람을 피곤하게 만드는 겁니까?"

그는 화가 치밀 대로 치밀어 눈에 핏대를 세운 채 씩씩거리면서 여인을 노려보았다. 여인은 놀랐는지 어깨를 크게 한 번 움찔하더니 겁먹은 듯한 눈으로 그를 보다가, 갑자기 두 손으로 얼굴을 감싸고 등을 돌린 채 흐느꼈다. 그는 기가 막혔다. 여인의 행동을 도무지 이해할 수 없었다. 담배를 꺼내 물었다. 한참 만에 여인은 울음을 그쳤다.

"저도 말씀드리고 싶어요. 하지만 어디서부터 말씀을 드려야 할지를 모르겠어요……. 언젠가는 오실 줄 알았지만, 이렇게 불쑥 오실 줄은 몰랐어요. 아까 처음 뵙고 나서부터 어떻게 말씀을 드려야 할지를 생각했지만 정리가 되질 않아요……. 그래요, 20여 년이라는 길다면 긴 세월을 제가 무슨 재주로 말씀을 드리겠어요."

여인의 말에서 20여 년이라는 단어를 듣는 순간 그는 가슴이 철렁 내려앉았다. 20년이라니! 그렇다면 아버지와 형과 이 여인이 그토록 오랜 세월 동안 관계를 맺었단 말인가. 그런 사실을 어머니와 나, 동생이 모르고 있었단 말인가. 도대체 말이 안 되는 소리였다. 아버지와 형이 자신들을 그렇게 감쪽같이 속일 수 있단 말인가.

온몸에 힘이 쭉 빠졌다.

"충격받으실 줄 알았어요. 그래서 더욱 말씀 드리기 어려웠어요……. 많이 취하셨어요. 여기서 쉬었다 가세요. 아버님과 형님이 오시면 주무시던 방에 이부자리를 펴놨어요."

그는 허탈한 표정으로 힘없이 말했다.

"아버지와 형이 이곳에 와서 잤습니까. 그래요?"

"예…… 조금 쉬고 나시면 저도 정리가 되는 대로 말씀을 드리겠습니다. 들어가시죠."

여인이 그의 팔을 붙잡고 일으켰다. 그는 충격을 받아서인지 바늘로 찌르는 듯한 머리 통증을 느끼면서 땅바닥에 쓰러질 듯 비틀거렸다. 여인이 두 팔로 그를 황급히 부축했다. 그는 여인의 팔을 살며시 떼어 놓았다.

"걱정 마십시오. 조금 어지러울 뿐입니다. 좋습니다. 쉬었다 가겠습니다. 대신 말씀을 해주셔야 됩니다."

여인은 고개를 끄덕거리면서 눈짓으로 들어가라고 했다.

"아니, 술 있으면 좀더 주십시오. 마시고 자야겠습니다."

비틀거리면서 평상으로 걸어갔다. 여인이 술상을 다시 내왔다.

"들어가셔서 오른쪽 방에 자리를 마련해 놨습니다. 드시고 주무세요. 그럼 전 이만……."

영호는 술잔을 혼자서 급하게 비우기 시작했다. 아버지와 형에 대한 배신감이 치밀어 올랐다. 어떻게 20여 년을 어머니와 식구들을 속일 수 있단 말인가. 그리고 저 여인은 무엇인가. 온갖 생각으로 머릿속이 뒤죽박죽 되었다. 하늘을 쳐다보았다. 밤하늘에는 엷은 구름이 초승달을 스쳐가고 있었고, 무수한 별들이 반짝이고 있었다. 그는 이곳에 도착했을 때 보았던 붉은 노을을 떠올리면서, 다시 한 번 불길한 예감이 들었다.

굴뚝새의 노래

창문이 희끄무레하게 밝아오고 있었다. 굴뚝새 울음소리가 들려왔다. 굴뚝새는 여름에는 높은 산에 있다가 겨울이 되면 마을로 내려오는 새였다. 요 며칠 전부터 날씨가 차가워지자 굴뚝새가 과수원에 둥지를 틀고 아침마다 재재대는 것이었다. 은지는 새소리를 들으면서, 저 놈의 새가 오늘도 아침 일찍부터 일어나 다가올 겨우살이 준비를 부지런히 하는 모양이라고 생각했다. 몇 번 지저귀던 새가 먹이를 구하기 위해 어딘가로 날아갔는지 다시 창 밖이 조용해졌다. 이부자리에 모로 누워 베개에 팔을 괸 채 그녀는 창문을 쳐다보았다. 밤새 영호에게 어떤 이야기부터 시작할 것인지 생각을 해봤지만 정리가 되지 않았다.

지난 밤 영호는 술이 꽤 취한 것 같았다. 방에 들어온 그녀는 혹시나 그가 차를 몰고 가버리지 않을까 조바심을 내면서 바깥 동정에 온 신경을 곤두세웠다. 그는 좀처럼 거실로 들어오지 않았다. 그녀가 선잠이 들려고 할 즈음에 거실이 쿵쿵 울리더니 조금 뒤 방문이 쾅 닫히는 소리가 들렸다. 그가 방에 들어갔다는 것을 알고, 그녀는 살며시 문을 열고 나와 마당에 있는 모닥불을 끄고 주변을 대충 정리한 뒤 방 안으로 들어왔다.

어제, 그를 처음 보는 순간, 그녀는 가슴이 두근거려 시선을 어디에 두어야 할지를 몰랐다. 영철에게서 이야기를 많이 들었고 또 사진을 보았기 때문인지 영호를 처음 만나는 건데도 전혀 낯설지 않았다. 아니 영철이가 살아온 것이 아닌가 하는 착각이 들 정도로 친근감을 느꼈다. 반가운 마음에 그의 두 손이라도 부여잡고 싶었지만, 옆에 다른 사람이 있어 차마 그렇게 하지 못했다.

그녀는 부엌에서 커피를 끓이면서, 그에게 무엇으로 저녁식사를 대접할까 고민을 했다. 저녁 찬거리가 마땅치 않았기 때문이었다. 미리 전화라도 하고 왔으면 준비를 해놨을 텐데, 라고 생각을 하면서 거실로 갔다. 그런데 거실에서 그는 자신을 마치 죄인 다루듯이 대하는 것이었다. 처음, 그가 자신에게 형과 만난 적이 있느냐, 어떤 관계냐 등을 물어 볼 때에는 그녀에게 무엇인가 확인을 하는 것이라 생각해 간단히 대답을 했다.

그런데 그게 아니었다. 그는 정말 아무것도 모르는 것 같았다. 그럴 리가 없었다. 아저씨와 영철 씨와 자신과의 관계를 그가 전혀 모른다는 것은 있을 수 없는 일이었다. 그녀는 당혹스러웠다. 어떻게 이런 일이 벌어질 수 있는지 오히려 그녀가 되묻고 싶었다.

그가 계속 다그쳐 물을 때, 그녀는 속이 상했다. 지난 20여 년 동안의 일을 어떻게 하룻밤에 다 말할 수 있단 말인가. 가슴속에 맺힌 이 한 많은 사연을 어떻게 요약하듯이 말할 수 있단 말인가. 그런데도 자꾸 다그치는 영호가 밉기도 했고, 또 얄궂기도 했다.

대답을 하려 해도 무엇을 어떻게 말해야 할지 도대체 감이 잡히지 않았다. 대신, 그가 형사처럼 질문할 때마다 아저씨와 영철 씨와 지냈던 시간들이 새록새록 떠올랐다. 그 동안 애써 잊으려 했던 사랑하는 그 사람들에 대한 애절한 그리움이 되살아나면서, 결국 그 앞에서 눈물을 보이고 말았던 것이다.

그가 술에 취해 언성을 높일 때에는 정말 미웠다. 그렇지만 아무것도 모르는 영호로서는 그럴 수밖에 없다는 생각도 들었다. 그가 차를 몰고 떠난다 할 때, 그녀는 술 취한 그가 험한 밤길을 가다 변이라도 당할까 말렸던 것이다. 그러면서 그를 이대로 떠나 보낼 수 없다는 아쉬움이 컸던 것도 사실이었다. 그녀는 그가 여기에 며칠, 아니 하루라도 머물면서 자신과 자연스럽게 이야기를 나누는 과정에서 지난 일들을 알았으면 좋겠다는 생각을 했고, 그런 마음에 그녀는 쑥스러움을 무릅쓰고 그가 가지 못하도록 말린 것이었다.

그러나 무슨 일인지 모르지만, 어제 하는 투로 봐서 그는 아침에 떠날 것이 분명했다. 틀림없이 조금 뒤 일어나 자신을 찾을 것이라는 생각을 하면서, 경대 앞에 앉아 머리를 손질했다. 거울에 비친 자신의 모습을 보면서 긴 한숨을 내쉬었다. 세월은 속일 수 없는 것인지 눈가에는 주름살이 많이 잡혔고, 귀밑머리에도 드문드문 흰 머리카락이 보였다.

지난 세월이 주마등처럼 스쳐 갔다. 아저씨와 처음 만났던 순간, 영철이와 처음 만났던 순간들이 생생하게 떠올랐다. 영철이가 죽었다는 소식을 아저씨에게 들었을 때, 그녀는 근 한 달 동안 몸져누워 열병을 앓았다. 어머니는 그런 그녀 곁을 떠나지 않고 차가운 물수건을 그녀의 머리에 연신 적시면서 울먹거렸다. 사는 게 사는 것이 아니라고. 그러면서 어머니는 그녀의 앞날을 걱정했다. 네 마음속에 넣어 둔 아우라지의 모든 것을 떨어 버리라 했는데, 왜 이렇게 돌아왔냐고. 어머니는 신열에 들떠 누워 있는 그녀를 부둥켜안고 울부짖었다.

그런 어머니도 이제 저 세상으로 가 버렸다. 늘 입가에 웃음을 머금고 그녀의 눈을 그윽이 바라보던 영철이 생각이 났다. 한 줄기 눈물이 그녀의 볼로 흘러내렸다.

화장지로 눈물을 닦아내고 이부자리를 갰다. 문을 소리나지 않게 열고 화장실로 살금살금 들어가서 세면을 하고 다시 방으로 왔다. 영철이가 늘 멋있다고 칭찬하던, 쪽빛 물감을 들인 개량 한복으로 갈아 입었다. 간단히 머리를 묶고 얼굴에 로션을 발랐다. 얼굴이 가칠가칠 했다. 전날 잠을 제대로 못이룬 탓도 있겠지만, 뜨거운 여름 햇살과 따가운 가을 햇살을 쬐면서 그녀의 피부는 해마다 이때쯤이면 거칠해졌다.

크림을 바른 얼굴을 둥글게 마사지 하던 그녀는 경대 끝에 놓인 한 권의 책에 눈을 주었다. 손에 묻은 크림을 휴지로 닦아내고 책을 들어 펼쳐 보았다. 표지 안쪽에 영호의 흑백 사진이 있었다. 입가에 미소를 띠고 있는 그의 사진을 보고 그녀는 엷게 웃었다. 영철이가 박사과정에 들어가던 해 여름에 그가 이곳으로 와서 영호의 책을 건네면서 한 말이 생각났다.

"영호가 올 4월에 소설책을 냈어. 녀석 허구한 날 술 먹고 돌아다니면서 망나니짓만 하더니 언제 이렇게 소설을 썼는지. 한번 읽어 봐, 재미있어. 자기가 하던 개구쟁이 짓을 그대로 적어 놓았어."

영철이가 죽고 난 뒤 그녀는 영철이 생각이 날 때마다 영호의 책을 펼치고 영호의 사진을 보았다. 영호의 사진을 보면 마치 영철이를 보는 것 같았다. 그녀는 영호의 책을 읽고 또 읽으면서 영철이와 보냈던 시간을 곰곰이 되새기곤 하였다.

몸단장을 끝냈을 때 거실에서 무슨 소리가 들렸다. 영호가 일어났는가 싶어 문을 빠끔히 열고 거실을 훔쳐보았지만 아무도 없었다. 아직 자고 있는 모양이었다. 문을 다시 닫고 안도의 한숨을 폭 내쉬었다. 그러다가 화드득 놀랐다. 영호가 가지 않기를 바라는 자신의 마음을 누군가에게 들킨 것 같았기 때문이었다. 얼굴이 화끈 달아올랐다. 하지만 영호가 좀더 있어 주기를 바라는 마음은 간절했다. 서울에서 무슨 일이 있는지 모르지만, 오늘만이라도 같이 있으면서 이것저것 이야기를 나누고 싶었다. 그러다 보면 영호도 땅과 관련된 사연을 조금은 알게 될 것 같았다.

시간이 벌써 7시가 되어 가고 있었다. 그녀는 조금 불안해지기 시작했다. 저러다가 서울에 가지 못하는 것이 아닌가 하는 걱정이 들었다. 지금 일어나야 빠듯하게 오전 안으로 서울에 도착할 수 있을 텐데, 왜 일어나지 않는 것일까. 그녀는 경대 앞에 앉아 영호의 책을 보면서, 시계를 힐금힐금 곁눈질하였다.

7시가 넘었다. 문을 소리나지 않게 열고 거실을 조용조용 가로질러 영호가 잠든 문 앞에 섰다. 노크를 하려고 손을 문 가까이 가져갔다가 그만두었다. 영철이가 자고 있으면 일어나라 하겠지만, 처음 보는 영호에게 그럴 엄두가 나지 않았다.

발뒤꿈치를 들고 거실을 걸어나왔다. 마당에는 전씨가 일어나 비질을 하고 있었다. 아침 공기가 차가웠다.

"잘 주무셨습미꺼?"

"예. 전씨도 잘 잤어요? 일찍 일어났네요?"

"주인님은 아직도 주무십미꺼?"

"예, 일찍 서울로 가신다던데, 아직 주무시네요. 피곤하신 모양이에요. 조금 있으면 일어나시겠죠?"

그녀는 수돗가로 가서 물을 한 모금 마셨다. 아우라지 나루터에는 물안개가 짙게 피어올라 주변을 뿌옇게 휘감고 있었다. 그녀는 안개를 볼 때마다 자신이 저 안개 속에서 헤매고 있는 것은 아닐까라는 생각을 늘 하곤 했다. 그날이 있기 전만 하더라도 그녀는 그런 생각을 하지 않았다.

고향을 떠나던 그 해 봄, 그녀는 여고 3학년 생으로 대학 입학 시험을 준비하기 위해 새벽부터 일어나 학교로 가야만 했다. 마을에서 버스를 기다리노라면, 새벽안개가 자욱히 깔려 있었다. 봄꽃 냄새와 파릇한 풀 냄새가 뒤섞인 안개 냄새를 맡으면서, 그녀는 일 년 뒤 그녀가 대학에 다닐 때를 상상하면서 가슴을 설레였다.

그러나 악몽과도 같은 그날 이후, 고향을 떠나 이곳에 오면서부터는 더 이상 그런 희망어린 꿈을 꿀 수 없었다. 아우라지의 안개를 보면서 그녀는 자신의 인생이 안개 속에서 길을 잃고 정처 없이 떠돌고 있다는 생각을 하면서 몸서리를 치곤 했다. 영철이가 죽었다는 소식을 들었을 때, 어머니가 아니었다면 저 안개 낀 아우라지 강에 몸을 던졌을 것이다.

세월이 흘러 그런 아픈 상처도 이제 가슴속 깊은 곳에 앙금이 되어 가라앉아 있지만, 가끔씩 불쑥불쑥 솟아오르는 한 맺힌 기억들로 긴 한숨을 쉬곤 했다. 오늘 아침에도 그녀는 아픈 기억의 조각들을 떠올리면서 짧은 한숨을 푹 내쉬었다.

하늘은 환했지만, 해는 안개에 가려 보이지 않았다. 과수원 입구에 영호가 몰고 온 차가 이슬에 젖어 있었고, 그 옆에 담배꽁초 하나가 짓뭉개져 있었다. 어젯밤 그가 고함을 지르면서 던져 버린 것이었다. 꽁초를 집어들어 쓰레기통에 넣었다.

걸레를 빨아 평상을 훔친 뒤, 차를 닦았다. 축축하게 내려앉은 이슬방울을 닦아내자 시꺼먼 때가 걸레에 묻어 나왔다. 세숫대야에 물을 담아 와서 차를 꼼꼼히 닦았다. 차는 군데군데 긁힌 흔적이 있었다. 그녀는 자신도 모르게 웃음을 띄웠다. 영철이가 한 말이 생각났다. "성질 급한 사람은 차를 보면 알 수 있어. 차가 온통 상처투성이지., 영호 차가 그래."

차를 깨끗이 닦고 손을 씻은 뒤 평상에 앉아 잠시 숨을 가다듬었다. 힐끔 거실을 보니 8시가 가까워지고 있었다. 그녀는 불안해졌다. 그는 왜 일어나지 않는 것인지. 아직도 자는 것인지.

거실로 들어가 부엌문을 꼭 닫고 아침식사를 준비했다. 쌀을 안치고 반찬을 정성스레 장만한 뒤 시계를 보니 8시 30분을 넘어서고 있었다. 잠시 망설이던 그녀는 종종 걸음으로 마당 쪽으로 가서 전씨를 불러 귀에 대고 속삭였다.

"아무래도 안 되겠어요. 가서 깨워야겠어요. 전씨가 가서 깨워드리세요. 나는 부엌에서 밥 준비할 게요."

그녀는 부엌으로 들어가서 밥상에 반찬을 올리면서 거실 쪽에 귀를 기울였다. 전씨가 조심스럽게 노크하는 소리가 들렸다.

"주인님, 일어나시지예. 여덟 시 반입미더."

영호는 방문을 두드리는 소리를 잠결에서 희미하게 들었다. 눈을 게슴츠레 뜨자 환하게 밝은 창문이 보였다. 놀라 벌떡 일어났다. 벽에 걸린 시계를 보니 8시 30분이 지나고 있었다. 전화기를 찾았으나 방 안에 없었다. 문을 열고 거실로 나가려다, 자신이 속옷만 입고 있다는 것을 깨닫고 문 앞에 우뚝 멈춰 섰다. 머리가 빠개지는 듯하였다. 방 윗목에 있는 탁자 위에 재떨이와 물통과 컵이 있었다. 물을 따라 한 잔을 벌컥벌컥 마셨다. 담배를 한 대 물었다. 입이 소태 낀 것처럼 텁텁하였다. 담배를 재떨이에 비벼 끄고 잠바를 뒤져 핸드폰을 꺼냈다. 1번을 길게 누르자 조금 있다 신호음이 울렸다.

"나요. 주호는?"

"지금 자고 있어요."

"자? 왜?"

"많이 아파요."

"그럼……."

"그래요. 오늘은 아파서 안 되겠어요. 그래서 전화를 했는데 안 받더군요."

"지금 지방에 와 있어, 막 올라가려고 전화했는데……. 그래, 그럼 할 수 없지. 많이 아파?"

"모르겠어요. 그럼."

아내는 매몰차게 전화를 끊었다. 담배를 다시 피워 물었다. 주호가 어떤 상태인지 걱정이 되었다. 감기가 아직도 낫지 않은 것인지, 아니면 더 악화된 것인지. 아무런 설명 없이 전화를 끊어 버린 아내에게 잠시 화가 났다. 그러다가 자신이 아내에게 화를 낼 자격이 없다는 생각을 하면서, 매사 빈틈이 없는 아내가 어련히 알아서 아이를 돌보겠냐고 자위를 했다.

아내는 매사가 정확하고 깔끔했다. 가정에서의 일과 직장에서의 일을 아내는 철저히 구분했다. 한 번도 아내는 직장과 관련된 이야기를 하지 않았다. 늘 집에서는 주호와 영호와 관련된 일이나 그런 이야기만을 했다. 집 안은 먼지 한 톨 찾아보기 어려울 정도로 항상 깨끗했다. 주호를 유치원에 보낼 때도 그 누구보다도 깔끔한 옷을 입혀 보냈다. 결혼 생활은 정해진 규칙 그대로 시행되었다. 외식을 하는 날, 나들이를 하는 날, 잠자리를 같이 하는 날, 시댁에 가는 날, 형님댁과 만나는 날, 친정에 가는 날이 매달 달력에 메모되어 있었다. 한 번도 메모와의 약속을 어긴 적이 없었다.

그런 생각을 하자 조금 더 마음이 편안해졌다. 대신, 자신이 아직도 여기에 있다는 사실에 짜증이 나기 시작했다. 담배를 뻑뻑 피웠다. 은지라고 했던가, 도대체 알 수가 없는 여자였다. 말을 하면 될 텐데 왜 입을 다물고 있는지 이해가 되지 않았다. 어제 이야기를 했다면 오늘 자신이 여기 있을 까닭이 없었고, 아침에 이렇게 허둥대지도 않았을 것이다. 주호가 아프더라도 만나서 상태가 어떤지 알아 볼 수도 있을 것이다. 그런데 무슨 까닭에 그녀는 이야기를 하지 않는 것인지. 그는 담배를 신경질적으로 비벼 끄고 옷을 급하게 입었다. 오늘은 기필코 이야기를 듣고 이 짜증나는 곳을 빨리 떠나야겠다 생각했다.

문을 벌컥 열고 거실로 나왔다. 아무도 없었다. 여인이 일어났는가 싫어 건넌방을 보았지만 굳게 닫혀 있었다. 마당으로 나왔다. 아무도 없었다. 수돗가로 가서 얼굴을 씻고 얼굴에 묻은 물기를 손으로 털어낼 때, 전씨가 다가왔다.

"수건 여기 있습미더."

"고맙습니다. 잘 주무셨습니까?"

"예, 주인님도 잘 주무셨습미꺼."

얼굴을 닦고 전씨에게 수건을 건네자 전씨는 목례를 하고 집 뒤로 다시 사라졌다.

평상에 앉았다. 저 아래 아우라지에는 안개가 빠르게 걷히면서 파란 강물이 조금씩 모습을 드러내고 있었다. 산쪽에 걸려 있는 안개도 마치 바람에 휘날리듯 빠른 속도로 하늘로 흩어지고 있었다. 흩어지는 안개 무리 사이로 햇살이 엷게 비치고 있었다.

심호흡을 했다. 풀 냄새인지 나무 냄새인지, 아니면 안개 냄새인지, 새벽이슬처럼 신선한 냄새가 서울의 오염된 공기에 찌든 후각을 확 트이게 했다. 머리가 개운해졌다. 다시 심호흡을 몇 번 했다. 자동차가 보였다. 반질반질 윤기를 흘리고 있었다. 흙먼지가 덕지덕지 붙어 더러울 텐데 어찌 된 영문인지 몰라 가까이 다가갔다. 깨끗하게 닦여져 있었다. 어리둥절해 하면서 차를 둘러보고 있는데, 전씨가 긴 장화를 신고 삽을 든 채 둔덕으로 걸어가고 있었다. 급히 불렀다.

"잠깐만요."

소리를 들은 전씨가 황급히 달려와서 두 손을 사타구니 쪽에 모으고 눈을 멀뚱거리면서 공손히 섰다.

"다름이 아니라, 이게……."

그가 차를 가리키자 그때서야 전씨는 무슨 뜻인지 알겠다는 듯이 고개를 끄덕였다.

"아까 주인 아주머니가 닦았습미더."

전씨는 과수원 위에 치울 것이 있어 잠깐 올라갔다 오겠다면서 사라졌다. 다시 차를 보았다. 은지라는 여자가 차를 닦아? 차는 먼지 하나 없었다. 고개를 갸웃거리면서 다시 평상으로 왔다.

알 수가 없었다. 말은 않고 자신을 빤히 보다가 눈물을 흘리질 않나, 또 지난밤에는 자신의 팔을 붙잡고 한사코 못 가게 말리질 않나, 또 오늘 아침에는 차를 닦아 놓질 않나…….

그는 은지라는 여인이 도대체 어떤 사람인지 더욱 궁금해졌다. 그녀는 분명 20여 년이라 했다. 그는 그 긴 세월의 비밀을 오늘은 꼭 알아내고야 말겠다고 다짐을 했다.

"진지 드세요."

생각에 잠겨 있던 영호가 그 소리를 듣고 어딘가 싫어 고개를 두리번거렸다. 은지가 거실 앞마당에 서 있었다. 쪽빛 한복을 입은 그녀의 자태가 확 눈에 들어왔다. 자신을 빤히 보고 있는 그녀가 어제 본 사람이라는 생각이 들지 않았다. 바람에 날리는 낙엽처럼 작고 가냘픈 몸매로 서 있는 그녀는 애틋한 사연을 담은 전설 속의 신비로운 여인처럼 느껴졌고, 그녀가 입은 한복은 가을의 낙엽과 단풍을 몸에 걸친 것처럼 보였다.

자신을 뚫어져라 쳐다보는 영호의 눈빛에 은지는 몸둘 바를 몰랐다. 아직도 화가 풀린 것 같지 않아 조바심이 났다. 혹시 또, 버럭 고함을 지르면서 가겠다고 하면 어떻게 하나라는 생각이 들면서, 모아 쥔 두 손에 힘이 들어갔다. 지난밤에 자신이 무례를 범한 것 같아 얼굴이 확 달아올랐다. 가슴이 솜방망이질 쳤다.

"방금 뭐라고 하셨습니까?"

영호의 되물음에 그녀는 놀라 한 발 앞으로 다가서면서 떨리는 목소리로 말했다.

"진지 드시라고요."

"아, 예, 고맙습니다. 이렇게 폐를 끼쳐도 되는 건지 모르겠습니다."

자리에서 일어나 자신에게 다가오는 영호를 보고 은지는 비로소 긴장된 마음을 조금 놓을 수 있었다. 입에서 짧은 안도의 한숨이 새어 나왔다. 그 한숨에 깜짝 놀란 그녀는 황급히 몸을 돌려 집 뒤쪽으로 돌아갔다. 가슴이 다듬이질하듯이 콩닥거렸다.

영호는 집 뒤쪽으로 사라지는 그녀를 보면서 참 이상한 여자라는 생각이 들었다. 아까 그녀를 보았을 때, 자신이 이제껏 만난 여자들에게서는 볼 수 없던 어떤 신비로움 내지 고혹스러움을 느낄 수 있었다. 갈수록 그녀의 정체가 궁금했다.

거실에는 밥상이 차려져 있었다. 된장찌개가 밥상 한가운데 보글보글 끓고 있었다. 간밤에 식사를 걸러서인지 된장 냄새에 입맛이 확 돋았다. 된장찌개를 한 숟가락 떠 입에 넣었다. 뜨거운 것이 입천장에 닿았고 한 모금 삼키자 막힌 속이 확 뚫리는 것 같았다. 몇 숟가락을 뜨자 이마에 땀이 나면서 숙취가 가시는 것을 느낄 수 있었다. 김치와 나물들도 맛깔스러웠다. 양수리에 있을 때 어머니가 차려 준 밥상에서 맛보던 그 맛이었다. 땀을 뻘뻘 흘리면서 맛있게 밥을 먹던 그는 문득 혼자 밥을 먹고 있다는 것을 깨달았다. 그녀에게 인사도 없이 먹고 있는 자신이 염치없어 보였다. 숟가락을 놓고 부엌 쪽을 보았다. 문이 닫혀 있었다. 마당 쪽으로 보아도 그녀는 없었다. 혹시나 싶어 일어나 부엌문을 두드리자 문이 열렸다.

"저, 다름이 아니라, 저 혼자 밥을 먹는 것 같아서요. 식사는 하셨습니까?"

무슨 일인가 싶어 눈을 동그랗게 뜨고 긴장해 있던 은지는 그 말에 웃음이 나와 손으로 입을 가리고 말했다.

"저는 먹었습니다. 입맛에 맞으신지 모르겠습니다."

"너무 맛있습니다. 그럼……."

문을 닫고 은지는 소리 없이 웃었다. 예전에 영철이와 밥을 같이 먹을 때, 영철이가 한 말이 떠올랐다.

"밥 먹을 때 땀 흘리는 사람들 있지? 그 사람들은 무슨 일이든 집착이 강해. 한 번 마음먹은 일은 끝장을 봐야 하는 사람들이지. 그런 사람 만나면 조심해야 돼. 한 번 물면 절대로 놓지 않는 독종이지. 그런데 영호가 그래. 그 애는 우리 식구 모두 모여 밥을 먹으면, 저 혼자 웬 땀을 그리 흘리는지. 그래서 우리 어머니가 그러셨어. 영호가 제일 맛있게 먹는다고. 그러면 영호가 어떻게 하는 줄 알아. 땀을 비 오듯 흘리면서 후닥닥 한 그릇을 먹고, 밥그릇을 이렇게 바닥이 보이도록 한 뒤 어머니에게 이렇게 말 해. 엄마 밥 더 줘. 그러면 식구들 모두 한바탕 깔깔깔 웃지. 막내동생이 그런 영호에게 형은 돼지 같애, 라고 말하면, 영호가 뭐라 하는지 알아. 먹고 죽은 돼지는 맛있어, 하면서 또 먹는 거야. 나 원 참."

은지는 수증기를 내며 달그락거리는 밥솥 소리에 웃음을 그치고, 밥솥 뚜껑을 연 뒤 숭늉을 그릇에 담았다. 거실로 나가자 그는 밥뿐만 아니라 찌개와 나물까지 깨끗이 비운 뒤 손수건으로 얼굴의 땀을 닦고 있었다. 그가 엉거주춤 일어났다. 그녀는 재빠르게 숭늉 쟁반을 거실에 놓고 밥상을 들었다. 그가 자신이 밥상을 들겠다고 했지만, 그녀는 한사코 뿌리치고 자신이 부엌으로 들고 왔다. 다시 그녀는 거실로 나갔다.

"칫솔 새 것을 화장실에 갖다 놓았습니다. 그리고 양말은 방 안에 두었습니다."

영호는 그녀의 말에 비로소 자신이 이곳으로 올 때 아무것도 준비하지 않고 왔다는 것을 알았다. 하긴 어제, 일을 끝내고 바로 올라갈 생각으로 내려왔으니, 세면 도구니 옷 따위를 가져올 필요가 없었다. 그녀의 마음 씀씀이에 새삼 그녀가 새롭게 보였다.

4 미로 속으로

마당으로 나왔다. 안개는 완전히 걷혀 있었다. 영호는 평상에 걸터앉았다. 아우라지의 푸른 남색 강물은 밝은 가을 햇살을 받아 은비늘을 반짝이고 있었다. 어제 본 산은 붉은 단풍나무 외에도 진갈색의 후박나무와 샛노란 은행나무들이 서로를 껴안고 바람의 장단에 맞춰 출렁거리면서 반짝반짝 빛을 발하고 있었다. 마당가 은행잎들도 산들바람에 가볍게 흔들리면서, 마당에 하나둘씩 팔랑팔랑 떨어지고 있었다. 과수원에서 아우라지에 이르는 들판은 추수가 끝났지만 아직도 황금색을 엷게 띠고 있었다.

참 오랜만에 아름다운 가을 풍경을 본다는 생각이 들었다. 그 동안 출판사에 근무하면서 소설 쓰기를 거의 중단했고, 그러다 보니 서울을 떠나 본 적이 없었다. 규칙에 얽매이고 사무실에 있는 것을 그토록 싫어하던 자신이 어떻게 지난 십 년간 그것을 견디어냈는지 알 수가 없었다. 지금, 자신이 무르익을 대로 익은 아우라지의 농염한 가을 풍경 속에 있다는 것이 너무도 신선하면서도 편안하게 느껴졌다.

평상에 앉아 상체를 뒤로 비스듬히 젖힌 채 가을 풍경에 빠져 있던 그는 불현듯 자신이 지금 무엇 때문에 이곳에 와 있는가, 라는 생각이 들었다. 은지라는 여자, 아버지, 형, 그리고 땅 생각이 다시 들었다. 그는 자세를 바로잡고 생각했다. 지금 그녀를 불러 물어 볼까 하다가 고개를 가로저었다. 일단 마을을 한바퀴 돌면서 자기 스스로 무엇을 물어 봐야 할지를 정리할 필요가 있었다.

과수원을 나와 들길을 걸으면서 생각을 가다듬기 시작했다. 아버지와 형, 그리고 그녀가 어떤 관계인지를 말해 줄 수 있는 사람은 그녀뿐이었다. 아버지와 형은 이미 이 세상을 떠났다. 그녀만이 모든 비밀을 밝혀 줄 수 있는 존재였다. 그녀가 과연 모든 것을 말할까 하는 의구심이 들었다. 어제와 오늘, 이틀을 경험했지만 어딘가 평범한 여인은 아니었다. 나이로 봐서는 형이나 자신과 비슷한 또래인 것 같았다. 간밤에 그녀는 20여 년의 세월을 무슨 재주로 이야기하느냐고 했다. 그 말은 그녀와 아버지와 형 사이에 지난 긴 세월 동안 숱한 곡절이 있었다는 것이며, 그녀는 그 수많은 사연들을 하루 만에 정리해서 말할 수 없다는 뜻일 것이다.

하루 이틀 만에 쉽게 해결될 문제가 아니라는 예감이 들었다. 어쩌면 아버지와 형이 지난 세월 동안 깔아 놓은 엄청난 비밀의 덫에 영호 자신도 모르게 휘말려 든 것인지도 몰랐다. 처음 최 계장의 전화를 받고 이곳으로 올 때, 형이 이곳에 형수 몰래 딴 살림을 차린 것은 아닌가 하는 의심을 했다. 그러나 박사과정을 다니면서 형수가 벌어오는 돈으로 생계를 유지하던 형이 무슨 돈이 있어 이곳에 땅을 살 수 있었겠는가. 그런 의문은 이곳에 도착해서 최 계장을 만나면서 사라졌다. 대신 최 계장 입에서 아버지의 이름이 등장하면서 더 큰 의혹 속으로 빠져들었다. 혹시 아버지와 그녀, 혹은 아버지와 그녀의 어머니 사이에 모종의 함수관계가 있는 것은 아닌지. 그런데 그런 모든 의문에 형이 거

멀뭇처럼 자리잡고 있었다. 형이 그런 사실을 그와 식구들에게 알려주지 않을 리가 없었다. 그는 어디서부터 접근해야 문제가 풀릴지 갈피를 잡을 수 없었다.

아무리 생각해도 아버지가 그럴 사람은 아니었다. 자신이 어릴 적부터 아버지는 일밖에 몰랐다. 새벽에 일어나 일꾼들을 깨워 벽돌을 차에 싣는 일부터 시작해서 온종일 일만 했다. 벽돌 공장이 제법 호경기를 누리면서 어느 정도 여유가 있을 때에도 결코 돈을 함부로 쓰는 일이 없었다.

어느 해 여름, 그러니까 영호가 고등학교 1학년이 되던 해, 어머니가 에어컨 이야기를 꺼냈다. 지금도 고가이지만 당시에는 더욱더 고가에다 희귀품이었다. 어머니는 여름이면 더워서 문을 활짝 열어 놓아야 되는데, 모래와 시멘트 먼지가 하도 들어와서 걸레질을 아무리 해도 집안이 깨끗해지지 않는다는 것이었다. 그래서 낮에라도 에어컨을 틀어 놓고 문을 닫고 있으면 좋겠다는 제안을 했다. 며칠 뒤 아버지가 에어컨을 들여놓았다. 어머니는 함박웃음을 머금고 에어컨을 틀었는데, 시원하기는커녕 더운 바람이 솔솔 나왔다. 이상해서 에어컨을 자세히 보니 거의 고철이 다 된 중고였다. 어머니는 그날 저녁 식사시간에 온 가족이 모인 자리에서 아버지에게 도로 떼자고 말했다.

"당신이 원하던 건데, 왜 그래? 걸레질하면서 땀 흘리는 것보다 에어컨 틀어 놓고 땀 흘리는 게 더 낫지. 쯧쯧. 사람이 소견머리가 있어야지. 아니, 일꾼들은 땀을 비 오듯 흘리면서 일하는데, 우리만 에어컨 틀어 놓고 있으면 일꾼들이 뭐라 하겠어. 사람이 어려울 때를 생각해야지. 있다고 펑펑 쓰면 없을 때는 어떻게 할 거야?"

어머니는 머쓱해져서 아버지를 한 번 흘겨보고는 말없이 숟가락질만 했다.

어느덧 아우라지 나루터에 도착했다. 아우라지 나룻배에는 젓는 노가 없었다. 강 이편과 저편에 밧줄을 길게 묶어 놓고, 사공이 그 밧줄을 손으로 잡아당기면서 나룻배로 강을 왕래했다.

나루터의 강물은 과수원에서 볼 때와는 딴판이었다. 강물은 진녹색을 띠고 있었고 탁해 보였다. 강 표면에는 군데군데 수포가 일고 있었다. 아마도, 강바닥에 가라앉은 오염 물질이 쌓이면서 정화작용을 하는 미생물이 다 죽어 녹조현상이 발생하는 모양이었다. 그래도 골지천과 송천은 제 색깔을 띠고 있었다. 강물이 합쳐지는 나루터와는 완연히 다르게 두 개의 강물은 맑은 청록빛을 띠고 있었다. 그는 왜 나루터 쪽 강물만 탁한 색을 띠고 있는지 이상해서 주변을 살펴보았다.

그가 서 있는 강둑 아래를 보니, 곳곳에 담배꽁초들이 널브러져 있었고, 시꺼먼 비닐 봉지들이 바람에 날려 이리저리 뒹굴고 있었다. 그리고 보니 아까부터 어디선가 썩는 냄새 비슷한 악취가 났다. 주위를 두리번거리자, 강둑에서 십여 미터 떨어진 곳에 조그만 쓰레기 소각장 같은 것이 엉성한 블록 담으로 세워져 있었다. 보지 않아도, 그곳에는 각종 음식물뿐만 아니라 폐비닐 등이 수북이 쌓여 있을 것이고, 바닥에는 썩은 물이 흥건히 고여 있을 것이다. 강 건너 널찍한 공터에는 천막을 친 간이주점들이 있었고, 왼편으로는 이층식당이 있었다. 식당이 있는 강둑에 하수구멍이 보였고, 그 구멍으로 거품을 내는 폐수가 콸콸 쏟아지고 있었다.

영호는 눈살을 찌푸리면서 쓰레기 소각장에서 멀리 떨어진 강둑으로 자리를 옮기고, 그곳에 쪼그리고 앉았다. 아우라지를 병풍처럼 감싸고 있는 산은 울긋불긋한 나뭇잎들로 뒤덮인 채 본래 모습 그대로를 간직하고 있는 것 같았다.

담배를 피우려고 잠바 주머니에서 담배 갑을 꺼냈지만 담배가 하나도 없었다. 고개를 돌리자, 오른쪽으로 조금 떨어진 곳에 '담배'라는 작은 간판이 달린 가게가 하나 있었다. 가게 쪽으로 어슬렁어슬렁 걸어갔다. 가게 평상에는 노인 두 사람이 앉아 장기를 두고 있었다.

가게 안에는 수더분하게 생긴 아주머니가 가게 입구에 마련된 마루에 앉아 고구마 껍질을 벗기고 있었다. 그가 문을 드르륵 열고 들어가도 아주머니는 고개를 숙인 채 껍질 벗기기에 여념이 없었다. 팔팔 라이트 담배를 하나 달라고 하자, 그때서야 그녀는 고개를 들고 그를 힐끔 보더니 옆에 있는 담배 함에서 담배를 꺼내 주었다. 천 원을 주자 돈을 받던 그녀가 손에 돈을 쥐고 그를 유심히 바라보았다. 그러면서 고개를 갸웃거렸다.

그는 담배를 받고 나오려다 이상한 생각이 들어 그녀에게 물었다.

"아주머니 왜 그러세요. 저를 본 적이 있나요?"

"글쎄, 내가 사람을 잘못 봤나. 긴가민가 하네."

"뭐가요?"

"혹시 어디서 왔수?"

"서울에서요."

그녀는 다시 한 번 그를 빤히 쳐다보았다.

"거참, 이상하네. 과수원에서 오지 않았소?"

"예, 과수원에서 왔는데요. 저를 아시겠어요?"

"아니, 안다기보다는, 여기 전에 자주 오던 사람하고 닮았네."

"저하고 닮은 사람이 과수원에 살았나요?"

"글쎄, 닮은 것 같기도 하고 아닌 것 같기도 하고……. 하여튼 비슷하게 생긴 사람이 여기 있었지."

그녀의 말이 끝나자마자 밖에서 장기를 두던 노인 두 사람 중 한 노인이 말참견을 했다. 머리가 하얗게 세었지만 호리호리한 눈매를 가진 이였다.

"닮았는데, 그 사람은 아니야."

그는 재빨리 가게 밖으로 나가 평상에 조심스럽게 앉았다.

"인사드리겠습니다, 할아버지. 그런데 저를 닮은 사람을 잘 아시나요?"

노인은 슬쩍 영호를 한 번 보더니 다시 장기에 몰두하였다.

"잘 알지는 못해. 그 사람 가끔씩 이 동네 왔으니까."

맞은편에 있던 머리가 벗겨진 노인이 방금 노인의 말을 이어받았다.

"우리 동네 이장이야. 동네 일은 훤하지. 그런데 젊은이는 뭐 하는 사람이야?"

"아, 예, 과수원에 볼일이 있어 서울에서 잠깐 내려왔습니다."

"과수원에 볼일? 그럼 과수원댁하고 친척인가? 친척이 없는 걸로 알고 있는데……."

"이 사람도. 이 양반은 전에 자주 오던 그 사람하고 닮았는데, 무슨 과수원댁하고 친척이야, 관계가 있다면 전에 자주 오던 사람하고 무슨 사연이 있겠지. 그렇게 눈썰미가 없어서야, 원. 자, 정가야, 포장 받아."

"아이쿠, 말하다 보니 정신이 없네. 이거 외통수 아냐?"

영호는 지금 노인들이 자신을 닮았다고 말하는 사람이 형이라는 것을 직감했다. 입술이 마르기 시작했다. 이 노인들로부터 땅과 관련된 의혹을 풀 수 있는 작은 단서라도 얻을 수 있을 것 같았다. 장기에 다시 몰두하려는 두 노인에게 계속 이야기를 시켜야 했다. 그런데 두 노인은 계속 장기만 둘 뿐, 더 이상 이야기를 하지 않았다.

이 동네 사람들은 말을 안 하는 것이 습관인가 하는 생각이 들었다. 그가 노인들 옆에 앉아 엉덩이를 들썩거리면서 인기척을 내도, 노인들은 그는 안중에도 없는 듯 전혀 관심을 두지 않았다. 어떻게 하든 노인들에게 이야기를 시켜야겠다는 생각에 조바심이 났다. 하지만 노인들은 서로 삿대질을 하기도 하고 웃기도 하면서 장기에 몰두했다.

어쩔 수 없이 노인들의 장기가 끝나기를 기다릴 수밖에 없었다. 시계를 보니 11시가 넘어서고 있었다. 오늘 안으로 일을 마무리짓고 서울로 가지 않으면 안 되었다. 내일 출판사에서 영한 사전 건과 관련된 중요한 회의가 있기도 하지만, 이곳에 오래 머물수록 점점 알 수 없는 미궁으로 빠져들어 갈 것 같았다. 여기서 노인들의 이야기를 듣고 어떤 단서라도 잡아내지 않으면, 아마 오늘도 그녀와의 대화는 침묵으로 일관할 것 같았다.

한참 뒤에야 노인들의 장기가 끝났다. 술내기를 한 모양이었다. 이장이라는 노인이 투덜대면서 일어났다. 그가 재빨리 이장에게 다가갔다.

"어, 젊은이, 아직도 여기 있었나. 왜? 내게 무슨 볼일이 있어?"

"아닙니다, 할아버지. 그냥 심심해서요. 그런데 어딜 가십니까?"

"응, 강 건너 술 마시러. 근데 왜?"

"제가 같이 가도 될까요. 어르신네들께 약주 한잔 대접해 드리려고요."

이장의 눈이 빤짝이더니 정가라는 노인을 뒤돌아보면서 눈짓을 했다.

"거 좋지! 젊은이가 산다면야. 그럼 이장은 다음에 사."

"뭐야! 아, 나 대신 이 친구가 사는 건데 왜 내가 다음에 사?"

이장이 버럭 역정을 냈고, 정노인은 낄낄거리고 웃으면서 나루터로 내려갔다. 영호도 두 노인들과 나룻배를 타고 강을 건넜다. 강물에도 썩는 냄새가 났다. 영호는 상을 찌푸렸지만, 노인들과 사공은 아무렇지도 않은 모양이었다.

간이 텐트 주막에는 어딜 가도 흔하디흔한 안주와 술뿐이었다. 어제 저녁, 과수원에서 농주를 먹은 그는 새삼 그 술이 맛있다는 생각을 했다. 노인들은 술만 마시겠다 했지만, 그는 동동주에 감자파전을 안주로 시켰다.

"할아버지, 이곳도 많이 변했어요."

"그렇지, 얼마 전만 해도 조용했는데, 여기서 정선아라리도 부르고 그랬지. 산 좋고 물 맑고 경치 좋기로는 여기가 최고였지. 저쪽 다리가 생기기 전만 해도 이 나루터는 사람들로 북적거렸지. 아까 그 아줌마 가게가 장사 잘 될 때가 그때지. 그런데 지금은 완전히 돛대기 시장이야. 오늘 일요일이지? 조금 있어 봐. 관광버스가 우르르 몰려오면 술 취한 년놈들 천지야. 이건 원 춤바람 난 놈들만 오는 건지, 음악을 크게 틀어 놓고 미친 듯이 흔들지 않나, 술에 취해 온갖 추태를 보이지 않나. 빌어먹을 놈들. 휴, 옛날이 좋았지, 좋았어. 그때가 언제야? 참 세월 빠르다."

이장의 한숨에는 이 동네에 오래 살은 사람이 지니는 고향 산천에 대한 진한 애착과 그 파괴에 대한 분노 같은 것이 배어 있었다. 아까, 노인들이 그에게 무관심한 것도 어쩌면 이곳을 오염시키는 낯선 사람들에 대한 적의 내지 경계심이 그들 속에 은연중 내재해 있었기 때문인지도 몰랐다.

그가 소설가로 등단하기 바로 직전에 이곳에 혼자 여행을 온 적이 있었다. 그때만 하더라도 저 다리는 없었고, 아우라지는 이장 말대로 때묻지 않은 자연의 신비로움을 그대로 간직하고 있었다. 그의 고향도 북한강과 남한강이 합쳐지는 곳인 양수리인데, 그곳은 이미 오래 전에 팔당댐이 들어서면서 유흥지로 변해 버렸다. 그의 첫 소설집에 실린 작품들은 그의 고향에서 벌어지는 이야기를 주로 다루고 있는데, 작품들의 배경인 양수리는 실제 양수리라기보다는 그가 전국의 오지를 돌아다니면서 취재한 것들을 뒤섞어 놓은 것이었다. 아우라지도 그 중 하나였다.

그 아우라지도 지금 무분별한 개발과 몰상식한 유흥객들로 인해 몸살을 앓고 있었다. 저쪽 강 건너에서 본 것보다 이곳은 불결하기 짝이 없었다. 널찍한 공터 끝에 텐트로 지어진 간이 주점이 대여섯 개 설치되어 있었는데, 주점마다 놓여진 의자와 탁자들이 모두 무수한 자갈들이 깔린 강변과의 경계에 자리잡고 있었다. 영호 일행이 자리한 주점은 그 중 나루터에 제일 가까이 있는데, 탁자 끝에 깔려 있는 자갈들은 마구 버린 술 찌꺼기에 절었는지 누렇게 변색되어 있었고, 담배꽁초 역시 함부로 버려져 있었다. 머지않아 이곳에도 양수리처럼 빠른 속도로 각종 식당이 들어서고 러브호텔이니 카페들이 들어설 것이다.

영호가 국장과 첫 다툼을 벌이면서 발간한 책 중에 과학에 관한 에세이가 있었다. 그 책에 따르면 21세기에는 세계 삼대 종교가 사라진다는 것이었다. 새로운 세기에는 과학이 발전에 발전을 거듭하여 유전자 복제가 일상화되면서, 인간의 생명은 무한하게 된다. 인간은 자신의 세포를 복제하여 자신과 똑같은 분신을 만들 수 있다. 그러기에 질병이나 노화로 인한 죽음은 사라지게 된다. 기독교, 불교, 이슬람교로 대표되는 세계 3대 종교가 인간의 사후에 대한 영생에 뿌리를 박고 있는데, 이제 사람들은 죽지 않기 때문에 그런 종교를 믿지 않게 될 것이다. 대충 그런 내용이었다.

그 책은 새로운 세기에 있어서 과학의 발전을 찬양한 것이 아니라, 과학 맹신주의와 인간중심주의가 초래할 인류의 파멸을 예언하고 있었다. 인간이 계속해서 과학의 힘을 빌려 자연을 비롯한 생태계를 오염시키고 파괴할 때, 결국 인간은 영원히 보금자리를 잃고 정처 없이 떠돌다 사멸할 것이라는 내용에 영호는 깊은 공감을 하고 있었다. 국장과 큰 다툼을 벌이면서 발간한 그 책은 1쇄도 팔리지 못하고 창고 속에 처박혀 있었다.

"그런데, 젊은이는 우리들한테 무슨 할 말이 있는가?"

생각에 잠겨 있던 그가 이장의 말에 정신을 퍼뜩 차리고 자세를 고쳐 앉았다.

"아닙니다. 특별히 할 말은 없습니다. 그저, 아까 제가 누구를 닮았다고 말씀하시기에 궁금해서……."

"그랬지. 무척이나 닮았어. 그 사람하고 형제인 것 같은데?"

"글쎄요. 저는 금시 초문입니다."

그는 시치미를 뚝 떼고 있었다.

"그 사람 자주 오더니 요즘은 통 보이질 않네."

"그 사람이 마지막으로 온 게 언제입니까?"

"그게, 그러니까…… 음, 잘 기억이 안 나네. 정가야, 언제지?"

"나도 가물가물하네, 보자…… 맞다! 아엠픈가 뭔가 할 때 아냐?"

"그래, 맞아! 그때가 마지막이었지. 아엠프가 아니고 아이엠에프지, 무식하긴. 그 겨울에 꽤 오래 여기 있었던 것 같은데. 매일 얼어붙은 강가에서 구멍 낚시를 했지. 그래, 맞아. 과수원댁도 늘 옆에 앉아 있었지."

"옆에 앉아만 있었나? 매일 아침 저 언덕에 같이 올라가고 들판을 거닐고 하던데, 뭐."

"그런데 그때 그 사람 좀 이상했지. 혼자 뭐라고 중얼거리고. 그러면 과수원댁이 털모자를 고쳐 씌워 주고 어깨를 감싸고 다독거리면서 같이 걸어갔지."

"과수원댁이 그 사람을 좋아했던 것 같은데, 그렇지?"

"그걸 모르겠어. 좋아한 건지. 내 보기에는 형제 같아 보이던데?"

"하긴, 그럴 수도 있겠네."

정 노인이 말을 끊자, 이장이 그를 쳐다보면서 요모조모를 훑어보았다.

"그런데 젊은이는 정말 그 사람하고 인연이 전혀 없어?"

형과 은지가 형제 같았다는 말에 충격을 받은 그는 이장의 날카로운 눈매를 애써 무시하고 태연하게 웃었다.

"정말입니다. 저도 궁금해요. 저랑 닮은 사람이 있다니, 묘하네요."

두 노인은 고개를 다시 갸웃거렸다.

"그런데, 아무 관계가 없다면서 과수원에는 왜 왔어?"

이장의 허를 찌르는 질문에 그는 움찔하였다. 막걸리를 한 모금 마셨다.

"그건…… 이런 말씀 드리면 싫어하실 것 같아 망설였는데…… 그러니까 제가 과수원을 사서 이곳으로 이사를 오려고요."

"과수원을 사?"

영호는 자신이 천연덕스럽게 거짓말을 하고 있는 것에 스스로도 놀랐다. 살아오면서 남을 속인 적이 거의 없었다. 싫으면 싫고 좋으면 좋은 것이 항상 분명했다. 사람들이 자신을 어려워하는 것도 그 때문이라는 것을 그도 잘 알고 있었다.

"예, 그래서 과수원이 어떤지 보려고 어제 왔습니다."

"그랬구나. 어제 웬 차가 들어가더니. 그 차였구나."

그때서야 두 노인은 영호에 대한 경계를 완전히 풀고 자유롭고 거침없이 이야기를 나누었다.

"과수원 땅이야 이곳에서 제일이지. 그게 지금 누구 명의로 되어 있지? 예전에 그분 명의로 아직도 되어 있나?"

"그렇겠지. 그때 광주댁이 지금의 과수원댁하고 같이 왔으니까."

"그리고 보니, 그분도 요즘 도통 안 보이네. 안 온 지 이삼 년 된 것 같은데."

"그분이라는 사람이 누구예요?"

"우리도 잘 몰라. 그냥 오래 전에 저 과수원을 산 사람이야. 이전 과수원 주인이 내 친군데, 자식새끼들 대학 공부시킨다고 과수원을 팔고 서울로 갔지. 그때 그 땅을 산 사람이야. "

"그분을 기억하시나요?"

"기억 나지. 그분, 나보다 몇 살 위일걸. 땅을 계약하고 내 친구랑 술자리를 같이 했지. 그런데 그분 전혀 술 담배를 하지 않더구먼. 참 점잖고 품위 있게 생겼던데."

"그때가 대충 언제예요?"
"그게 오래 돼서 잘 모르겠는데, 그러니까…… 젊은이 몇 살이지?"
"저 올해 서른여덟입니다."
"그래? 얼굴보다 나이가 들었네. 그러면 한 20년 전일 거야. 내 친구가 서울 갈 때 그 친구 큰아들놈이 대학교 들어갔으니까."
아버지였다. 이 노인들이 이야기하는 분이 아버지임에 틀림없었다. 아버지는 당뇨 때문에 술 담배를 전혀 하지 않았다. 어제 은지가 말한 20년이라는 세월이 그것이었구나. 설마 아버지가 그랬겠냐 하면서 스스로를 달래 오던 그도 노인들의 말을 듣고, 그 동안의 혹시나 하는 의심이 거의 사실로 밝혀지자 허탈해졌다.
"그분 성함이 강기호 씨예요. 제가 땅을 이전하려고 군청 지적과에서 토지대장을 떼어 보니 그렇게 적혀 있었습니다."
"그래? 이름은 잘 기억이 안 나네. 뭐 맞겠지. 그런데 그 사람 살아 있어?"
"아뇨, 돌아가셨습니다. 그리고 명의를 과수원댁으로 이전해 놨습니다."
영호의 말이 끝나기가 무섭게, 두 노인이 눈을 동그랗게 뜨고 영호를 보더니 고개를 돌려 서로 얼굴을 대면하면서 같은 표정을 지었다.
"허, 참! 그랬단 말이야! 허, 거참, 쯧쯧, 세상 정말 믿을 수 없네."
"왜 그러세요?"
자신의 거짓말에 두 노인이 몹시 놀라면서 화를 내는 것에 그도 움찔하였다.
"아니, 그렇게 점잖게 생긴 사람이 그래, 그런 짓을 해!"
이장이 노기를 띤 채 목소리를 높였다.
"제가 뭐 잘못했나요?"
"아니, 젊은이가 아니라. 허, 그 양반, 나쁜 사람이네. 감쪽같이 우리를 속여, 에이 괘씸한!"

"그러게 말이야. 그때 처음 만났을 때, 아니지 그 양반하고 이야기를 나눈 건 그때가 처음이자 마지막이었지. 그때 그랬어. 집은 서울인데, 건설업을 한다던가. 식구도 서울에 있다고 그랬어. 노후에 쉴 곳으로 그 땅을 사두고, 관리하는 사람으로 광주댁이 올 거라 했잖아. 우리는 그렇게 믿었지. 그래서 가끔씩 내려와도 과수원 일 때문에 내려왔겠지 했는데……. 두 집 살림을 했구먼. 그러니까 광주댁 딸한테 명의를 이전했지."

갑작스레 이야기가 딴 곳으로 흐르는 것에 영호는 당황했다. 명의가 과수원댁으로 되어 있다는 거짓말이 노인들을 흥분시키고 있었다. 영호는 다시 노인들의 이야기를 본래대로 돌려야겠다고 생각했다.

"과수원댁 어머니는 안 계시던데요?"

"광주댁? 작년 봄에 죽었지. 참 곱살하게 생겼었는데, 하긴 얼굴값을 하네."

"그러게 말이야."

"광주댁이라는 분은 마을 사람들과 친했어요?"

"아니, 전혀. 가게에나 들릴까. 전혀 어울리지 않았어. 그래도 여자가 예의바르고 착하게 생겨 우리가 궂은 일 가끔씩 도와주고 했는데…… 에이, 퉤!"

장 노인이 가래침을 자갈밭으로 뱉었다.

"그런데 말이야, 광주댁이 그 양반하고 관계가 있다면 딸이 전혀 닮지 않았던데?"

"아, 그럴 수도 있지! 과수원댁은 광주댁을 닮았잖아? 그리고 광주댁이 예전에 언뜻 한 말 생각 안 나? 상처를 했다고……. 그러니까 상처하고 두 모녀가 오갈 데 없으니까 그 양반이 거둬 준 거지 뭐, 안 그래? 그 양반 이곳에 오면 하루 이틀 머물다 올라갔잖아? 과수원댁이 그 양반한테 아버지라 그랬잖아?"

"그렇네. 그런데 자주 오던 그 젊은 사람은 또 뭐야?"

"젊은 사람? 그 사람은 그 양반 닮았던데. 그 양반 아들이겠지?"

"아니, 아들이면 아버지가 바람을 피우는데 같이 놀러와?"

"글쎄, 그 부분은 이상하네. 아이고 모르겠다. 세상 복잡하다더니, 정말 요지경이네."

두 노인은 귀가 차다는 듯이 혀를 끌끌 차면서 술잔을 들이켰다. 영호도 벌컥벌컥 마실 수밖에 없었다.

"그런데, 젊은 양반. 이름이 뭔가?"

이장의 물음에 그는 얼굴에 웃음을 띠면서 또 거짓말을 했다. 이장은 고개를 끄덕거리면서도 한참 동안 그를 찬찬히 바라보았다.

더 이상 술자리에 있을 수 없었다. 계산을 치르고 바빠서 먼저 일어나겠다고 인사를 한 뒤 나룻배를 타고 강을 건넜다. 과수원으로 돌아가는 그의 머릿속은 실타래처럼 얽혀 뒤죽박죽이 되어 있었다. 뭐가 뭔지 정리를 할 수 없었다. 다만 하나 분명한 것은 간밤에 은지의 행동을 통해 자신이 추측했던 것이 이제 명백한 사실로 드러났다는 점이다. 은지 명의로 되어 있다는 거짓말 때문에 노인들의 이야기가 조금 빗나갔지만, 그들의 이야기를 통해 아버지와 광주댁이라는 여자, 그리고 형과 은지라는 여자, 이 네 사람이 오랜 세월 동안 깊은 관련을 맺어 왔다는 사실을 분명히 확인할 수 있었다.

가정조차 하기 싫지만, 어쩌면 노인들의 말처럼 아버지는 광주댁과 살림을 차린 것인지도 몰랐다. 문제는 형이었다. 형이 왜 이곳에 자주 왔는가만 밝혀지면 문제는 분명해질 것 같았다. 그런데 형은 죽었다. 아니 자살했다. 아이엠에프 이후 나타나지 않았다 했으니, 그때 형이 마지막으로 이곳에 온 것이었다.

국내 유수의 대학교에서 사회학 박사학위를 받고 시간강사를 하던 형이 아이엠에프가 일어나던 해 초에 정신분열증세를 보이기 시작했다. 형의 증세는 점점 심해지더니 그 해 겨울, 아이엠에프가 터진 직후 종적을 감추었다. 그러다가 형은 소식이 끊어진 지 한 달이 지난 어느 날 다시 집으로 돌아왔다. 형은 말쑥한 차림이었고, 정신도 많이 돌아온 것 같았다. 그때 형은 이곳 아우라지에 있었던 것이다. 형과 은지는 어쩌면 아주 밀접한 사이인지도 몰랐다.

아버지와 광주댁의 관계를 연상하면 형이, 형과 과수원댁의 관계를 연상하면 아버지가 변수로 자리잡고 있었다. 종잡을 수 없었다. 가슴 속 저 깊은 곳에서 어떤 감정이 치밀어 오르고 있었다. 아버지와 형의 웃고 있는 얼굴이 떠올랐다. 그토록 오랜 세월 동안 식구들을 철저히 속여온 두 사람에 대해 배신감이 일기 시작했다.

그러나 그는 냉정해지려고 노력했다. 아직 속단할 단계가 아니라고 스스로에게 타일렀다. 마지막으로 은지의 말을 들어봐야 했다. 적어도 그가 알고 있는 한, 아버지와 형은 가족을 그토록 철저히 속일 수 있는 사람은 아니었다. 하지만 열 길 물 속은 알아도 한 길 사람 속은 모르는 일이었다. 그는 고개를 설레설레 흔들었다.

결국 그녀, 은지만이 이 모든 비밀을 알고 있는 존재였다. 은지를 만나야 했다. 아니 지금 솔직히 그는 은지를 만나는 것이 두려웠다. 노인들의 추측이 거의 맞을 것이라는 생각이 강하게 들었기 때문이었다. 절망적이었다. 그래도 지푸라기라도 건진다는 마음으로 마지막 희망을 가지고 은지를 만나야 했다. 그는 낮술에 얼굴이 벌겋게 달아올라 비틀거리면서 빠른 걸음으로 과수원을 향했다.

5 여울목에 빠진 사랑

은지는 버스를 타고 정선으로 가고 있었다. 아무래도 정선으로 가서 점심 찬거리를 장만해야 할 것 같았다. 영호는 분명 오후에 떠날 것이고 언제 다시 올지 모르는 사람이었다. 그를 위해 점심을 정성 들여 마련해 주고 싶었다. 어쩌면 그녀가 그에게 밥을 차려 주는 것도 이것이 처음이자 마지막이 될지 몰랐다. 언젠가 영철이가 영호는 회를 제일 좋아한다고 했던 말이 아침에 떠올랐다. 과수원 과일을 도매해 가는 도매상 옆에 있는 횟집에서 제일 싱싱한 쏘가리회를 사서 매운탕을 끓여야겠다는 생각을 했다. 아침 식사 때 된장찌개를 맛있게 먹던 영호를 떠올리면서 그녀는 입가에 웃음을 띠었다.

달리는 버스의 열린 창문 사이로 밀려드는 바람이 얼굴에 세차게 부딪쳤다. 차가웠다. 문을 닫았다. 가을도 끝이 가고 있음을 피부로 느낄 수 있었다. 차장 밖으로 스쳐 가는 도로변에 있는 코스모스도 잎을 다 떨어뜨리고 앙상한 줄기만을 남긴 채 시들어 가고 있었다.

아우라지의 겨울 추위는 혹독했다. 한 번 눈이 내리면 발목이 빠질 정도로 쌓였다. 그 눈이 녹기도 전에 또 눈이 내리고 내리면서, 겨울 내내 하얀 눈이 온 산하를 뒤덮었다. 겨울 햇살에 반사되는 눈빛이 너무도 부셔서 눈을 제대로 뜰 수도 없었다.

그녀가 나서 자란 전라도 송정리에도 겨울이 되면 눈이 내렸지만 금방 금방 녹았다. 어머니와 단 둘이 밤에 몰래 고향을 떠날 때에도 가을이 거의 끝나 가는 11월 중순이었다. 밤 기차를 타고 가면서 지친 몸으로 차창에 이마를 기댄 채 그녀는 하염없는 눈물을 흘렸다. 아버지와 남동생을 무덤도 없는 차가운 땅에 묻고 어머니와 단 둘이 떠나야 한다는 서러움과 증오심, 다시는 고향에 돌아가지 못할지도 모른다는 절망감, 조금만 더 있으면 고등학교를 졸업할 텐데, 라는 아쉬움, 그리고 강원도라는 낯선 곳에서 어떻게 살아갈 것인지에 대한 두려움과 막막함 등이 그녀의 한맺힌 눈물에 올올이 아로새겨져 있었다. 기차를 세 번이나 갈아타고 어머니와 여량역에 내렸을 때에는, 광주를 떠난 다음날 늦은 오후였고, 생전 처음 와보는 낯선 곳에는 겨울을 알리는 첫눈이 내리고 있었다.

어머니는 도착하자마자 눈 덮인 과수원을 가꾸기 시작했다. 눈 밑에 꽁꽁 얼어붙어 있는 잡초를 호미와 삽으로 뽑았다. 겨울에 뿌리를 뽑아야 봄에 농사를 제대로 지을 수 있다면서 어머니는 온종일 과수원을 뒤집고 다녔다. 그녀도 어머니를 도와 일을 했다. 어머니는 일에 미친 듯했다. 돌아가실 때까지, 어머니는 수확 때를 빼고는 일꾼 없이 거의 혼자 과수원 일을 했다. 그녀는 공부를 하고 싶은 마음이 있었지만, 그런 어머니에게 차마 이야기를 꺼낼 수 없었다.

가끔씩 고향 생각이 나 많이 울기도 했다. 그럴 때마다 어머니는 생각하기조차 싫은 일을 떠올린다면서 그녀를 마구 꾸짖었다. 그녀는 그래도 울면서 고향에 가고 싶다고 했고, 어머니는 그런 그녀의 볼기짝을 모질게 때렸다. 그러다가 결국 두 모녀는 서로를 부둥켜안고 통곡의 눈물을 흘렸다.

세월이 점차 흐르면서 이곳에 정을 붙이게 되고, 영철이가 드나들게 되면서 고향에 대한 그리움도 사그라져 갔다. 영철이는 그녀를 늘 친동생처럼 대했다. 일년에 한두 번 올 때마다 항상 책을 한 가방씩 싸 들고 와서 공부를 하라고 했다. 덕분에 그녀는 이곳으로 온지 8년 만인 서울 올림픽이 한창일 때 대입 검정고시에 합격을 했다.

합격을 축하하면서 영철이가 대학에 진학하라 했을 때, 귀가 솔깃했다. 하지만 어머니를 홀로 두고 떠날 수 없었고, 무엇보다 고향을 떠난 이후 사람이 많은 곳에 나서기가 두려워 진학을 포기했다. 대신 영철이가 와서 전해 주는 책들을 이것저것 읽어 나갔다. 돌이켜보면, 영철이에게 책의 어려운 부분을 물어 보고 영철이가 손짓발짓을 다해 가면서 자상하게 이해시켜 주던 그 시간이 그녀의 삶에서 그래도 행복했던 시간이었다.

그런데 요 몇 해, 그녀는 그녀 곁에서 일어나는 일련의 일들을 겪으면서 예전에 고향에서 겪었던, 기억하기조차 싫은 불행이 떠올라 몸서리를 쳤다. 재작년 초 영철이가 죽고, 곧 이어 얼마 후 아저씨가 돌아가셨다는 소식을 들었다. 그런데 작년 초봄에 다시 어머니마저 돌아가신 것이었다. 그녀는 어머니의 임종을 지켜보지 못했다. 돌아가시기 전날, 어머니는 가슴이 아프다고 한 것 외에는 그녀와 이야기도 나누고 저녁밥도 같이 먹었다. 아마도 어머니는 자신이 세상을 떠나는 시간을 알고 있었던 것 같았다. 그날 저녁 잠자리에 들기 전에 그녀가 어머니의 이불을 덮어 주고 돌아서려 할 때, 어머니가 그녀를 불러 앉혔다.

"은지야, 자꾸 꿈에 네 아버지하고 네 동생이 보인다. 내가 보고 싶은 모양이지. 하긴 그렇게 오래 떨어져 있었으니 보고 싶을 때도 됐지. 먼저 좋은 데 가 놓고 이제 나를 찾는 것이 밉기만 하네. 진작 데려갈 것이지……. 미친 세월에 나를 남겨 두고 가더니, 이제 후회가 되는 모양이여……. 그래, 미친 세월을 살았어, 미친 세월을……. 그래도 이 미친 세월에 아저씨 같은 사람을 만난 것도 복이지. 아저씨 장례식에 못 간 것이 한이 되는구나. 저승에서 만나면 죄송하다고 말해야지……. 이제 지쳤다. 잊으려 해도 어떻게 세월이 갈수록 잊혀지기는커녕 더 생각이 나니, 이제 가야 할 때가 된 것 같구나……. 은지야, 이제 여한은 없다."

어머니는 자리에 누워 앙상하게 뼈만 남은 손으로 그녀의 손을 꼭 잡고 한없는 눈물을 귀밑으로 흘렸다.

"내가 복이 없는 년이여. 편안하게 네 아버지 만나러 가려니 네가 자꾸 눈에 걸리는구나. 불쌍한 너를 두고 갈 생각을 하니 가슴이 미여 터져……."

그녀는 평소답지 않은 어머니의 말에 신경이 쓰였지만, 가끔씩 내뱉는 어머니의 푸념으로만 생각했다. 그런데 그것이 그녀에게 남긴 어머니의 마지막 말이 되었다. 다음날 아침, 늦게까지 아무런 기척이 없는 어머니가 이상해서 깨우러 갔지만 어머니는 영원히 눈을 뜨지 않는 것이었다. 늘 어머니는 살아서 못 가는 고향, 죽어 재가 돼서 고향 근처 바다에라도 가고 싶다고 했다. 그녀는 어머니의 유언 아닌 유언대로 화장을 해서 동해 바다에 뿌렸다. 바다에는 아무도 없었다. 아버지도 동생도, 아저씨도 영철이도 없이 그녀 혼자 울면서 한줌 재를 출렁이는 바다에 뿌렸다. 동해 바다를 흘러 저 남쪽 한 많은 땅으로 어머니는 그렇게 갔다.

어머니가 돌아가시고 홀로 과수원에 남아 있기 시작한 작년 겨울은 견디기 어려울 만큼 외로웠다. 그래서 봄이 되자 그녀는 정신없이 일에 매달렸다. 가을까지 과수원의 과목들을 정성스럽게 재배하면서 밤낮으로 눈코 뜰 새 없도록 자신의 몸을 굴렸다. 일이 끝나는 저녁에는 파김치가 되어 자리도 깔지 않고 잠이 들었다. 몸은 그렇게 힘들었지만 마음은 편안했다. 일에 시달리다 보니 돌아가신 아버지도, 어머니도, 아저씨도, 또 죽은 영철이도, 남동생도 생각나지 않았다. 그때서야 그녀는 어머니가 이곳에 처음 와서 그렇게 일에 미친 이유를 알 수 있었다.

그런데 이제 다시 겨울이 오면 아무도 없는 과수원에서 홀로 외로움과 싸워야 할 것이다. 올 여름, 그녀는 남들처럼 겨울에 일을 할 수 있는 비닐 하우스 재배를 해볼까 생각했지만, 과일은 자연의 햇빛을 받아야 한다고 고집하면서 한사코 비닐 하우스를 거부하던 어머니 생각이 나서 그만두었다.

다가올 겨울, 그 긴 긴 밤을 이제는 보고 싶어도 다시 볼 수 없는 먼 길을 떠난 그리운 사람들을 떠올리면서 뼛속 깊이 밀려드는 외로움과 고독감과 맞닥뜨려야 한다는 생각에 그녀는 눈시울을 붉혔다. 사는 것이 이런 것이었다면, 그때 영철이를 따라 죽는 것이 나았는데, 이렇게 홀로 살아 남아 절절한 그리움에 가슴앓이를 하고 있다는 생각이 들면서, 그녀를 극구 말린 어머니가 미웠다. 아니 너무나 보고 싶었다. 차창 밖으로 보이는 가을 하늘은 시리도록 푸른데 사랑하던 이들을 저 하늘 나라로 모두 떠나 보내고 홀로 이 가을 속에 살아 있는 자신이 애처롭게 느껴질 뿐이었다.

일요일이라서 그런지 정선은 한산했다. 가게들은 거의 문을 닫았다. 그녀는 혹시나 쏘가리가 없으면 어떡하나 하는 마음으로 차에서 내려 종종걸음으로 횟집으로 갔다. 다행히 횟집은 문이 열려 있었다. 과일집 남자가 아는 척을 했지만, 그녀는 인사를 하는 둥 마는 둥하고 횟집 앞 수족관으로 다가갔다. 다행히도 쏘가리가 있었다.

얼른 안으로 들어가 주인에게 쏘가리 한 마리를 회쳐 달라고 한 후, 빈 자리에 앉아 이마에 송골송골 맺힌 땀방울을 손수건으로 닦으면서 가쁜 숨을 몰아쉬었다.

"오랜만에 오셨습니다. 요즘 도통 회를 안 사시더니. 귀한 손님이 오신 모양이죠? 비싼 쏘가리를 사시게. 아침에 들어온 놈이에요. 싱싱하죠."

귀한 손님이라는 말에 그녀는 귓불을 살짝 붉혔다. 아저씨가 오면 어머니는 늘 이곳으로 와서 쏘가리를 사곤 했다. 영철이는 회를 좋아하지 않았다.

"살아 있는 생물을 어떻게 먹어. 난 고기는 안 먹어. 우리 어머니가 그래서 내 입맛 맞추느라고 고생이시지."

영철이는 채식을 주로 했고, 김치찌개나 된장찌개 등의 찌개류를 좋아했다.

횟집 창 밖으로 한복을 입은 여인들이 재잘거리면서 지나가고 있었다. 지금이 오전 시간이니까 아마도 오후에 결혼식이 있는 모양이었다. 그녀는 참 한복이 곱다는 생각을 했다. 그녀도 정선에서 결혼을 했다. 되돌아보면, 그녀가 생판 모르는 남자와 그렇게 서둘러 결혼을 한 것은 영철이의 결혼 때문이었다.

영철이는 결혼을 앞두고 이곳에 와서 삼 일을 머물었다. 그녀는 그가 결혼한다는 소식을 까마득히 모르고 있었다. 영철이는 해마다 방학 때면 이곳에 와서 삼 사일을 머물다 갔다. 그러니까 일 년에 두 번 꼴로 왔던 것이다. 그런 그가 방학도 아닌 화창한 봄날에, 가방을 둘러메고 아우라지에 혼자 나타났다.

은지는 놀랍기도 하고 반갑기도 했다. 그는 그녀에게 책도 읽어 주고 산책도 같이하면서 이런저런 이야기를 하였다. 떠나기 전날, 봄 햇살이 화창한 오후에 그가 그녀를 데리고 아우라지 나루터로 갔다. 진달래꽃과 개나리꽃이 만발한 강나루 언덕에 쪼그리고 앉아 그는 평소와는 달리 하염없이 강물을 바라보고 있었다. 그녀도 평소와는 다른 그의 행동이 이상해서 아무 말도 않고 그의 옆에 쪼그리고 앉아 강물을 바라보았다. 지난 겨우내 얼어붙어 있던 강물은 그 혹한의 시간 동안 스스로를 정제시키고 단련시켰는지 시리도록 푸른 색깔을 띠면서 도도히 흘러가고 있었다. 오래오래 강물을 바라보던 그가 은지의 손을 꼭 쥐었다.

"산다는 게 이런 것이라면 너무 허망한 것 같아."

영철의 따뜻한 손을 여러 번 잡아 봤지만, 그날 그의 부드러운 손이 그녀의 손을 감싸쥘 때 그녀의 가슴은 새가슴처럼 두근거렸다. 그가 무슨 말을 하는지 몰라 그를 물끄러미 쳐다보았으나, 그는 강물만을 바라보고 있었다.

"내가 은지를 처음 만난 것이 언제더라. 그래 석사 시험 합격을 하던 겨울이구나. 그때 우리 아버지와 같이 처음 왔지. 아니지. 처음 만난 건 그보다 훨씬 전이지."

그녀는 그를 이곳에서 처음 만나던 날을 선명히 기억하고 있었다. 그 해 겨울에 있었던 대통령 선거 날, 그녀 혼자 투표를 하고 집으로 왔다. 아침에 그녀가 어머니에게 투표하러 가자고 하자, 어머니는 눈에 살기를 띠면서 노발대발했다. 미친놈들, 도둑놈들, 살인자들, 다 한 통속인 놈들이라면서 온갖 욕설을 퍼부었다. 그렇게 심한 욕을 하는 어머니를 그녀는 처음 봤다. 할 수 없이 그녀 혼자 투표장에 갔다가 집에 돌아오니 어머니가 음식을 장만하고 있었다. 아침의 노기는 간데없었다. 아저씨가 조금 있으면 오신다는 것이었다. 그녀는 어머니 말에 버스 정류장 입구에서 겨울 칼바람의 추위도 잊고 기다리고 있었다. 이윽고 버스가 도착했고 아저씨가 내렸다. 그녀가 반갑게 인사를 하고 아저씨의 가방을 들려는 순간, 아저씨 뒤에서 영철이가 나타났다. 깜짝 놀라 서 있는 그녀에게 영철이가 말했다.

"네가 은지냐? 참 오랜만이다. 7년 만에 만나지? 그때는 내가 정신이 없어 너를 몰라봤지? 자 악수하자."

그녀는 영철의 말에 얼굴이 빨개졌다. 7년 전에 영철이를 처음 보았을 때 그는 거의 초죽음 상태로 정신을 잃고 있었다. 고등학생이던 그녀도 경황이 없었던 관계로 그를 자세히 보지 못했다. 그런데 7년 만에 다시 만나 그를 보니, 그는 키가 크고 야윈 체격에 밀랍 인형처럼 창백한 얼굴을 하고 있었다. 그 창백한 얼굴이 그녀의 뇌리 속에 강렬하게 인상 지워졌다.

"내가 석사 시험에 합격한 해가 87년 말이니까, 은지를 이 과수원에서 만난 지 벌써 5년이 되었구나. 은지가, 가만있자……, 내 동생 영호보다 두 살 적으니까……, 하! 은지도 벌써 서른한 살이 되었구나. 시집 갈 나이가 지났네?"

그가 계속 그녀의 손을 꼭 쥐고 너털웃음을 지으면서 시집 갈 나이라는 말을 할 때 그녀의 얼굴은 진달래 꽃잎을 물들인 것처럼 붉어졌다. 그런 그녀를 따뜻한 눈길로 바라보던 그가 다시 시선을 강물 쪽으로 돌렸다.

"내가 담배 안 피우는 거 알지. 젊었을 때 폐결핵을 앓았어. 그런데 요즈음은 담배를 피우고 싶어. 도대체 산다는 게 이렇게 힘들 줄 몰랐어. 내가 90년에 박사 과정을 들어갔으니, 지금 3년째 되는 거지. 그동안 공부한다고 연구실에만 틀어박혀 있다 보니 서른다섯 살이 되어버렸어. 16년을 대학을 다니는구나. 어때, 나 늙었지?"

그녀는 그의 말끝에 묻어 나오는 쓸쓸함과 허전함을 진하게 느낄 수 있었다. 고개를 돌려 그를 보았다. 볼은 살이 더욱 빠져 움푹 들어갔고, 얼굴은 이전보다 훨씬 창백해 보였다. 그리고 보니 그녀의 손을 잡고 있는 그의 두 손도 뼈마디만 남아 있는 것처럼 야위고 가늘었다. 그녀는 갑자기 그를 꼭 껴안아 주고 싶은 마음이 들었지만 마음뿐이었다.

"학문을 한다는 것의 의미를 잃어버렸어. 누구를 위해, 무엇을 위해 학문을 하는지 나 자신도 모르겠어. 내가 사회학을 전공하면서 유일하게 관심을 가졌던 것은 모순 없는 사회였지. 여러 책을 읽었지만 맑스가 구상한 것처럼 완벽한 사회는 없었어. 그래서 맑스에 미쳤지. 지금도 맑스에 미쳐 있어. 내가 대학을 다니던 시절에도 맑스를 비롯한 엥겔스, 레닌의 책은 금서였어. 금서일수록 더 읽고 싶었지. 사람 심리가 그런 거 아냐? 금할수록 하고 싶은 거 말야……. 아무리 강력한 통제를 가해도 틈새는 있기 마련이야. 내 친구들이 어디서 구해 왔는지 이른바 불온 서적이라는 것들을 가져 왔지. 복사를 해서 비밀리에 읽었어. 그때, 처음 맑스 책을 접했을 때의 놀라움을 지금도 잊지 못하고 있어. 그건 불온 서적이 아니라 성경이었어. 그 이후로 우리는 그 책들을 성경이라 불렀지. 대학교에 휴교령이 내려 학교에 가지 못할 때에도 비밀리에 하숙방에서 만나 읽고 토론하고 그랬지."

그녀는 맑스라는 이름을 알고 있었다. 그녀가 대학 진학을 포기하고 과수원에 남겠다고 했을 때, 그는 쓸쓸한 웃음을 지으면서 그녀의 선택이 옳을지도 모른다는 말을 했다. 그리고는 그 다음에 올 때 맑스라는 단어가 들어 있는 책들을 한 짐 가져다 주었다.

"내가 놀란 것은 맑스가 진단한 자본주의 사회의 병폐를 내가 살고 있는 이 땅의 우리 조국이 고스란히 지니고 있다는 거야. 유신헌법이 최고의 민주주의 헌법이라고 고등학교 때 배웠는데, 그 최고의 헌법이 최고의 독재 헌법임을 깨달았지. 대학에 처음 입학해서 겪은 그 정신적 혼돈을 나는 아직도 기억해. 학교 교과서마저 엉터리인 나라였어. 모든 것이 거짓투성이었어. 가슴이 미여 터질 것 같았어. 역사와 사회의 모순에 우리들은 절망했어. 그냥 있을 수 없었지. 거리로 나갔어. 거리에서 돌을 던지고 화염병을 던지면서 맑스가 꿈꾼 사회를 만들고자 했어. 그런데 내가 3학년이 되던 해 독재자가 죽더라고. 기뻤어. 친구들과 만세를 불렀지. 우리들 모두 드디어 우리가 꿈꾸는 사회가 도래하는 줄 알았어……. 휴우! 그때는 왜 그렇게 철이 없었는지……. 독재자 한 명 죽는다고 타락할 대로 타락한 사회의 모순이 사라지겠어? 죽은 독재자는 훨씬 더 흉악한 자식을 키우고 있었더라고. 긴 절망의 터널을 헤매고 있었지. 그때 나는 더 이상 지식 따위는 필요치 않다고 생각했어. 모두가 죽어 가는데 연구실이나 도서관에 처박혀 책을 읽는 것이 무슨 필요가 있느냐는 생각을 했지. 휴학을 하고 거리로 나갔어. 행동하지 않는 지성은 내게 더 이상 필요 없었어. 사생결단으로 부딪쳤지."

그의 눈빛이 이글거리고 있었다. 그녀의 손을 잡은 그의 손에 힘이 잔뜩 들어가 있었다.

"그런데, 그런데 말이야, 은지야. 이 흉악한 독재자가 학생들을 그렇게 죽이더니 어느 날 대통령 직선제를 한다는 거야. 순간 나는 또 속는구나 하는 생각을 했지. 사람들은 드디어 자유와 평등의 시대가 왔다고 기뻐했지. 절망했어. 도저히 이겨낼 수 없는 간교한 놈들이라는 생각이 들었어. 대학원에 갔지. 만신창이가 된 몸과 마음으로 갔지. 대학원에 왜 간지 알아? 학문을 하고 싶었어. 직업으로서의 학문이 아니라, 세계 변혁을 위한 학문을 말이야. 맑스를 연구하기 시작했어. 맑스의 이론을 내가 살고 있는 사회제도에 투사시키면 언젠가는 이 더러운 사회도 정화될 것이라 믿었지. 돌멩이를 던져 무찌를 수 있는 적이 아니었어. 맑스라는 학문으로 적들의 지배 이념을 뒤엎어 버리기로 했지. 밤잠을 자지 않고 공부했어.

박사 과정에 들어갔어. 그리고 여기까지 온 거지……. 이제…… 이제, 정말 그만두고 싶어. 더 이상 세계 변혁으로서의 학문은 불가능해. 그 누구도 이젠 맑스를 거들떠보지도 않아. 같이 운동하던 친구들 중에 나처럼 박사 과정에 있는 이들도 있는데, 내가 맑스를 이야기하면

비웃어. 구시대의 유물이라나. 학문이란 세태의 흐름에 따라 변한다고 말하더구나. 그렇지만 나로서는 맑스를 그만두는 것은 학문을 그만두는 것이고, 그렇다면 박사학위를 취득할 필요가 없는 것이지."

그는 손에 힘을 풀면서 잡았던 그녀의 손을 놓았다. 그녀는 자신의 두 손을 꼭 쥐고 자신의 코밑으로 가져갔다. 그녀의 손에 남아 있는 그의 체온과 향기를 보다 가까이서 맡기 위해.

"두 주 전에 지도 교수님과 논쟁을 벌였어. 내가 박사논문으로 맑스와 관계된 것을 쓴다니까, 지도 교수님이 화를 내시더라고. 그래서 그랬지. 저는 맑스 아니면 대학을 떠나겠다고. 그랬더니 지도 교수님이 내 논문 초안을 집어던지면서 이렇게 말씀하시더군. 떠나고 싶으면 떠나라고……."

쪼그리고 앉아 있던 그가 풀밭에 풀썩 주저앉았다. 그녀도 그를 따라서 가만히 풀밭에 앉았다. 강물 위로 붉은 진달래 꽃잎 하나가 떠 가는 것이 보였다. 꽃잎은 물살을 따라 천천히 떠내려가다, 바위 틈새를 타고 급하게 아래로 떨어지는 여울목에 이르러 급류를 타면서 심하게 요동치고 있었다.

"은지야, 나 한 달 뒤 결혼해."

꽃잎이 여울목에 휩쓸려 들어가면서 자취를 감추었다. 소용돌이치는 여울물에 잠긴 꽃잎이 물 위에 떠오르기를 기다리면서 그녀는 간절한 기도를 했다. 제발! 제발! 꽃잎아! 떠올라 주렴!

"은지를 끝까지 보살펴 주지 못해 미안하구나. 은지야, 하지만 네가 시집 갈 때까지 항상 곁에 있도록 할게. 미안하다."

그가 그녀의 작은 어깨를 감싸안았다. 그녀의 뿌옇게 흐려진 눈동자에는 아직도 꽃잎이 떠오르지 않고 있었다. 그녀는 봄추위를 느끼면서 그의 품안에서 오돌오돌 떨고 있었다.

6 진실과 거짓 사이

영호가 과수원에 갔을 때 전씨 홀로 평상에 앉아 담배를 피우고 있었다. 영호를 본 전씨가 얼른 담배를 끄고는 일어났다.

"다녀오셨습미꺼?"

"은지 씨는 어딜 갔나요?"

"예?"

"주인 아주머니 말입니다."

"아까 정선 장에 간다고 가셨는데예. 왜 그러십미꺼?"

"아니, 아닙니다. 그럼 언제 오죠?"

"마…… 한시간쯤 뒤에, 그러니까…… 점심 전에 오실겁미더."

"알았습니다. 기다리죠."

전씨는 머쓱해져서 집 뒤로 돌아갔다. 영호의 얼굴 표정이 험악했다. 낮술을 먹은 것 같기도 하고 아무튼 심상치 않았다.

영호는 수돗물로 세수를 거푸 했다. 그리고 머리를 적셨다. 시원했다. 급한 걸음으로 오느라고 땀이 몸에 흥건했다. 수건으로 물기를 털고 다시 평상으로 갔다. 은지가 있다면 당장 두 가지 질문을 던질 작정이었다. 당신 어머니와 우리 아버지는 어떤 관계냐고. 그리고 형과 당신은 어떤 관계냐고 물어 보고 대답을 하든 안 하든 할 말은 하고 올라갈 작정이었다.

그런데 그녀는 없었다. 영호는 더욱더 화가 났다. 도대체 은지라는 이 여자는 질문에 대답도 않을 뿐더러, 교묘하게 자신을 피해 다니는 것 같았다. 분을 삭이느라 담배를 뻑뻑 피우면서 씩씩거리고 있을 때 전씨가 다시 나타났다.

"저, 주인님, 무신 화나시는 일이 있습미꺼?"

영호는 전씨를 보았다. 투박한 경상도 사투리에 우람한 체격하며 영락없는 머슴 모습이었다. 전씨는 자신을 보는 영호의 얼굴이 일그러져 있어 어찌할 바를 몰랐다.

"잠깐 여기 앉으시죠. 아니, 참, 그러지 말고, 술을 좀 마실 수 있을까요?"

전씨는 영호의 말이 떨어지기 무섭게 한달음에 부엌으로 달려가서 눈에 보이는 대로 안주를 챙기고 농주를 한 주전자 담고서는, 주전자에서 술이 떨어지지 않도록 조심하면서도 급하게 평상으로 갔다.

"고맙습니다. 같이 한잔 하시죠."

"어데예. 저는 괜찮습미더. 많이 드시지예."

"아니, 그러지 말고, 저 혼자 먹기 그래서 그러니 앉으시죠."

"예. 그러면 죄송스럽습미더만, 앉겠습미더."

영호는 주전자를 들어 전씨에게 한 사발을 따라 주고 자신도 한 사발을 따른 후 단숨에 벌컥벌컥 들이켰다. 전씨가 불안한 눈빛으로 영호를 바라보았다.

"드세요. 맛 좋은데요. 저 아래 나루터의 동동주는 술도 아니네요."

전씨는 마지못해 술잔을 들고 한 모금 마셨다.

"주인 아주머니를 잘 아십니까?"

전씨는 영호가 무엇을 물어 보는지를 몰라 습관대로 눈을 끔벅이면서 영호를 쳐다보았다.

"아니, 주인 아주머니에 대해 아시는 게 있는지요?"

"아, 예, 전 또 무슨 말씀이시라고. 잘 모릅미더."

"언제부터 여기 계셨습니까?"

"여 온 지 한 일 년밖에 안 됩미더."

"그래요. 그래도 같이 있으면서 조금이라도 알게 되신 부분이 있을텐데요?"

"잘 모릅미더…… 다만, 주인님 말씀을 자주 했습미더."

"저 말을요?"

"예."

"무슨 말을 하던가요."

"주인님이, 뭐라카더라…… 아, 참! 소설가라 하시데예."

"제가 소설가라고 했다고요?"

"예."

"그리고요? 다른 말은 없었습니까?"

"뭐, 다른 말씀은 없었고…… 언젠가는 오실 테니까 알아 뵙고 실수하지 말라면서 주인님 사진이 있는 책을 주시더라고예."

"책을요?"

영호는 은지라는 여자가 두려웠다. 자신에 대해 속속들이 알고 있는 것 같았다. 아니 모든 것을 들어서 알고 있는 것 같았다. 아마도 형이 이야기를 했을 것이다. 아버지는 그가 소설을 쓰는 일에 별로 관심이 없었다. 도대체 형은 그녀와 얼마나 가깝기에, 그녀에게 자신이 소설가이며 책을 낸 것까지 가르쳐 주었을까? 그리고 아버지는 아무런 연고도 없는 광주 사람을 어떻게 알게 되었을까?. 아무리 기억을 더듬어도 아버지가 광주에 갔거나, 광주 이야기를 한 적이 한 번도 없었다. 혹시 아버지는 형처럼 광주댁에게 어머니에 대한 이야기를 했을지도 모르는 일이었다. 그는 자신을 비롯한 식구들 모두가 어쩌면 아버지와 형에게 철저히 속고 살았는지도 모른다는 생각을 강하게 했다.

아버지와 형은, 여기서는 서울 이야기를 미주알고주알 다 일러주면서, 서울에 있는 어머니를 비롯한 자신과 동생에게는 어떻게 이곳의 일에 대해 일언반구도 하지 않은 것일까? 그는 아버지와 형의 거짓 인생을 생각하면서, 절망을 넘어 배신에 대한 분노로 몸이 부들부들 떨렸다. 생각 같아서는 당장 그녀를 불러 고함을 지르면서 속시원한 대답을 듣고 싶었다. 그런데 묘하게도 지금 그녀는 자신의 이런 폭발할 것 같은 심정을 눈치챈 것인지 정선으로 가고 없었다. 그는 그녀가 대단히 교활할지도 모른다는 생각을 했다. 어쩌면 그녀의 서글픈 눈매와 작고 가냘픈 모습은 그녀의 그런 모습을 감추기 위한 위장 수단일지도 몰랐다.

그는 한시바삐 이 골치 아프고 비밀이 많은 곳을 떠나고 싶었다. 시계를 보았다. 전씨가 말하는 한 시간 뒤라면 12시이고, 그때까지 아직 40분이나 남아 있었다. 그는 도대체 왜 자신이 이런 불결한 비밀의 내막을 파헤치기 위해 헛된 시간을 보내야 하는지를 생각하면서 또다시 화가 치밀었다. 그는 끓어오르는 분노를 겨우겨우 참았다. 아무것도 모르는 전씨 앞에서 속내를 보일 수는 없었기 때문이었다. 대신 다시 술을 따라 들이켰다.

"천천히 드시지예."

전씨가 걱정스런 눈으로 바라보았다. 전씨는 아직도 아까 받은 첫잔 그대로였다. 그는 전씨 앞에서 자신이 너무 무례한 것이 아닌가 싶어 미안했다.

"한잔 드십시오. 술을 잘 안 하십니까?"

"어데예. 좀 합미더. 낮이라서."

"한잔 드십시오. 일할 때 술 한잔은 보약이라 하지 않습니까?"

"그럴까예. 그럼 죄송스럽습미더만, 한 잔 마시겠습미더."

전씨는 잔을 들어 고개를 돌리고 한 잔을 벌컥벌컥 마셨다. 그는 그런 전씨가 몹시 순박한 사람이라는 생각이 들었다.

"고향이 어디십니까?"

"경상도입미더."

전씨는 구체적으로 고향을 밝히기를 꺼려하는 것 같았다. 무슨 사연이 있는 것 같았다. 그는 고향에 대해 더 이상 묻지 않기로 하고 다시 술을 한 잔 따랐다.

"은지 씨 오려면 아직 멀었습니까?"

"좀더 있어야 할 겁미더. 쏘가리를 사신다 카던데, 정선에 없으면 딴데 들렀다 오실 겁미더."

"쏘가리요?"

"예. 점심때 쏘가리 매운탕을 끓인다 하데예."

영호는 다시 아찔했다. 그녀는 자신이 쏘가리 매운탕을 좋아하는 것까지 알고 있는 듯했다.

"주인 아주머니는 일만 합미더. 하루 종일 과수원에서 일만 합미더. 그래 죽으라꼬 일만 하는 사람은 생전에 처음 봤습미더. 저도 고향에 있을 때는 일만 했는데, 주인 아주머니 일하는 거 보고 놀랬습미더. 그리 쪼그만 몸으로 우째 그리 일만 하는지. 학을 띠겠데예."

"그렇습니까? 원래 부지런하겠죠."

영호는 은지에 대한 이야기를, 그것도 좋은 이야기를 듣고 싶지 않았다. 지금 그가 그녀에 대해 내리고 있는 판단이 흔들릴 수도 있기 때문이었다. 그는 마음을 독하게 먹고 은지가 나타나는 대로 모든 것을 물어 볼 작정이었다.

"부지런하지예. 그런데 그것도 있습미더만, 다른 이유 때문에 그래 일을 하는 것 갔습미더."

"다른 이유요? 그게 뭐죠?"

"저도 동네 사람들한테 들어서 잘 모릅미더만, 대충 뭘 잊어버릴라꼬 그래 일을 열심히 하는 것 같습미더."

"뭘 잊는데요?"

"제가 여 오기 전에 주인 아주머니 어머니가 돌아가셨답미더. 아마 그걸 잊을라꼬 하는 것 같습미더, 또……."

영호는 그녀의 어머니가 돌아가셨다는 것을 아까 노인들한테 들어서 알고 있었다. 그런데 전씨가 말끝을 흐린 내용이 조금 궁금했다.

"또 다른 이유가 있습니까?"

"이건 제 추측입미더만, 이런 말씀 드려도 될는지 모르겠네예."

"해보십시오. 저도 알고 있는 일일 수도 있고, 뭐, 은지 씨가 그런 것 가지고 책할 사람은 아니지요."

"그렇지예. 제가 주인님께 이런 말씀 드리는 건 주인 아주머니가 불쌍해서, 주인님이라도 도와주셨으면 해서 말씀 드립미더."

"말씀해 보시죠."

"그게, 그러니까, 주인 아주머니가 이혼을 하셨더라고예."

"이혼요?"

영호는 그녀가 이혼을 했다는 것은 아까 듣지 못했다. 그는 그녀가 형과 어떤 관계 때문에 결혼을 하지 않았다고 생각했다. 그는 이혼이라는 단어에 언뜻 아내가 떠올랐지만, 지금은 그런 생각을 하고 싶지 않았다. 시계를 보니 그녀가 올 때가 아직도 30분이 남아 있었다.

"얼추 한 6년 된 것 같습미더. 태백인가 어딘가에 전 남편이 산다 하데예. 남편이 주인 아주머니를 많이 때린 것 같습미더. 올봄에 여 한 번 왔습미더."

"누가요?"

영호는 건성으로 듣고 건성으로 물었다. 그런데 전씨의 표정이 심각해지는 것이었다.

"전남편이예. 와서 행패를 부리는데, 아이구마, 전 그런 사람 처음 봤습미더. 그래 사나분 사람하고 우째 결혼을 했는지. 닥치는 대로 부수고 때리고…… 아이구, 지금 생각해도 부들부들 떨립미더. 그때, 마, 그 남자 가만 안 두는 건데……. 저보고 그 남자가 주인 아주머니 남편이라 하길레 전 그런 줄 알았지예. 그런데 나중에 동네 사람들한테 들으니까 이혼했다 하데예. 일 년에 한두 번은 꼭 찾아온다 하더라고예. 좀 있으면 한번 올겁미더. 그때는 진짜, 한 번만 더 땡깡 부리몬 가만 안 있을 겁미더. 어데, 때릴 때가 없어 여자를 때립미꺼. 그것도 주인 아주머니처럼 착한 여자를 말입미더."

영호는 다소 놀랐다. 만약 그녀의 전남편이 지금 이 자리에 있었다면 전씨는 당장 달려가 물고를 낼 태도였다.

"사내놈이 어디 할 짓이 없어, 그래, 여자를 때리고 돈 뺏을라꼬 합미꺼. 주인 아주머니는 뼈빠지게 일해서 먹고 사는데, 아 그놈은 일 년에 몇 번 와서 행패 부리고 돈을 타 가는 모양입미더. 주인 아주머니도 참 팔자 사납지예. 우째 그런 인간을 만나가지고……."

전씨가 얼굴이 벌개지면서 주먹을 부르르 떨었다. 그는 전씨를 조금 진정시켜야 될 것 같아 술을 한 잔 따라 주었다. 전씨는 입가로 술을 질질 흘리면서 한 잔을 순식간에 들이켰다.

"천천히 드시죠. 아니 그런데 이혼을 했는데 왜 여기 와서 행패를 부리고 돈을 뜯어가고 합니까? 경찰에 신고하면 되지 않습니까?"

"그게 좀 복잡한 모양입미더. 헤어질 때 부부싸움을 한 모양이더라고예. 근데 그 남자가 주인 아주머니가 던진 병에 맞아 실명을 했다 하더라고예. 선글라스를 끼고 왔는데, 마당에서 막 고함을 지르더라고

예. 내 눈 보상하라고예. 보상할 때까지 맨날 찾아오겠다고 하면서……."

영호는 전씨의 말을 듣고 은지라는 여자 참 복잡한 여자라는 생각을 했다. 그의 추측대로 어쩌면 그녀는 양의 탈을 쓴 늑대일지도 몰랐다. 그건 그렇고 전씨가 몹시 흥분하는 것이 이상했지만 그의 순박성 때문이라고 간단하게 생각하기로 했다.

"참, 주인 아주머니 팔자 사납습미더. 남자가 왜 그러는지 모르겠습미더. 아, 가족 데리고 열심히 일해서 잘 살 생각은 안 하고 그 짓이나 하고 돌아다닙미꺼, 하여튼 다음에 또 그러면 가만 안 둘 겁미더."

전씨의 말을 흘려듣던 영호는 가족과 일이라는 말에 아버지 생각이 났다. 그것도 은지가 말한 20년 전의 일로, 그가 대학에 갓 입학할 때였다. 아버지는 그가 입학하던 날, 어머니와 함께 서울에 왔다. 고등학교 2학년인 셋째 영식이도 검은 교복을 입은 채 어머니 손을 잡고 올라왔다. 대학 3학년을 다니던 형도 그의 입학을 축하하기 위해 왔다. 입학식이 끝난 후 아버지는 식구들 모두를 데리고 고깃집으로 갔다. 가족들 모두가 외식을 하기는 형 입학식 이후 처음이었다. 늘 아버지는 야유회나 외식을 가자는 어머니의 말을 무시했다. 대신 가끔씩 돼지 한 마리를 잡거나 소갈비를 사와 일꾼들과 함께 나누어 먹었고, 남는 것을 가족들이 먹도록 했다.

별실에 자리를 잡고 아버지는 그날 따라 소주 한 병을 시켜 형과 그에게 한 잔씩 따라 주었다. 아버지는 당뇨 때문에 술을 전혀 마시지 않았고 형도 술을 잘 마시지 않았기 때문에 소주는 거의 그의 차지였다. 아버지는 고기도 많이 먹지 않았다. 당뇨에는 고기보다는 채식이 좋았기 때문이었다. 그 영향 때문인지 형도 고기를 별로 좋아하지 않았다. 자연, 어머니와 그와 셋째가 고기가 나오는 족족 먹어 치웠다. 자주 어머니가 상추에 고기를 싸 아버지에게 주었고, 아버지는 그것을 받아

한 입에 넣었다. 그러면서 내내 흐뭇한 표정을 지으시면서 식구들이 고기 먹는 모습을 바라보았다. 고기가 다 떨어질 즈음 아버지는 고기와 소주를 더 시켰다. 그리고는 그에게 한 잔을 따라 주었다.

"영호야, 이제 대학생이라고 마음놓고 술 먹겠구나. 고등학생 때부터 술을 마셨으니 오죽 하겠냐. 걱정되는구나. 술 조금씩 마시고 실수하지 않도록 해라. 철아, 네가 영호 하숙집에 자주 가 봐라. 물가에 어린아이 내놓은 기분이다."

"아버지! 저도 이제 대학생입니다. 양수리 있을 때의 개구쟁이 영호가 아닙니다. 걱정 마십시오. 형도 공부한다고 바쁠 텐데 저 돌볼 틈이 어디 있겠습니까?"

아버지와 형은, 소주를 든 채 어깨에 힘을 주고 자신만만해 하는 까까머리 영호를 보고 웃었다.

"그런데 철아, 요즘 대학교는 괜찮냐? 하도 시끄러우니까 걱정되는구나."

아버지는 형을 그윽한 눈빛으로 바라보았다. 아버지는 늘 그랬다. 형에게는 항상 자상했다. 반면 그와 동생 영식에게는 한치의 빈틈도 보이지 않는 엄격한 태도를 견지했다. 그가 고등학교를 다니면서 문학을 한다는 핑계로 친구들과 술을 마시고 집에 들어왔을 때, 아버지는 며칠 동안 식음을 전폐했다. 자식을 잘못 가르친 부모가 무슨 낯이 있어 밥을 먹겠냐는 것이었다. 그는 아버지에게 절대로 학교 다닐 동안 술을 먹지 않겠다고 약속을 했고, 그때서야 아버지는 수저를 들었다. 이후 그는 아버지가 눈치채지 않도록 몰래몰래 술을 마셨다.

"나는 못 배워서 잘 모르겠지만, 철아, 시간이 지나면 모든 것은 변한단다. 네가 고민하는 것이 뭔지는 자세히 모르겠다. 다만 이렇게 철이 너하고 둘째가 대학에 다니는 것이 자랑스럽구나. 셋째만 대학 들어가면 내 할 일은 다 끝나는 것 같다. 내게도 술 한 잔 따라 봐라."

식구들 모두가 아버지를 뜨악한 눈으로 쳐다보았다.

"괜찮다. 오늘 같이 기분 좋은 날 술 한 잔 해야지. 어서 따라 봐라."

형이 술을 따르자 아버지는 천천히 한 잔을 다 마셨다.

"이번에는 둘째가 따라 봐라."

어머니가 왜 그러냐고 만류했지만 아버지는 그가 따른 술잔을 받아 또 한 잔을 마셨다.

"좋구나. 이렇게 좋은 걸 마시지 못하다니. 세상 헛살았어. 그렇지, 여보!"

"아이구, 벌써 취하셨어요?"

눈을 흘기는 어머니를 웃으면서 바라보다, 다시 형 쪽으로 시선을 돌렸다.

"철아, 내가 어릴 적 제일 큰 불만이 무엇인 줄 아니?"

고기를 젓가락으로 깔짝거리던 형이 아버지를 쳐다보았다. 아버지는 항상 자식들을 앉혀 놓고 대화를 할 때에도 형만을 호칭했다.

"어릴 적 소원이 배부르게 먹는 것이었다. 보릿고개 춘궁기라고 들어봤니. 하긴 네가 어릴 때도 겪었겠지만, 이 아버지 어릴 적은 더 심했다. 술재강은 고급이지. 밥 먹는데 미안하지만, 가축 사료용 콩깨죽도 없어서 못 먹었다. 봄에 산에 가서 칡 캐서 입 주위가 시커멓게 될 때까지 먹었지. 그래도 배가 고파서 나무껍질도 벗겨 먹었다. 메뚜기, 개구리도 잡아먹었고 심지어 쥐까지 잡아 구워 먹었다. 지금은 우리 동네에 팔당댐이 들어서서 그렇지, 이전 같으면 큰물만 지면 어김없이 홍수가 났다. 홍수가 나면 두 강이 합쳐지는 양수리에는 온갖 것들이 떠내려와 둥둥 떠다니지. 그 중에 닭이니 돼지니 심지어 소가 떠내려 왔는데, 그걸 건지려고 목숨 걸고 물에 뛰어든 적도 있다."

어머니가 고개를 끄덕거렸다. 그가 거들었다.

"아버지, 저 어릴 때도 형이랑 칡 캐고 메뚜기도 잡아먹었어요."

형이 그의 발을 꽉 밟았다.

"그래, 알고 있다. 너희들도 어릴 때 배가 고파 그랬다는 것을……."

아버지는 잠시 생각에 잠겼다. 그를 비롯한 형제들이 어렸을 적에 그의 집도 몹시 가난했다.

"아버지는 공부도 하고 싶었다. 일제 시대 때니까 소학교를 마치고 중학교를 가고 싶었는데, 돌아가신 네 할아버지께서 공부는 무슨 공부냐 하시면서 지게 지고 나무를 해오라 하셨지. 그때 산에 올라가서 서러워 한참을 울었다. 울다가 보니 배가 고프더구나. 그래서 칡을 마구 캐서 먹었지."

그때 처음으로 아버지로부터 아버지의 어린 시절 이야기를 들었다.

"이야기하다 보니 샛길로 빠지는구나. 그러니까 아버지 어릴 적이나 젊을 적에 소원은 가난을 벗어나는 것이었다. 그런데 배운 것은 없고 기술도 없을 뿐만 아니라, 어디 취직할 마땅한 공장도 없었고. 네 어머니 만나 결혼도 했는데 먹고 살기가 막막하더구나. 할 수 없이 베 장사를 했다. 장돌뱅이가 된 것이지. 네 어머니랑 오일장이 열리는 곳을 찾아 전국을 돌아다녔다. 그때 철이가 갓 태어났을 때지. 어머니랑 나랑 먹을 것 안 먹고 최대한 아끼려 했다."

어머니가 코를 훌쩍거렸다.

"네 어머니 고생 많았지. 우리가 이만큼 사는 것도 다 아끼고 절약한 네 어머니 덕이다……."

분위기가 숙연해졌다. 어머니가 손수건으로 눈물을 닦았다. 아버지는 그런 어머니의 어깨를 다독거렸다. 그가 또 한마디를 했다.

"어머니! 제가 이 대학 그만두고 재수해서 다른 대학 입학할까요. 그러면 아버지가 또 저녁 사 주실 텐데."

그의 말에 식구들 모두 함박 웃음을 터뜨렸다.

"그러다가 건설 회사 소장을 하시던 네 큰아버지가 어느 날 오셔서 벽돌 공장을 해보라고 하시더구나. 그때가 첫째가 아마 중학교 입학할 때지? 여보, 그렇지?"

"그럴 거에요. 입학식 끝나고 얼마 뒤니까요. 71년인가 72년인가…… 잘 모르겠어요."

"어머니, 71년입니다. 저도 기억나요. 그때 공장에 트럭이 한 대 있었죠. 제에모시라는 트럭요. 전쟁 때 미군들이 사용했던 트럭이라고 아버지께서 말씀하셨죠. 영호가 그 트럭을 타고 싶다고 떼를 쓰던 기억이 나네요."

"그건 그렇고…… 벽돌 공장을 차렸는데, 물론 네 큰아버지가 적극적으로 밀어 준 덕분도 있겠지만, 아무튼 당시 건설 경기의 호황으로 정신없을 정도로 잘 되더구나. 새마을 운동도 한몫 했지."

영호도 선명하게 기억을 하고 있었다. 주문이 밀리면서 아버지는 계속 기계를 들여 놓았고, 일꾼들도 계속 늘어났다. 공장은 밤낮으로 쉬지 않고 벽돌과 블록을 찍어냈다. 아버지는 일꾼들과 새벽부터 밤늦게까지 함께 일을 했고, 어머니 역시 그런 일꾼들에게 야식을 마련하느라 잠을 설쳤다. 아버지는 컴컴한 새벽에 일어나 일꾼들과 함께 전등불을 켜놓고 벽돌과 블록을 차에 차곡차곡 실었다. 일꾼들은 그것을 상차라고 했는데, 상차를 두세 대 하면 날이 밝았다. 아침밥을 먹은 후 일꾼들은 기계를 돌리면서 벽돌과 블록을 찍어냈다. 하루 종일 드르륵 드르륵하는 기계소리가 공장 안에 가득했다. 아침에 상차를 끝낸 트럭들은 강촌이나 여주로 가서 모래를 계속 실어와 공장 한쪽에 산더미처럼 쌓인 모래언덕에 쏟아부었다.

일꾼들은 모래를 뜨는 사람, 시멘트를 넣는 사람, 물을 붓고 그것을 뒤섞는 사람, 섞인 것을 삽으로 퍼서 기계에 담아 넣는 사람, 기계를 만지면서 블록과 벽돌을 찍어내는 사람, 찍혀 나온 벽돌이 단단해지도록 불기로 굽는 양생실이라는 굴로 운반하는 사람, 그것을 받아 굴에 걸린 나무걸이에 훈기가 잘 들도록 쌓는 사람 등으로 분업화되어 있었다. 일꾼들은 대개 기계를 만지는 기계잡이를 중심으로 한 조를 이루었다. 공장에는 그런 기계잡이가 셋이나 되었다.

아버지는 양생실에서 나온 벽돌과 블록을 각각 분류하여 공장 널찍한 마당에 2미터 높이로 쌓았다. 그리고는 벽돌이 햇볕에 갈라지지 않도록 호수로 하루 종일 물을 뿌렸다. 벽돌 색깔이 누런 것이 있으면 아버지는 불량품이라 하여 가차없이 폐기 처분했다. 누런 벽돌은 시멘트가 덜 들어가고 모래가 많이 들어갔기 때문에 쉽게 깨어진다는 것이었다. 아버지는 철저하게 시멘트와 모래가 정확하게 배합된 정품만을 고집했다.

공장 일이 끝나면 거의 저녁 10시가 되었다. 일꾼들이 씻고 잠을 잘 준비를 하는 동안, 아버지는 사무실에서 경리를 보는 박서기라는 사람과 함께 그날의 판매와 수입을 계산하였다. 그리고 자정이 지날 무렵에 잠자리에 들었다. 그 동안 어머니도 자지 않고 부엌에서 다음날 아침 준비를 했다.

아버지 공장에서 나오는 벽돌과 블록은 품질 좋기로 소문이 나면서 불티나게 팔렸다. 주문이 넘쳐 밤샘 작업을 하는 것은 다반사였다. 공장의 규모는 점점 커졌다. 기계도 더 들여왔고, 트럭도 다섯 대가 되었다. 아버지는 당시 전세로 사용하던 땅을 아버지 명의로 샀다. 그리고는 그 땅도 모자라 주변의 땅을 더 사들였다.

그가 중학교 2학년 때, 그러니까 형이 고등학교 1학년 때, 아버지는 식구들이 살집을 공장에 새로 지었다. 아담한 이층 양옥집에 이사하던 날 어머니는 감격에 겨워 눈물을 흘렸다. 그를 비롯한 형제들도 자신의 공부방을 갖게 되었다고 기뻐하면서 서로 이층에 있는 방을 차지하려고 싸웠다. 아버지는 이층에 있는 두 방을 그와 형이 쓰도록 하고 막내는 일층에 있는 방을 쓰게 했다. 막내가 싫다면서 며칠을 두고 울면서 떼를 썼다. 그런 막내가 기어코 사고를 쳤다. 광복절 기념식장에서 영부인이 총에 맞아 죽었고, 아버지를 비롯한 온 식구가 동네 분양소에 갔다 오는 날이었다. 집에 돌아오니 막내가 없었다. 밖에 놀러 나간 모양이라 생각을 했는데 날이 저물어도 들어오지를 않았다. 식구들이 나서서 온 동네를 뒤졌지만 행방을 알 수 없었다. 파출소에 연락을 하고 법석을 피우는데, 박서기가 막내를 안고 집에 왔다. 막내가 이전에 살던 집에서 혼자 자고 있더라는 것이었다. 막내는 자기 방을 이층에 주지 않으면 자기 혼자 그 집에 살겠다는 것이었다. 할 수 없이 형이 일층으로 내려오고 막내가 이층으로 올라갔다.

이전에 살던 집은 공장 한귀퉁이에 있는 양철집이었는데, 여름에는 덥고 겨울에는 추워 잠을 잘 수 없었다. 더구나 여름 장마철에는 양철 지붕 사이로 빗물이 떨어져 방 안 가득 세숫대야며 그릇을 놓아 두고 물이 차면 비우기 바빴다. 아버지는 식구들 집뿐만 아니라 일꾼들이 거처할 사택도 이층으로 마련했다. 집이 없어 떠돌던 일꾼들은 마치 제 집을 가진 듯이 기뻐했다.

"가끔 서울에 볼일이 있어 가노라면, 새로 생긴 건물들 대부분이 우리 공장에서 만들어진 벽돌로 건설된 것을 보고 가슴 뿌듯했지……. 그래, 아버지 세대에는 먹고 살기가 힘들었다. 그래서 가난을 벗어나는 일이 제일 중요했어. 철아, 네가 어떻게 생각할지 모르지만, 아버지 입장에서 볼 때는 그래도 예전보다 살기가 훨씬 좋아졌다는 거야."

말없이 아버지의 이야기를 듣던 형은 고개를 끄덕거리면서 아버지 말에 동조를 했다.

"그렇다고 아버지 생각을 너에게 강요하는 것은 아니다. 내가 말하고자 하는 것은 시간이 흐르면 모든 것은 변한다는 거다. 나나 네 어머니에게 있어서 살아가는 데 제일 급선무가 가난을 벗어나는 거였다. 지긋지긋한 가난을 벗어나기 위해 다른 생각 아무것도 하지 않고 일만 했던 거지. 사람들이 나나 네 어머니한테 일벌레라 하는 거 안다. 너희들은 어떤지 모르지만, 나는 듣기 좋다. 내 인생의 목표가 가난을 벗어나는 것이었으니까, 일벌레 소리 들으면 내 목표를 이루기 위해 내가 열심히 사는구나, 하는 생각을 하지. 잘 살아보자, 라는 구호, 철이 너는 어떨지 모르지만, 그 구호를 들을 때마다 내 인생의 목표를 항상 생각했다. 그래서 나는 지금 내가 살고 있는 사회에 대해 불만은 없다."

말을 잠시 중단하고 아버지는 물을 한 모금 마시면서 형을 바라보았다. 형은 조금 불만어린 얼굴로 아버지를 바라보고 있었다.

"사람은 자신이 살아가고자 하는 삶의 목표가 무엇인가에 따라 모든 것이 달라져. 나도 대충은 안다. 철이 너희들 세대가 가진 불만이 무엇인지를……. 내 입장만 내세워 너희들 생각이 틀렸다고 말하는 것은 아니다. 아까도 말했지만 사람은 각자의 삶의 목표가 있으니까. 내가 가난을 벗어나는 것이 삶의 목표였고, 열심히 일하고 저축하고 한 것은 그 목표를 이루기 위해서였다. 가끔 네 어머니가 뭘 좀 사자고 하면 일부러 무시했다. 적어도 우리가 죽을 때까지는 그 목표를 잊어서는 안 된다고 생각했다. 내가 우리 식구들에게 돈 있다고 함부로 쓰지 못하게 하는 것도 그 때문이다. 우리가 열심히 해서 그 돈을 버는 순간 우리 때문에 돈을 못 버는 사람도 있기 마련이다. 그리고 우리만 열심히 한다고 되는 것은 아니지 않냐. 우리 집에 있는 일꾼들이 없었다면 어떻게 지금 우리가 있겠냐. 그 사람들을 생각하면서 아끼고 절약해야 되는 거야."

"아버지 말씀 잘 알고 있습니다. 저희들을 위해 아버지 어머니께서 얼마나 열심히 일하시고 아끼셨는지를……. 저도 대학을 다니면서 느낀 것인데, 늘 아버지 어머니가 존경스럽습니다. 그렇지만, 제 생각은 조금 또 다릅니다."

"어떻게 다르냐?"

아버지는 인자한 웃음을 띠고 형을 바라보았다.

"아마도 제 세대들은 아버지 세대가 이룩해 놓은 물질적 풍요의 혜택을 누리면서 자란 세대들일 것입니다. 제가 아주 어릴 때 배가 고팠던 것 빼고는 자라면서 한 번도 돈 때문에 힘들은 적이 없었습니다. 제가 사고 싶은 것, 하고 싶은 것 있으면 늘 아버지 어머니께서 다 사주셨죠. 제가 이렇게 대학교를 학비나 다른 돈걱정하지 않고 다니게 된 것도 다 아버지 어머니의 보살핌 때문입니다. 고등학교 다닐 때 저보다 공부를 잘하던 친구가 있었는데…… 아시죠? 우리 집에 자주 왔던 상원이요?"

"그래, 안다. 늘 너랑 일이 등을 다투던 애 아니니. 우리 집에 자주 와서 자고 갔지. 그 애 대학을 못 갔지?"

"예, 어머니. 그 친구가 우리 집 일층 제 방에 와서 자면서 늘 부러워하더군요. 자기도 자기만의 공부방이 있으면 좋겠다고요. 그 말을 듣고 정말 미안했습니다. 그 친구가 대학을 간다니까 친구 아버지가 그러셨대요. 아까 아버지께서 중학교 간다 할 때 할아버지가 하신 것처럼 그러시더래요. 대학 보낼 돈도 없을 뿐만 아니라, 대학 가서 뭐하냐고. 매일 데모만 하는 놈들이 득실거리는데 그곳은 왜 가냐고. 그 친구 울면서 제게 그 말을 할 때 아무런 위로의 말도 해줄 수 없었습니다."

"그래, 상원이 집이 가난했지. 당신도 생각나죠? 왜 산 밑에 고물상하던 집요?"

"알지. 그런데?"

"그런데, 그 친구를 얼마 전에 만났어요?"

"어디서? 대학교에서?"

"아닙니다, 어머니. 구로 공단 근처에서 만났습니다. 노동자가 되어 있었습니다."

"아이구, 저를 어쩌나! 그렇게 공부 잘하던 아이가, 쯧쯧!"

"그래요, 어머니. 저는 아무 어려움 없이 대학을 다니고 있습니다.

그래서 그런지 저는 물질적 풍요에 대한 관심보다는 정신적 자유에 대해 관심이 많습니다. 아까 아버지께서 우리가 잘 사는 동안 우리 때문에 못 사는 사람들도 있다고 하셨죠. 제가 주목하는 부분이 바로 그겁니다. 우리도 한번 잘 살아 보자라는 기치를 내걸고 모든 사람들이 열심히 일한 것을 잘 알고 있습니다. 저는 우리 집안이 그 대표적인 사례라고 생각합니다. 정말 성실히 살아오신 아버지 어머니께 고개 숙여 감사드립니다."

형은 진지하게 아버지께 고개를 숙였다. 아버지는 웃음을 거두고 물을 다시 한 모금 마셨다.

"그런데, 산업화가 독재개발의 논리를 등에 업으면서 많은 문제를 낳고 있다는 점입니다. 상원이 같은 친구는 아무리 열심히 해도 노동자일 뿐입니다. 부익부 빈익빈이라는 경제적 불평등 때문입니다. 아버지 세대를 뒤이은 저희 세대가 맡은 몫이 바로 경제적 불평등의 해소라고 생각합니다. 평등을 이루기 위해서는 자유가 있어야 합니다. 솔직히 말씀 드리면, 저는 지금의 이 상황에 대해 숨이 막힐 지경입니다. 온몸이 밧줄에 꽁꽁 묶여 있는 기분입니다. 이 밧줄을 끊는 것이 지금의 제 삶의 목표입니다."

형의 얼굴은 붉게 상기되어 있었다. 영호는 자유니 평등이니 하는 단어를 배워서 알고 있었지만, 그것이 왜 형에게 그렇게 중요한 것인지를 이해할 수 없었다. 아버지는 얼굴이 굳어 있었다.

"알겠다. 네가 무슨 생각을 하는지……. 그래, 그것이 네 삶의 목표라면 그것을 이루기 위해 최선을 다해야지. 내가 그랬던 것처럼……. 일단 인생의 목표가 정해지면 그것이 달성될 때까지 전력투구를 해야 한다. 그런데 내가 가난을 벗어나기 위해 노력하면서 항상 염두에 두었던 것은, 내 주변 사람들이었어……."

아버지는 말을 잠시 끊고, 안주머니에서 사진을 두 장 꺼내, 형과 그에게 나누어 주었다. 가족 사진이었다. 형은 그 사진을 뚫어져라 쳐다보았다.

"넣어 두거라. 철아, 내 삶의 목표를 이루기 위해 최선을 다하되, 그 목표를 달성하는 과정에서 다른 사람들을 가슴아프게 해서는 안 된다. 내 말이 너희들 자주 쓰는 단어로 기회주의적인 것일지도 모르겠다. 하지만, 내가 말하고 싶은 것은 네 삶의 목표를 이루는 일에 전력을 다하되, 그것이 항상 네 주위에 있는 가족과 함께 진행되어야 한다는 거다. 가족을 항상 생각하고 인생의 목표를 향해 매진하기를 바란다. 또 남을 속이지 말고 매사를 정직하고 올바르게 살아야 한다. 내가 하고 싶은 말은 그것이다."

형과 그는 아버지의 말에 숙연해졌다. 평생 가족을 위해 살아온 아버지가 얼마나 가족을 사랑하고 있는지를 새삼 피부로 느낄 수 있었다.

"술 한 잔 더 드릴까예?"

영호는 전씨의 말에 긴 상념에서 벗어났다.

"예, 한 잔 더 주십시오."

영호는 술을 벌컥벌컥 마시면서 잠시 잊고 있던 화가 또다시 치밀어 올랐다. 그토록 가족을 위하고 가족만을 생각하던 아버지, 자식들에게 정직하고 올바르게 살라고 말하던 아버지의 얼굴이 떠올랐다. 그러면서 자유와 평등을 이루는 것이 삶의 목표라 하던 형의 얼굴도 떠올랐다. 이제 두 사람은 오랜 세월 동안 감추어 놓았던 비밀이 폭로되면 무엇이라 할 것인지. 그때 그는 다시 아버지와 형의 말에 감동을 받을 수 있을 것인지. 그는 다시 한 번 심한 배신감과 절망감에 몸을 부르르 떨었다.

"제길! 그렇다면 이 아우라지는 도대체 무엇이란 말이야. 이것도 가족이고 진실이란 말이야!"

영호 혼자 발작하듯 내뱉은 큰 소리에 전씨는 깜짝 놀라 몸을 움츠렸다.

7 깨어진 술병

은지는 버스에 내려 시계를 보았다. 12시가 넘었다. 12시 전에 와서 점심을 준비하려 했는데 조금 늦었다. 접시에 담아 랩으로 포장한 회가 혹시라도 흩어질까봐 조심하면서 빠른 걸음으로 과수원을 향해 갔다.

과수원에는 영호가 타고 온 자동차만 있을 뿐 아무도 없었다. 주위를 두리번거리던 그녀는 집 뒤를 돌아 부엌으로 갔다. 부엌에 들어서자 전씨가 뭔가를 달그락거리고 있었다.

"뭐 하세요?"

"오셨습미꺼? 술상 치우고 있습미더."

"술상요?"

"예, 아까 주인님이 술을 드시고 싶다고……."

"그러세요. 놔 두세요, 제가 할 게요. 그런데 주인님은?"

"술을 좀 과하게 드신 것 같데예. 방에서 주무십미더. 한 30분 됐습미더."

"예, 그럼…… 어떻게 하지? 전씨 시장하시죠?"

"아닙미더. 주인님 일어나시면 먹어야지예. 제 걱정 마이소."

은지는 영호가 웬일로 낮술을 먹었는지 궁금했지만, 그가 술을 워낙 좋아하는 것을 알고 있기에 대수롭지 않게 생각했다. 회 접시를 냉장고에 넣었다. 그가 일어나면 먹을 수 있도록 미리 매운탕을 끓이기 시작했다. 혹시, 돌이 나올까봐 쌀을 여러 번 걸러낸 뒤 압력밥솥에 넣고 가스 렌지의 스위치를 켰다. 과수원 텃밭에서 캐두었던 상추와 깻잎과 고추를 물에 씻었다. 농약을 치지 않아 채소에 벌레가 많이 먹었지만 파릇한 신선미를 그대로 간직하고 있었다. 고추는 매운 것만을 고르다 보니 모두 작았다. 채소의 물기가 빠질 때까지 채에 올려놓았다. 오이 껍질을 칼로 얇게 벗겨내고 길게 자른 다음, 마늘을 까서 얇게 썰었다. 오이와 마늘을 물에 헹구고 물기를 턴 후 접시에 하나씩 하나씩 모양 좋게 놓았다. 물기가 빠진 상추와 깻잎, 고추도 가지런히 접시에 올려놓았다. 매운탕 찌개가 보글보글 끓으면서 김을 내기 시작했다. 국물을 숟가락으로 조금 떠서 입에 넣었다. 뜨거워서 그녀는 입을 크게 벌리고 후후 소리를 내었다. 불을 줄이고 부엌 구석에 걸린 선반을 쳐다보았다. 선반에 있는 밥상 중에서 제일 좋아 보이는 밥상을 꺼내 부엌 식탁 위에 놓고 행주로 꼼꼼히 닦았다. 반찬을 하나씩 놓았다. 밥통에서 삐 하는 소리가 났다. 가스 렌지 스위치를 껐다. 얼추 밥상 준비가 다 된 것 같았다.

찬장을 열어 사기로 된 술병을 꺼내 물에 깨끗이 씻었다. 어머니가 제일 아끼던 술병이었다. 돌아가신 아버지가 나주 칠기장에 가서 사온 것이었다. 아버지가 그렇게 비명횡사를 한 후 고향을 몰래 떠날 때에도 어머니는 이 술병만큼은 품에 안고 이곳으로 왔다. 아저씨도 영철이도 술을 거의 마시지 않았기에 이곳에서 술병을 꺼내 사용한 적은 한 번도 없었다. 술병에 농주를 부었다. 호리병 모양의 술병에는 의외로 농주가 한 되는 들어갔다. 너무 많은 것이 아닌가 싶었으나 영호가 알아서 먹겠지, 라는 생각으로 가득 부었다. 술이 차가워지도록 술병을 조심스럽게 냉장고에 넣었다. 이제 영호가 일어나면 밥을 뜨고 찌개와 회와 술병만 올리면 되었다. 부엌문을 열고 영호가 자는 방문을 보았다. 여전히 자는 모양이었다. 시계를 보니 벌써 1시가 넘었다. 깨울까 하다가 피곤할 텐데 조금 더 자도록 내버려 두었다.

그녀는 전씨 밥상을 차려 전씨 방으로 가져다 주었다. 그래도 영호는 일어나지 않았다. 찌개가 쫄까 봐 가스 렌지 불을 껐다. 혹시 잘못된 것이 있는가 싶어 영호 밥상을 다시 한 번 살펴보고 밥보자기를 살짝 덮었다. 부엌 식탁에 앉아 잠깐 쉬기로 했다. 머리를 두 손으로 쓸어 올리고 숨을 골랐다.

굴뚝새 소리가 또 들렸다. 부엌 창 밖을 보았다. 과수원 쪽 둔덕이 보였다. 굴뚝새가 어디 있는지를 보려고 창문 밖을 이리저리 살펴보았지만 새집이 얼른 보이지 않았다. 겨울 내내 저놈의 굴뚝새를 벗삼아 지낼 생각을 하니 가슴이 답답해지면서, 또 다른 한편으로는 겨울마다 이 과수원을 찾아 주는 굴뚝새가 그지없이 반가웠다.

돌아가신 어머니는 영철이가 죽은 그해 겨울, 굴뚝새 소리를 들으면서 그녀에게 이런 말을 한 적이 있었다.

"저놈의 새는 겨울만 되면 여기로 내려오는구나. 산 추위를 피해 이곳으로 피난 온 거지. 다시 따뜻한 봄이 오면 산으로 가서 마음껏 맑은 공기 마시고 날아다니다가 다시 겨울에 오겠지……. 은지야, 네가 지금 여기 있는 것도 잠시 피난 온 것이라고 나는 생각했는데…… 다시 봄이 와서 네가 산으로 들어가길 바랬는데……. 내 팔자가 기구한 건지, 네 팔자가 기구한 건지……."

어머니는 뜨개질을 하고 있는 그녀를 바라보면서 땅이 꺼질 것 같은 긴 한숨을 내쉬었다. 그러나 그녀는 결혼 따위는 다시는 하지 않을 것이라고 오래 전에 속으로 다짐을 했다. 아니, 오래 전이 아니라 영철이가 죽고 그를 따라 자신도 죽으려고 결심한 그 순간부터였다. 영철이가 죽은 뒤 그녀는 자신의 인생에서 이제 봄은 결코 오지 않으리라는 것을 예감하고 있었다. 그녀에게 있어서 과수원은 피난처가 아니라, 삶의 마지막 발판이었다. 이 발판마저 떨어져 나간다면 그녀는 더 이상 미친 세월의 바람을 견뎌낼 재간이 없었다.

"영철이 생각은 말거라. 그게 운명이다. 우리가 영철이를 만난 것도, 지금 여기 와 있는 것도, 또 그 애가 죽은 것도 다 운명이다. 그 애는 심성이 착해서 아마도 좋은 세상으로 갔을 것이다. 그 애가 죽은 것도 너에게 새 출발을 하라는 의미로 이 어미는 받아들인다. 사람이 잊을 것은 빨리 잊어야 한다. 네가 빨리 영철이를 잊어야 할 텐데……."

영철이가 봄에 결혼을 한 후, 그녀는 그해 여름이 되었을 때, 그가 오기만을 기다렸다. 일을 하다가도 버스 정류장을 멍하게 오래오래 쳐다보는 것이 습관이 될 정도였다. 그가 준 책을 읽노라면 자상하게 웃고 있는 그의 하얀 얼굴이 어른거려 한 글자도 눈에 들어오지 않았다. 여름이 다 가도록 그는 오지 않았다. 여름이 끝날 무렵, 그녀는 그가 결혼한다고 말할 때 보았던, 여울목에 빠져 떠오르지 않던 진달래 꽃잎을 떠올렸다.

가을이 시작될 때 어머니가 사진을 한 장 들고 왔다. 그녀는 그 남자와 두 번 만난 뒤 결혼을 하기로 했다. 결혼식이 있는 날, 아저씨와 영철이가 오전 11시경 과수원으로 왔다. 그녀는 아저씨에게 큰절을 올린 뒤, 아저씨의 당부 말씀을 듣고 밖으로 나왔다. 과수원 마당에 서 있던 그가 그녀를 보고 반가워 뭐라 말을 하려 할 때, 그녀는 그에게 가벼운 목례만 하고 자신의 방으로 들어갔다. 정선에서 택시를 불러 차를 타고 가면서도 그녀는 그에게 한마디도 하지 않았다.

결혼식에 입장하기 직전, 그가 신부 대기실로 찾아와 축하 카드를 건네 주었다. 그녀는 그것을 받아들고 그를 쳐다보았다. 그의 얼굴은 더욱 창백하고 수척해 보였다. 살이 빠져서인지 아니면 옷이 커서인지 카드를 건네 주는 그의 하얀 손으로 양복 소매가 길게 내려와 있었다. 그가 식장으로 들어간 뒤 그녀는 카드를 펼쳐 보았다.

그녀는 결혼식 내내 울었다. 눈 화장을 한 마스카라가 눈물과 함께 흘러내려 얼굴이 뒤범벅이 될 때까지 울었다. 그가 건네 준 카드에 적힌 글, "은지가 행복하게 사는 모습을 늘 지켜 볼 수 있으리라 믿어"라는 글이 뇌리를 떠나지 않았다. 신혼여행을 떠날 때 그가 준 카드를 핸드백에 꼭꼭 챙겨 넣었다.

결혼 후 그녀는 태백에 신혼살림을 차렸다. 남편은 조그만 생맥주 집을 운영했다. 남편은 활달했다. 취객들의 비위를 잘 맞추었고, 그러다 보니 단골이 꽤 많았다. 남편은 그런 단골들과 어울려 술을 같이 마시곤 했다. 그녀는 불쑥불쑥 떠오르는 영철의 영상을 지우기 위해 남편과 함께 밤늦도록 생맥주 집에서 일을 했다.

결혼 후, 서너 달이 지난 어느 날 몹시도 추운 겨울밤에 늘 오던 단골손님이 왔다. 남편은 그들과 늦도록 술을 함께 마셨다. 새해가 시작된지 며칠 되지 않았고, 날씨도 너무 추워서인지 다른 손님들은 거의 오지 않았다. 다른 좌석에서 깜박깜박 졸고 있던 그녀가 그들이 돌아간 뒤 가게를 정리하려고 자리에서 일어나 문을 닫기 위해 입구 쪽으로 걸어가고 있었다. 그때까지 혼자 술잔을 기울이던 남편이 갑자기 그녀의 머리채를 확 낚아채고는 주먹으로 그녀의 온몸을 때리기 시작했다.

그것이 남편이 휘두른 첫 폭력이었다. 결혼식 때 영철이가 그녀에게 준 축하 카드를 봤다는 것이었다. 누구냐고, 어떤 놈이냐고 고함을 지르는 남편에게 대꾸하거나 변명하기가 싫어서 그녀는 그냥 남편이 휘두르는 주먹에 자신의 몸을 내던져 버렸다. 그런데 이상한 것은 남편에게 맞을수록 환하게 웃는 영철의 얼굴이 점점 선명하게 떠올랐고,

그가 그녀를 감싸안았다. 그녀는 남편의 주먹질에도 전혀 아픔을 느끼지 않았다.

그녀는 그 일로 근 한 달을 고생해야만 했다. 갈비뼈에 금이 갔다는 것이었다. 그녀는 끝내 병원 입원을 거부하고 집에 머물면서 생맥주집 일을 도와주었다. 남편은 그녀에게 미안하다 하면서, 아픈데 그만 일하고 들어가라는 말을 수도 없이 반복했다. 그러나 그것도 잠시뿐, 시간이 지날수록 남편은 술에 취해 그녀에게 질문하는 빈도가 늘어났다. 영철이가 누구냐고, 왜 너는 그 카드를 지금도 간직하고 있느냐고 물었다. 그녀가 자신을 아껴 주는 오빠라고 이야기하면, 남편은 너는 형제가 없는 것으로 알고 있는데 무슨 오빠냐 하면서 그녀에게 사정없이 주먹질을 했다. 점점, 남편은 사소한 일도 그것을 영철이와 관련시켰고, 그리고는 그녀에게 무조건 손찌검을 가했다.

결혼 2년째가 되던 해 봄에, 아버지와 동생의 제사를 지내기 위해 당일로 다녀오기로 하고 친정인 아우라지에 갔다. 그런데 어머니가 감기가 심하게 들어 거동을 하지 못했다. 할 수 없이 며칠을 머물 수밖에 없었다. 남편에게 전화를 걸어 조금 늦게 간다고 말했을 때, 남편은 이미 술에 취해 있었다. 그곳에 영철인가 뭔가 하는 놈이 왔느냐고, 당장 빨리 돌아오라고, 고래고래 고함을 질렀다. 그녀는 어머니가 들을까봐 수화기를 귀에 바짝 대고 아무 대꾸도 못하고 듣기만 했다. 그때 그녀는 어머니의 충고만 없었다면 남편과 결별을 했을 것이다.

"사람의 인연이란 쉽게 끊어지는 것이 아니란다. 특히 부부의 인연은 천년의 인연이라 하지 않니? 내가 네 아버지와 졸지에 헤어진 후 늘 생각나는 것이 살아 있을 때 잘해 드리지 못한 거란다. 지금도 제일 가슴아픈 것이 그날 네 아버지가 집을 나가는 날, 돈은 안 벌어 오고 어딜 또 가느냐고 떼를 쓴 것이란다. 내가 죽을 때까지, 네 아버지에게 한 그 말을 잊지 못할 거다. 내가 천벌을 받은 거지. 가서 내 아버지 만나면 무릎 꿇고 용서를 빌고 싶다. 생이별을 하고 헤어져도 부부는 끝까지 부부인 걸 절감하고 있다."

어머니의 눈물을 보면서, 그녀는 부부의 연이 그렇게 운명적인 것이라면, 지금 남편을 만난 것도 다 자신의 팔자려니 생각하기로 하고, 빗나가려는 마음의 결을 바로잡았다. 그리고 영철에 대한 그리움을 기억의 저 깊은 지층으로 내려보내기로 했다.

그런 생각을 한 후, 그녀는 남편을 더없이 살갑게 대했다. 남편의 의심과 폭력도 많이 줄어들었다. 그때쯤 그녀는 임신을 했다. 아이를 가졌다는 말에 남편은 어린아이처럼 기뻐했다. 가게에도 나오지 못하게 하면서 그녀를 신주 모시듯이 모셨다.

사건은 영철이가 준 책 때문에 일어났다. 임신 3개월이 됐을 때인 한여름에 그녀는 더위에 지친 나머지 책을 읽다가 낮잠이 들었다. 그날 저녁 어스름 무렵, 남편은 가게도 열지 않고 대낮부터 먹은 술로 엉망이 된 채 집에 들어왔다. 읽던 책이 없어져서 방 안을 뒤지고 있던 그녀에게 남편은 책을 세차게 집어던졌다. 책은 그녀의 얼굴 정면에 와부딪쳤다. 남편은 아직도 그놈 생각하느냐고 소리지르면서 마구잡이로 주먹질과 발길질을 했다. 남편의 폭력에 무방비로 노출된 그녀의 눈에 책 안표지에 적힌 영철이의 글이 보였다. "열심히 공부하길, 영철오빠가."

유산을 했다. 넋을 잃고 집에 멍하니 앉아 있는 그녀에게 남편은 자신이 잘못했다고, 다시는 그러지 않을 테니 용서해 달라고 하면서 그녀 곁으로 슬금슬금 다가왔다. 남편이 다가올 때, 그녀는 그를 죽이고 싶었다. 엉금엉금 기어오는 그를 보는 순간, 오랫동안 잊고 있던 기억이 불쑥 되살아났다. 밤기차를 타고 어머니와 단 둘이 아우라지로 온 이후 잊으려고 했고, 또 거의 잊고 있던 고등학교 때의 그 엄청난 폭력에 대한 기억이었다. 아버지와 남동생을 빼앗아간 광기어린 그 폭력의 장면들이 눈에 잡힐 듯 선명하게 떠올랐다. 그리고 초죽음이 된 영철이의 모습도 떠올랐다. 부들부들 떨면서 눈물 흘리던 여고생의 모습도 떠올랐다. 순간, 그녀의 가슴 저 깊은 곳에서 분노로 이글거리는 울부짖음이 들려왔다.

은지야! 더 이상 폭력에 희생당하지 마! 고등학교 시절의 그 폭력만으로도 너는 엄청난 희생을 치렀어! 그 폭력으로 인해 네 삶의 운명이 달라졌어! 죄 없는 소중한 생명을 죽이는 그런 폭력은 이제 더 이상 있어서는 안 돼! 저항해!

맹렬히 울부짖는 목소리가 들려왔다. 영철이의 목소리였다. 그녀는 화장품 병을 집어들었다. 그녀의 내부에서 폭풍처럼 소용돌이치던 한 맺힌 절규가 터져 나왔고, 때를 맞춰 그녀는 그녀에게 다가오는 미친 짐승에게 본능적으로 손에 잡히는 것들을 집어던졌다.

그녀는 그 다음날 새벽, 동이 트기도 전에 가방 하나에 자신의 옷과 영철이 준 카드와 책들을 담고 아우라지로 돌아왔다. 뿌옇게 깔린 새벽 안개를 헤치고 걸으면서 그녀는 자신의 삶이 이제 영원히 이 안개로부터 벗어나지 못할 것이라는 생각을 했다.

아우라지로 돌아오고 한 달이 지날 즈음이었다. 결혼 이후, 그녀의 결혼식 때 한 번 오고는 발길을 끊었던 영철이가 여름이 다 지나갈 무렵 홀로 아우라지에 나타났다. 박사학위를 취득했다면서 학위증을 그녀의 어머니와 그녀에게 보여주었다. 그리고 하루를 묶고 다시 서울로 돌아갔다. 영철은 정거장에 배웅을 나간 그녀의 손을 꼭 쥐었다.

"학위를 땄지만 앞으로가 더 막막해. 이따위 학위로 내가 꿈꾼 것을 조금이라도 성취할 수 있는지……. 세상은 너무도 빨리 변해. 모두들 과거를 깡그리 잊고 있어. 과거를 망각한 현재는 무의미해. 뿌리 없는 나무와 같은 것이지. 모두들 뿌리에는 관심을 끊고 오로지 나뭇잎들에만 미쳐 있어. 나뭇잎이 허상인 줄 모르고. 과거의 상처는 아직도 아물지 않았어……. 은지야, 나는 네가 결혼함으로써 그 상처를 조금이라도 치유받기를 바랬어. 나는 네 상처를 치유해 줄 수 없었어. 내 상처도 내가 감당하지 못하면서, 어떻게 남의 상처를 치유할 수 있겠어. 그래서 널 떠나 보낸 거야."

정선으로 가는 버스가 왔다. 그러나 그는 먼 산만을 바라볼 뿐이었다.

"그런데…… 네가 더 큰 상처를 입고 온 것에 나는 절망하고 있어, 아니 분노하고 있어. 아직도 그런 폭력이 자행되다니. 모두가 미쳐 있는 나뭇잎은 폭력의 피로 물들어 있어. 온갖 폭력들이 난무해. 나는 내가 발 디디고 있는 뿌리에서 그 폭력의 뿌리를 뽑아 버릴 거야. 그것이 가능하다고 이제 생각하지 않아. 그렇지만 내가 폭력의 뿌리에 조그마한 생채기를 내고, 또 다른 사람이 내고, 그것이 쌓이면 그 뿌리도 없어질 것이라 믿어……. 하지만 막막해. 무엇부터 해야 할지를 모르겠어. 그렇지만 내가 죽는 한이 있더라도 반드시 생채기를 내고 말 거야. 그래서 다시는 은지가 그런 폭력에 희생당하지 않도록 할 거야……. 미안하다. 은지야. 너를 떠나 보내는 것이 아니었는데…… 내 상처보다는 네 상처를 먼저 생각했어야 하는 건데……. 강인해져야 돼. 은지도 이제 그 뿌리를 뽑아 버리는 삶을 살아야 돼."

먼 산을 바라보면서 나지막하게 말하는 그의 눈에는 금방 쏟아질 것 같은 눈물이 글썽거리고 있었다. 처음 보는 그의 눈물에 그녀의 작은 가슴은 한없이 한없이 바스러지고 있었다. 그를 잠시나마 미워했던 것에 대한 죄스러움, 그를 떠난 것에 대한 후회, 그리고 쓰러질 것 같은 그의 메마른 몸을 감싸안아 주고 싶은 연민으로 그가 떠난 정류장에서 그녀는 해가 지는 것도 모르고 앉아 있었다. 그를 다시는 떠나 보내지 않겠다고, 미친 세월에 그가 더 이상 상처받고 방황하지 않도록, 끝까지 끝까지 그를 기다리겠다고, 그래서 그가 지친 몸을 이끌고 돌아오면 따뜻하게 그를 감싸안아 주겠다고, 붉게 물들고 있는 저녁 노을을 서럽게 바라보면서 다짐에 다짐을 하였다. 이후 그녀는 흐르는 시간을 그가 떠난 정류장 노을에 정지시켜 놓았다. 그는 돌아올 수 없는 먼길을 떠났지만, 그녀의 가슴속에는 늘 변함없이 저녁 하늘을 물들이는 노을과 함께 그는 영원히 살아 있었다.

방문 열리는 소리가 들렸다. 열린 부엌문을 통해 거실 쪽을 보니, 영호가 얼굴을 찌푸린 채 앞이마에 손을 얹고 화장실 쪽으로 갔다. 그녀는 눈물을 훔치고 얼른 식탁에서 일어나 밥상을 준비했다. 그가 다시 방 안으로 들어갔다. 그녀는 밥상을 들어 거실 한가운데 조심스럽게 놓았다. 그리고 밥상에서 조금 떨어진 자리에 서서 그가 나오기를 기다렸다.

그가 잠바를 입고 나왔다. 그녀는 입가에 미소를 머금고 작은 소리로 말했다.

"진지 드세요."

"아뇨! 됐습니다! 이제 떠날 겁니다."

그의 착 가라앉은 목소리에 놀라 그녀는 그를 보았다. 그의 얼굴이 심하게 일그러져 있었다. 그녀는 그가 자신을 노려보고 있다고 생각했다. 그런 눈을 그녀는 헤어진 전 남편에게서도 본 적이 있었다. 가슴이 두근거리고 다리가 떨리기 시작했지만 애써 태연한 척 자리에 가만히 서 있었다.

"시간 나시면 이리 좀 앉으시죠."

그가 밥상 옆에 풀썩 퍼질러 앉으면서 손으로 그녀가 앉을 자리를 가리켰다. 그와 한 발짝 떨어진 곳에 그녀는 앉았다. 손을 무릎 위에 가지런히 놓고 그를 보았다. 가까운 데서 본 그의 얼굴은 훨씬 심하게 일그러져 있었다.

"단도직입적으로 묻겠습니다. 저의 아버지와 은지 씨 어머니는 무슨 관계였습니까?"

그녀는 그가 지금 무엇을 물어 보고 있는지 몰라 눈을 동그랗게 뜨고 그를 빤히 쳐다보았다. 그는 날카로운 눈빛으로 그녀를 노려보고 있었다. 그녀의 손바닥에 땀이 베이기 시작했다. 가슴이 쿵쾅거리고 호흡이 가빠졌다. 시선을 어디에 두어야 할지 몰라 그녀는 고개를 숙였다. 도대체 지금 그는 자신에게 무엇을 물어 보는 것인가.

"또 대답을 않는군요. 다시 한 번 묻겠습니다. 어떤 관계였습니까?"

그의 목소리가 조금 높아졌다. 그녀는 어쩔 줄을 몰라 고개를 들어 그를 보았다. 그의 눈은 그녀를 집어삼키려는 듯 활활 불타고 있었다. 도대체 왜 그러는지 묻고 싶었지만 입술이 떨어지지 않았다. 숨이 턱턱 막혔다. 손을 들어 옷깃을 조금 풀었다.

"마지막으로 묻겠습니다. 어떤 관계입니까?"

그가 두 손으로 거실 바닥을 짚고 상체를 앞으로 숙인 채, 그녀의 얼굴을 뚫어지게 노려보았다. 그녀의 몸은 와들와들 떨고 있었다. 울음이 터질 것 같았다.

"그, 그냥, 도, 도와주시는 분……."

그녀는 터져 나오려는 울음을 참느라고 말끝을 맺지 못했다.

"도와줘요? 그럼 도와주는 대가로 무엇을 주고받았습니까?"

그녀의 커다란 눈에 눈물이 글썽거렸다. 그녀는 지금 그가 묻는 말을 하나도 알아들을 수 없었다. 두 볼로 눈물 한 줄기가 흘러내렸다. 그녀는 사시나무 떨 듯이 와들와들 떨었다. 그가 두 손으로 거실 바닥을 철썩 내리치면서 큰 소리로 외쳤다.

"도대체 이곳은 비밀투성이입니다. 비밀 말입니다. 그 비밀을 알고 있는 것은 이제 은지 씨뿐이죠. 그런데 왜 말을 안 하시는 겁니까? 하긴 비밀도 아니죠. 알 것 다 알았으니까요. 그런데 한 가지 궁금한 것은 제 형이 왜 여기에 왔는가 하는 것입니다. 형은 이 모든 것을 알고 있었겠죠? 듣자 하니 저의 형과 친하게 지냈다고 하셨는데, 도대체 어떻게 된 영문입니까? 저의 아버지와 은지 씨 어머니 관계는 그렇다 칩시다. 저의 형과 은지 씨 관계는 또 뭡니까?"

그가 고함을 지르면서 다시 거실 바닥을 내려쳤다. 그녀는 두 손으로 얼굴을 가린 채 흐느끼기 시작했다.

잠시 두 사람 사이에 침묵이 흘렀다.

"좋습니다. 말씀 안 하셔도 됩니다. 저는 이만 올라가겠습니다. 이 땅 저의 어머니 명의로 이전을 하겠습니다. 이전이 되면 은지 씨께서는 이곳을 떠나 주십시오. 고함을 질러 죄송합니다. 그럼."

그가 벌떡 일어났다. 울고 있던 그녀가 고개를 들고 눈물로 범벅이 된 얼굴로 그를 쳐다보았다. 그가 그녀를 내려다보았다. 그가 홱 몸을 돌리더니 거실을 걸어나가기 시작했다. 그녀가 황급히 일어나 한 걸음 뛰어갔다. 그가 돌아보며 말했다.

"왜, 제게 하실 말씀이 있습니까?"

그녀는 내디디던 발걸음을 멈추고 서서 그를 쳐다보다가 다시 옆에 있는 밥상을 내려다보았다. 그리고는 두 손으로 코와 입을 감싸고 울음을 참으면서 말했다.

"무슨 일인지는 몰라도 화를 푸시고 점심 드시고 가세요."

울먹이는 그녀의 목소리에는 간절함과 애절함이 진하게 배어 있었다. 그러나 그는 무표정하게 그녀를 보았다.

"아니, 됐습니다. 가다가 휴게실에서 먹겠습니다. 아무튼 그간 고마웠습니다. 다시 볼 일 없을 것입니다. 안녕히 계십시오."

고개를 꾸벅 숙인 후 그는 다시 걸음을 옮기려고 했다. 옮기려는 그의 팔을 그녀가 붙잡았다. 그가 그녀의 팔을 세차게 뿌리쳤다. 그 사슬에 그녀는 거실에 주저앉았고, 동시에 밥상 옆에 얌전히 놓여 있던 술병이 나뒹굴었다. 깨진 부분으로 누런 농주가 거실 바닥으로 콸콸 쏟아지기 시작했다. 그는 그것을 힐끔 한 번 쳐다보고는 쿵쿵 소리를 내며 거실을 가로질러 마당으로 내려간 뒤 문을 꽝 닫고 사라졌다. 놀란 전씨가 마당으로 뛰어나와 어쩔 줄을 모르고 발을 동동 굴렀다. 잠시 후, 차 시동 걸리는 소리가 들렸다.

자동차 소리가 사라졌다. 과수원에는 정적만이 감돌았다. 어디선가 또 굴뚝새 울음소리가 들려왔다. 그녀는 자신의 삶이 마지막 구비를 돌아 끝자리에 이르렀다는 것을 느끼면서 오래오래 거실에 앉아 바깥을 멍하니 보았다.

8 양수리와 아버지

영호는 42번 국도를 타고 차를 몰았다. 정선을 벗어나는 42번 국도는 왼쪽은 깊은 계곡을, 오른쪽은 거의 수직에 가까운 산 절벽을 끼고 있는 길로, 꼬불꼬불하게 생긴 구절양장의 험한 길이었다. 영호는 그 길에서 커브를 돌 때에도 바퀴가 키키킥 소리를 낼 정도로 달렸다. 가끔씩 올 때마다 감탄하던 정선의 산하도 더 이상 보고 싶지 않았다. 그의 기억에서 아우라지와 관계된 모든 것을 깡그리 잊고 싶었다. 아버지와 형, 그리고 은지의 비밀스러운 기억이 남아 있는 이곳에 다시는 오지 않겠다고 다짐하면서 차를 급하게 몰았다. 식구들 몰래, 아버지와 형만이 자신들의 음험한 비밀을 공유했다는 사실에 그는 말할 수 없는 배신감과 모멸감을 느끼고 있었다. 그런 감정을 지우지 않으면 그는 아버지의 제사도 형의 제사도 지낼 수 없었다.

진부에서 영동고속도로를 탈까 하다가, 횡성과 양평을 거쳐 서울로 들어가는 국도를 타기로 했다. 일요일을 맞이하여 마지막 단풍 구경에 나선 나들이 차들로 영동고속도로가 막힐 것은 분명했다. 아우라지를 나올 때 2시가 조금 지나 있었다. 국도가 막히지 않는다면 저녁 8시경이면 서울에 도착할 수 있을 것이다. 그러나 자신은 없었다. 그는 차가 막힐 것을 예상하여 최고 속도로 달리고 있었다. 그는 한시라도 빨리 정선을 벗어나 서울로 돌아가고 싶었다.

그토록 엄격하고 그토록 부지런하던 아버지가 어떻게 이럴 수 있는지, 그리고 모든 시대의 고민과 사회의 모순을 혼자 떠안은 지식인처럼 행동하던 형이 이럴 수가 있는지, 아무리 이해하려 해도 그는 이해할 수 없었다. 아버지는 철저히 식구들을 속이고 이중 생활을 한 것이었다. 아니 세상 사람 전부를 속였다.

아버지 장례식 날, 사람들의 조문 행렬은 끝이 없었다. 동네 사람들은 물론이고 이전의 일꾼들뿐만 아니라 처음 보는 사람들로 영안실은 발 디딜 틈이 없었다. 형이 자살한 지 두 달 뒤에 아버지는 당뇨 합병증으로 돌아가셨다. 벽돌 공장에서 일하던 일꾼들은 장례식 내내 자리를 뜨지 않았다.

아버지의 벽돌 공장이 사양길에 접어들기 시작한 것은 그가 군대를 제대한 후부터였다. 건설 경기의 퇴조로 벽돌의 수효가 급격히 줄어들었다. 엎친 데 덮친 격으로 손으로 찍어내던 벽돌시장을 레미콘이라는 신종 업체가 대체해 버렸다. 모래와 시멘트 반죽을 차에 싣고 원통을 빙글빙글 돌리면서 건설 현장까지 직접 운송해 주는 레미콘이 등장하면서, 건설 현장에서 벽돌의 필요성은 거의 사라져가고 있었다. 레미콘에 실려온 시멘트 혼합물을 차에서 연결된 호스로 철근 더미에 쏟아붓고 그것을 말리면 건물은 완성되었다. 벽돌이나 블록은 완성된 건물의 벽면을 쌓는 데만 필요했다.

건설 현장에서 벽돌 수요가 크게 줄어들었다. 그러다 보니 업체들간에 과당 경쟁이 벌어지면서 서로 납품을 하려고 가진 애를 썼다. 건설 현장 책임자는 밀려드는 업체들 중에서 낮은 가격을 제시하면서 몰래

뒷주머니에 돈을 쑤셔 넣어 주는 업체를 선정하였다. 납품을 딴 업체는 원가에도 못미치는 돈을 받고 벽돌을 공급해야 했다. 자연, 생산원가를 절약해야 하기 위해 시멘트를 덜 사용하게 되고, 모래도 강모래보다는 싼 바다모래를 사용했다. 예전에 아버지가 불량품이라 폐기 처분하던 누런 벽돌들이 건설 현장에 공급되었다. 뇌물과 불량품의 악순환은 갈수록 심해졌다.

뇌물이라는 단어조차 모르고, 벽돌이 조금만 누런 색깔을 띠어도 폐기 처분하던 아버지가 그런 난장판에 뛰어들 리 만무했다. 아버지는 철저하게 정도를 걸었다. 한 번은 건설 현장 책임자가 직접 찾아와서 아버지가 만든 벽돌을 쓰겠다고 했다. 아버지가 가격을 제시하자 그는 난색을 표하면서 싸게 할 수 없냐고 했다. 아버지는 그러면 벽돌을 만들 수 없다고 했다. 그는 고개를 끄덕이고, 본사에 가서 강도를 실험하겠다면서 벽돌 견본을 가져갔다. 영호가 보아도 그 벽돌은 회색 빛이 나는 일등품이었다. 공장을 나서기 전, 책임자가 무엇을 기다리는 듯 머뭇거렸다. 영호가 아버지에게 돈을 바라는 것 같다고 하자, 아버지는 버럭 화를 내면서 그를 쫓아 보냈다. 며칠 뒤 통보된 결과는 벽돌이 불량품이라는 것이었다. 아버지는 쓴웃음을 짓고 아무 말도 하지 않았다.

그런 여러 가지 여건의 변화로 공장은 쇠락해 갔다. 아버지도 예전처럼 신명나게 일을 하지 않았다. 새벽부터 밤늦도록 한시도 쉬지 않고 일을 하던 아버지가 넋을 잃고 사무실에 앉아 있는 것이 자주 목격되었다. 트럭도 줄어들고 기계도 줄어들면서 일꾼들도 하나둘씩 공장을 떠나갔다. 기계 한 대와 트럭 한 대로 공장을 운영하던 아버지는 양수리에 음식점이 하나둘씩 들어서기 시작할 무렵, 공장을 팔고 인적이 드문 인근 계곡으로 이사를 했다.

이사를 한 그해 겨울에 오랜만에 가족이 다 모였다. 형과 그와 막내

모두 다 대학원에 합격을 해서, 그것을 축하하기 위해 한자리에 모였다. 대학을 다니던 내내, 그와 막내는 거의 양수리에 들르지 않았다. 일 년에 두 번 명절 때 내려오는 것이 전부였다. 그는 소설을 쓴다고, 막내는 실험을 한다고 방학 때도 서울에 머물렀다. 형이 자주 양수리 집에 들러 아버지와 이야기를 나누곤 하였다. 그와 막내가 양수리 집에 자주 들르지 않은 것은 여러 가지 바쁜 사정도 있었지만, 늘 형만을 챙기는 아버지에 대한 소원함도 작용하고 있었다.

그렇다고 아버지가 서울에 오는 일도 거의 없었다. 대신 일 년에 서너 번씩 그에게 안부편지를 보냈다. 편지를 받으면 그는 시외전화를 걸어 잘 지내고 있다고, 걱정 마시라고 하는 것이 고작이었다.

가끔씩 그는 어머니나 형을 통해 아버지의 근황을 들었다. 아버지가 불우학생을 위한 장학재단을 설립했다는 소식을 들은 것이 90년대가 시작될 무렵이었다. 땅을 판 돈을 은행에 넣어 두고 그 이자로 학생들의 등록비와 생활비를 지원해 준다는 것이었다. 이후, 양수리 자연보호 대책 위원을 지낸다는 소식도 들었고, 불우이웃을 돕는 데 앞장선다는 소식도 들었다. 매주 일요일, 고아원과 양노원을 찾아간다는 말도 언젠가 명절 때 내려갔을 때 어머니가 들려주었다.

장례식장에 그득한 사람들도 아버지와 그렇게 인연을 맺은 사람들 같았다. 대학생인 듯한 무리들도 있었고, 중 고등 학생들도 있었다. 노인들도 있었고 코흘리개 아이들도 있었다. 그들은 아버지의 영정 앞에 오랫동안 고개를 숙이고 있었다. 양수리 동네 사람들은 아버지 같은 분은 법 없이도 살 분이라고 칭찬을 아끼지 않으면서, 동네를 위해 힘쓴 아까운 사람이 돌아가셨다고 다들 아쉬워했다. 그러면서 형의 죽음을 염두에 둔 것인지, 말년이 불우했다는 말도 했다.

형이 자살하고 한 달 정도 지났을 때, 그러니까 아버지가 돌아가시기 한 달 전에 아버지는 은행에 있는 전재산을 형이 나온 대학에 장학기

금으로 내놓았다. 남은 것은 양수리 집 하나와 얼마 되지 않는 논밭이 전부였다. 과학기술원을 졸업하고 벤처 사업을 하던 막내가 그 소식을 듣고 그에게 달려와 술에 취해 날뛰던 기억이 선명했다.

"그래, 형! 우리 아버지 좋은 사람이지? 그래, 좋아! 성인군자지. 성인군자면 뭐 해! 우리를 위해 뭘 해주었어? 다른 아버지들은 자식들 위해 아파트도 사 주고 사업 자금도 대 주고 하는데. 아니, 뼈 빠지게 벌어 가지고 남 좋은 일만 시키고 자식들은 거지로 내버려 두면 다야! 그 돈이 얼마야, 응? 서울에 빌딩 세 채는 사겠다. 아, 그거 사서 어머니, 작은형, 나 주면 안 돼? 그러면 우리 형제 이렇게 고생 안 해도 되잖아. 큰형 봐! 큰형 살아 있을 때 형수가 벌어온 돈으로 생활했잖아. 그때 형수가 뭐라 했는 줄 알아? 비전이 없데, 비전이! 에이, 씨팔!"

그는 막내의 술주정을 나무라면서도 한편으로는 막내의 말에 공감하였다.

"아니, 그래, 형. 아버지 돌아가시면 어머니는 어떻게 살라고 전재산을 줘 버리는 거야. 밭떼기 하나 가지고 어머니 살라고. 어머니 머리 봐, 허옇잖아. 무엇 때문에 그렇게 됐는데. 아버지 뒷바라지한다고 그런 것 아냐? 그러면 어머니가 먹고 살 수 있도록 해놔야 될 것 아냐? 허구한 날 가족을 위한다면서 아버지가 가족에게 해준 것이 뭐 있어? 형! 형이 어머니 모실 거야? 큰형은 한 달 전에 죽었잖아? 나는 절대로 안 모셔. 그리고 아버지 돌아가셔도 장례식에 발도 안 붙일 거야. 말년이 어떠신지 두고 보겠어."

아버지의 말년은 그렇게 끝났다. 독설을 퍼붓던 막내는 장례식에 나타났다. 그리고 자신의 독설과는 정반대로, 아버지에 대한 칭송을 귀가 아프도록 들어야 했다. 세상 사람들은 아버지를 정직하고 부지런하며 남을 위해 산 사람이라고 입을 모아 칭찬했다.

제법 잘 빠지던 도로가 양평 근처에서부터 밀리기 시작했다. 팔당호에는 어둠이 깔리고 있었다. 영호는 담배를 한 대 물고 막내의 독기어린 말을 떠올렸다. 어쩌면 막내가 아버지를 정확하게 파악했는지도 모른다는 생각이 들었다. 가족을 위한다던 아버지가 아우라지에 또 다른 집과 땅을 가지고 있는 사실을 세상 사람들이 알면 그들은 어떤 표정을 지을까? 막내는 또 어떤 독설을 퍼부을까? 그리고 평생을 아버지만 바라보고 살아온 어머니는 얼마나 배신감을 느낄까? 어머니에게 이 사실을 어떻게 말해야 할지 난감해 하면서 그는 다시 한 번 솟구쳐 오르는 배신감에 몸을 부르르 떨었다.

차가 거의 움직이지 못할 정도로 도로는 꽉 막혀 있었다. 주말이면 이 도로는 항상 정체되었다. 가족과 함께 혹은 연인과 함께 이곳으로 외식 겸 드라이브를 나온 차들로 항상 정체되었다. 특히 오늘 같은 경우, 단풍 구경을 나온 차들이 합류하면서 도로는 완전히 주차장으로 변했다.

양평은 이전 모습을 전혀 찾아볼 수 없었다. 길 양쪽에 들어선 음식점과 카페, 러브호텔 등에 가려 길 바로 옆에 있는 팔당호수는 보이지 않았다. 저녁 무렵이라 그런지 현란한 네온 사인과 자동차의 빨간 브레이크 등이 번쩍거리는 것이 마치 서울의 번화가에 와 있는 듯한 착각이 들 정도였다. 음식점에서 고기 굽는 냄새가 길에까지 흘러나왔다.

어린 시절, 아버지와 어머니는 오일장 때문에 새벽에 집을 나갔다가 밤늦게 돌아오기 일쑤였다. 그러면 그는 동생과 함께 하루 종일 낚시를 했다. 고기를 잡아 허기진 배를 채워야 했기 때문이었다. 아버지는 그와 동생이 낚시를 하는 것은 상관하지 않았지만, 형이 낚시를 하는 것은 일절 금했다. 집안의 장손으로서 품위를 지켜야 하고, 또 그런 시간이 있으면 공부를 하라는 것이었다.

형이 학교를 간 후 아침부터 동생을 데리고 강으로 갔다. 먼저 양동이를 조금 깊은 곳에 담그었다. 모기장으로 양동이 위쪽을 막고, 그 한가운데에 구멍을 뚫은 다음, 된장을 한 주먹 넣어서 물에 한 시간 가량 담그어 놓으면 피라미와 미꾸라지, 새우들이 양동이에 가득 들어 있었다. 그 동안 그는 대나무로 만든 낚싯대로 열심히 고기를 잡았다. 붕어는 물론이고 일급수에서 사는 메기와 쏘가리도 가끔 잡혔다. 두 시간 정도 강에서 낚시를 하면 양동이에 온갖 고기가 가득했다. 제법 큰 고기는 집에 가져가기로 하고, 피라미를 비롯한 잔챙이들은 그 자리에서 구워 먹었다. 그가 고기 옆구리를 손으로 따서 창자를 떼어내고 강물에 씻는 동안, 동생은 마른 나뭇가지를 모아서 불을 지폈다. 매캐한 연기에 눈물을 흘리면서도 동생은 온 힘을 다해 입김을 후후 불면서 악착같이 불을 지폈다. 불이 활활 타오르면 그는 불 주위에 커다란 돌을 놓고 그 위에 널찍한 양철판을 걸쳐 놓았다. 양철판이 벌겋게 달아오를 때 고기를 놓으면 고기들이 팔딱팔딱 뛰다가 이내 지글지글 익었다. 그와 동생은 뜨거운 고기를 후후 불면서 입 주위가 시커멓게 될 때까지 먹었다.

큰 고기를 집에 가져다 놓으면, 저녁 늦게 돌아온 어머니가 그것으로 매운탕을 끓였다. 그와 동생은 아버지의 칭찬을 기다렸지만, 아버지는 아무 말도 않고 매운탕 그릇을 바라보다 고기 한 점을 떠내고는 내일 아이들 먹도록 부엌에 갖다 두라고 했다. 아마 아버지는 그와 동생이 배가 고파 낚시를 가는 것이 가슴아팠던 모양이었다. 훗날 공장이 잘 되었을 때, 아버지는 식구들과 낚시를 가서, 고기는 먹기 위해 잡는 것이 아니라면서 그와 동생을 바라보며 웃었다. 낚시를 마치고 돌아오는 길에 아버지는 식구들을 매운탕 집으로 데리고 갔다. 아버지는 매운탕을 맛있게 먹는 식구들을 흡족한 표정으로 바라보았다.

어릴 적 그렇게 많이 잡히던 고기도 요즘에는 거의 잡히지 않았다. 아버지 장례식이 끝나고 며칠 집에 머무는 동안 낚시를 한 번 했는데,

한나절을 해도 꼬리가 비틀어진 붕어 몇 마리만이 잡혔다. 강 주변에는 온갖 쓰레기들이 둥둥 떠 있었고, 강물은 탁한 녹색을 띠고 있었다.

거북이 걸음을 하던 차들이 조금씩 속도를 내기 시작하더니, 이 삼십 분 지나 양수리에 들어서면서 다시 정체되기 시작했다. 아마 양수리 검문소가 있는 삼거리까지 밀릴 모양이었다. 그의 집이 양수리를 완전히 떠난 것은 아버지 장례식이 끝난 후였다. 논밭을 팔고 서울에 아파트를 장만하여 홀로 계신 어머니를 서울로 모셨다. 그것이 2년 전이었다. 차창 밖으로 보이는 양수리는 2년 전의 모습조차 찾아볼 수 없을 정도로 변해 있었다. 세월이 참 빨리 흐른다는 생각을 하면서, 영호는 사라져 버린 어린 시절의 강처럼 이제 아버지에 대한 기억도 오염된 더러운 저 강 속에 던져 넣어야 할 때가 된 것 같다는 생각을 했다.

9 멀어지는 형제들

시계가 8시를 넘어서고 있었다. 2시에 출발했으니, 6시간 가량을 한 번도 쉬지 않고 운전을 한 셈이었다. 피곤을 느끼고 있는 영호의 눈에 커피 자판기가 보였다. 도로에서 빠져 나와 길가에 차를 세웠다. 커피를 빼들고 차로 돌아설 때였다.

"저. 잠깐만요."

영호가 뒤를 돌아보았을 때 뚱뚱한 아주머니가 그를 보고 반갑게 다가왔다.

"영호 맞네! 긴가민가 해서 한 번 불러 봤는데."

공장에서 일하던 박서기 부인이었다. 박서기는 공장을 처음 시작할 때부터 서기일을 본 사람으로, 열 살 가량 아래인 그를 아버지는 늘 형제같이 대했다. 박서기도 제 집 일처럼 공장일을 돌보았다. 공장을 팔고 나서도 무슨 일이 있으면 늘 아버지를 찾아가 상의를 하곤 했다. 그의 부인도 공장에서 일을 하면서 거의 매일 어머니를 도와 밥도 하고 빨래도 했다. 아버지 장례식 때 어머니 곁을 한 번도 떠나지 않고 어머니를 위로하던 박서기와 그 부인의 모습이 떠올랐다.

바빠서 가야 된다는 그를 박서기 부인은 끝까지 밥을 먹고 가라면서 근처 식당으로 그를 잡아끌고 갔다. 갈비를 먹으라는 그녀의 권유를 마다하고 그는 갈비탕을 시켰다. 식사를 하면서 어머니 안부도 묻고 그와 영식의 근황을 물으면서 이 이야기 저 이야기를 늘어놓던 그녀가 아버지 이야기를 했다.

"사장님 돌아가시고 나니까 동네가 허전하네. 우리 집 양반도 세상 사는 맛이 없다고 요즘 약주만 드신다네……. 저기 보이지, 저 건물, 호텔인가 뭔가 하는 건물. 옛날 우리 공장이 있던 자리에 저게 들어섰어."

그녀가 가리키는 쪽을 보았다. 유럽에서나 볼 수 있는 호화풍의 건물이었다. 공장이 팔리고 그곳에 전자부품을 만들던 공장이 들어섰다가, 그 공장도 헐리고 호텔 건물이 들어선 것이었다. 그는 건물을 바라보면서 그곳이 옛 공장 부지라는 사실을 지금에서야 알게 된 자신이 부끄러웠지만, 내색을 하지는 않았다.

"공장 그만두시고 두 분이 얼마나 적적해 하시는지. 우리집 양반하고 인사드리러 가기만 하면 사모님께서 꼭 저녁 먹고 가라고 하시면서 이런저런 이야기를 나누었지. 가끔 영철이가 자주 들러 두 분 모시고 산책도 하고 밥도 먹고 했는데, 지금은……."

그녀는 그의 눈치를 살피면서 말끝을 흐렸다.

"요즘 사모님 자주 찾아 뵙지? 자주 인사드리고 해. 얼마나 적적하시겠니. 내가 옆에 있으면 매일 찾아뵐 텐데……."

어머니를 서울에 있는 아파트로 오게 한 후에도, 그는 전화만 할 뿐 한 달에 한 번 정도 찾아가는 것이 고작이었다.

"합병증이 발발했을 때, 병원에 가시자고 그렇게 권유해도 끝끝내 집에서 죽어야지 왜 밖에서 죽느냐고 그러셨지. 결국에는 병원에서 돌아가셨지만…….”

아버지가 당뇨 합병증에 걸린 것은 돌아가시기 일 년 전이었다. 신장에 이상이 생기면서 피를 걸러내지 못하게 되었다. 병원에 가기를 그렇게 거부하던 아버지도 할 수 없이 양평에 있는 병원에 가서 투석치료를 받아야 했다. 일주일에 세 번 투석을 받지 않으면 얼굴을 비롯한 온 몸이 퉁퉁 부었다.

“요, 앞 정류장에서 두 분이 손을 잡고 버스를 타고 가는 모습이 한편으로는 정겨워 보이기도 했고, 또 한편으로는 쓸쓸해 보이기도 했지. 영철이가 처음에는 모시고 다니다가 영철이가 그렇게 되면서……그래서 우리집 양반이 가끔 차를 몰고 모시고 다녔지. 그렇게 편찮으신 와중에도 서울에 있는 자식들 걱정만 하시더래. 자식이 뭔지…….”

영호는 정류장 쪽으로 고개를 돌렸다. 손을 잡고 버스를 기다리는 아버지 어머니의 모습이 어른거렸다. 공교롭게도 아버지가 투석을 받기 시작할 때 형도 정신 이상 증세를 보이기 시작했다. 증세가 심하지 않던 초기에는 형이 이곳으로 와서 아버지를 모시고 병원으로 다녔다. 형은 증세가 악화되면서 서울의 집에만 틀어박혀 있었다. 형 대신 그가 그 일을 도맡아 해야 했지만, 으레 형이 알아서 잘하겠지 하는 타성에 젖어, 그 일에 신경을 전혀 쓰지 않았다. 아버지가 앰뷸런스에 실려간 뒤에야, 그는 세 번 문병을 갔다. 그는 박서기 부인이 지금 자신과 동생의 무관심에 대해 힐책을 하는 것이라고 생각하면서 얼굴이 붉어졌다. 그러다가 고개를 세차게 흔들었다. 아우라지 생각이 났기 때문이었다. 어머니는 그것도 모르고 아버지를 모시고 멀리 있는 양평까지 힘겨운 걸음을 했던 것이다.

“우리가 이만큼 살게 된 것도 다 사장님과 사모님 은덕이지.”

“그게 뭐, 아버지 때문인가요. 박씨 아저씨하고 아주머니가 열심히 하셨기 때문이죠.”

"아이구, 그런 말 하지 말게. 남들이 들으면 욕하겠다. 아니, 사장님께서 안 도와주셨다면 우리가 어떻게 지금 이렇게 살겠어. 그때는 정말 아찔했지. 공장 그만둘 때 사장님께서 주신 돈이 꽤 됐어. 그 돈으로 땅을 조금 사서 철근 장사를 했지. 배운 게 그것뿐이니 다른 것 할 수가 없었어. 제법 잘 됐단다. 한 10년 넉넉하게 먹고살았지. 그런데 아이엠에프가 터지면서 망해 버렸단다. 철근을 가져간 업체들이 무더기로 도산해서 수금이 안 되는 거야. 버티다 버티다 한 달 만에 부도가 났어. 하늘이 노랗더구나. 땅이고 뭐고 있는 거 다 팔아 빚 갚고 나니까, 남는 게 숟가락 하나뿐이더구나. 할 수 없이 지하 단칸방에 월세를 들었지. 저기 보이지. 저 집 지하란다."

식당 건너편 삼층짜리 건물을 그녀는 가리켰다. 그는 그 건물을 보고 저게 언제 들어섰는지를 생각했지만 알 수가 없었다. 그는 새삼 자신이 오랫동안 고향에 관심을 두지 않았다는 것을 느꼈다.

"지하에 있으니 우리집 양반하고 나하고 한숨만 나오더구나. 대학 다니던 자식놈도 휴학계를 내고 군대 간다고 하더구나."

"아, 시철이요. 그 애가 벌써 그렇게 됐나요. 제가 대학 들어갈 때 시철이가 다섯 살인가 그랬죠? 그놈 장난이 그렇게 심했죠. 아, 그때 벽돌 더미에 올라가 놀다 벽돌이 무너지면서 크게 다쳐 급히 병원으로 데려갔던 기억이 있는데……. 그럼 지금 제대할 때가 되었겠네요?"

그녀는 그를 빤히 쳐다보았다.

"그래, 그때 그랬지. 죽는 줄 알았지. 그런데 군대는 안 갔어. 지금 의대 졸업해서 군의관으로 가 있어. 서울에서 영호 몇 번 봤다던데? 영호 소설책 재미있다고 하면서 유명한 작가 되었다고 그러던데?"

그리고 보니 몇 번 만났던 기억이 났다. 그가 출판사에 있는데 대학생이 된 시철이가 찾아와서 술도 같이 마신 기억이 났다. 영호는 갑자기 무안해졌다.

"그 애가 그렇게 대학을 무사히 졸업할 수 있었던 것도 사장님 덕분이지."

"아버지요? 왜요?"

그녀는 다시 영호를 빤히 쳐다보았다.

"몰라? 정말 모르나 보네. 원 사람도, 그렇게 무심해서야."

그는 얼굴이 빨개졌다.

"그렇게 살길이 막막해지자 우리집 양반 술만 찾더라고. 하루 종일 술에 절어 있는 거야. 그래서 부부 싸움도 많이 했지. 제발 정신 차리고 살자고. 그래도 이 양반 막무가내야. 죽고 싶다는 거지. 그렇게 한 달이 지났을까……. 그래, 크리스마스 날이었지. 저녁도 못 먹고 집에 있는데 사장님이 오신 거야. 요즘 찾아오지 않기에 직접 와 보셨다면서, 이사를 하면서도 연락을 하지 않는다고 나무라시데. 그러시더니 저녁 먹으러 가자시는 거야. 저녁을 먹고 나서 사장님께서 통장을 하나 건네 주시더구나. 쓰고 나중에 벌면 갚으라고 하시는 거야. 통장을 보니 무려 오천만 원이나 들어 있었어."

그는 아버지가 박서기에게 돈을 빌려 준 것을 전혀 모르고 있었다. 하긴 그가 아버지와 어머니와 함께 정다운 대화를 나눈 적이 언제인지 가물가물했다.

"그걸 가지고 슈퍼마켓을 했지. 그런데 때맞춰 저쪽에 대단지 아파트가 들어서면서 눈코 뜰 새 없이 장사가 잘 되더구나. 그래서 지금은 집도 사고 예전 땅도 되찾았지. 모두가 사장님 은덕이 아니겠니."

박서기 집이 슈퍼마켓을 하는 것은 알고 있었다. 장례식 때 박서기는 술과 음식을 모두 자신의 가게에서 조달하였다.

"작년 초에 서울에 가서 사모님께 오천만 원에 이자를 붙여 조금 드렸네. 사모님께서 극구 사양을 하셨지만, 안 갚고는 우리가 죄송스러워서 못견딘다고 하니까 받으시더구나. 많이 늙으셨더라. 흰머리가 더

느셨더구나. 사모님께서 영호 오면 맡기겠다고 하던데, 그거 은행에 넣었지?"

그는 전혀 모르는 일이었다. 그렇지만 모른다고 할 수 없었다. 그래서 고개만 끄덕거렸다. 박서기 부인과 헤어져 차를 다시 몰면서 그는 자신이 군대 제대 이후 이곳에서 일어나는 일들에 대해 거의 까막눈이라는 것을 깨달았다. 아버지와 어머니, 그리고 형과 동생과 깊이 있는 대화를 나눈 적이 거의 없었다. 그는 그 동안 자신이 집안일에 너무 무관심했다는 것을 느끼면서, 홀로 계신 어머니를 떠올렸다. 그가 아내와 별거한 뒤 어머니는 흰머리가 더 늘어나는 것 같았다. 최근 어머니 아파트를 찾아간 지도 한 달이 넘었다. 내일은 어머니를 찾아봐야겠다고 중얼거리던 그는 문득 자신이 아우라지에 대해서도 혹시나 모르고 있는 사실이 있는 것은 아닌가 하는 생각이 들었다. 혹시 어머니는 알고 있을지도 몰랐다. 그렇다면 지금까지 자신이 내린 판단이 틀릴 수도 있었다. 아까 박서기 부인처럼 아버지가 말년까지 그런 일을 했다면, 자신의 판단이 틀릴 가능성이 매우 높았다. 어머니에게 지금 전화를 할까 하다가 그만두었다. 혹시라도 자신의 판단이 맞는다면, 어머니는 큰 충격을 받을 것이 분명했기 때문이었다.

차는 여전히 밀리고 있었다. 도로 오른쪽 철길 건너 그가 다니던 초등학교가 보였다. 삼 형제가 다 함께 초등학교를 다닌 적이 2년 있었다. 막내가 입학을 했을 때, 형은 5학년이었고, 그는 3학년이었다. 학교를 갈 때면 늘 형이 중앙에 서서 그와 막내의 손을 잡고 동요를 부르면서 학교를 갔다. 학교를 마치고 집에 갈 때는 그가 막내를 데리고 갔다. 어릴 적부터 그는 책읽기를 좋아해 수업이 끝나면 교사 끝에 조그맣게 마련된 도서관에 가서 위인전을 읽었다. 자연스럽게 동생도 늘 도서관에 있다가 집으로 갔다. 막내는 학교에서나 집에서도 늘 말썽만 피웠다. 아마 형제들 중에서 아버지에게 가장 매를 많이 맞고 자랐을 것이다. 그도 막내 때문에 아버지에게 맞은 적이 있었다.

아버지가 벽돌 공장을 시작하기 전, 그가 초등학교 4학년 때였다. 봄비가 오는 어느 날, 도서관을 나와 비를 맞고 갈 요량으로 동생에게 자신의 웃옷을 벗어 머리에 씌우려는 순간 동생이 히죽 웃으면서 손에 있는 우산을 들어 보였다. 당시로는 비닐 우산조차 귀했는데, 동생이 보여준 우산은 값이 꽤 나가감직한 고급 우산이었다.

"야, 그거 누구 거야?"

"응, 도서관에서 가져왔어."

"야 임마! 네 것도 아닌데 가져오면 어떡해, 빨리 갖다 놔!"

그의 말이 떨어지기도 전에 동생은 비가 쏟아지는 운동장을 가로질러 교문 밖으로 쏜살같이 뛰어갔다. 놀란 그가 뒤따라 뛰어가서 동생을 붙잡았을 때, 동생은 학교에서 조금 떨어진 곳에 있는 고물상 앞에서 있었다.

"형, 나 배고프단 말이야. 이거 바꿔서 저기 호떡 먹고 싶어."

동생이 고물상에 가서 돈을 받아 가게에서 호떡을 살 때까지 그는 가만히 있었다. 그도 호떡이 먹고 싶었기 때문이었다.

며칠 뒤 아버지가 그 사실을 알게 되었다. 어머니가 동생의 바지를 빨려다가 바지 속에 있는 십 원짜리 지폐를 발견했던 것이다. 아버지가 그와 동생에게 어디서 난 돈이냐고 다그쳤고, 처음에 거짓말로 둘러대던 그가 결국은 일의 자초지종을 말하였다. 그의 말을 다 들은 아버지는 형을 불러 회초리를 마련하게 했다. 아버지는 동생이 아니라, 그를 종아리에 피가 나도록 때렸다. 그때까지 그는 한 번도 아버지에게 맞아 본 적이 없었다.

"동생이야 뭘 몰랐다 하더라도, 4학년이나 된 너는 도대체 뭐냐? 내가 남의 물건 훔치라고 가르쳤냐. 커서 도둑놈이 될 거야? 세상에서 제일 큰 죄가 남의 물건 훔치는 거야."

동생은 얼굴이 하얗게 질린 채 구석에 무릎을 끓고 있었다. 그를 때린 후 아버지는 자신의 종아리를 걷고 형에게 회초리를 때리라고 했다. 형은 아무 말 없이 아버지 종아리를 두세 번 때리다 눈물을 흘리면서 말했다.

"아버지, 제가 잘못했습니다. 동생들을 제가 잘못 가르쳤습니다. 다시는 이런 일이 없도록 하겠습니다."

그제서야 아버지는 바지를 내리고 밖으로 나가면서, 우산을 사서 내일 학교로 가야겠다고 말했다. 형은 그의 다리에 묻어 있는 피를 닦아주면서 말했다.

"우리는 형제야. 형제는 한 가족이야. 형제 중 누가 잘못되면 그건 한 사람의 잘못이 아니라 우리 형제 모두의 잘못이고, 특히 큰형인 내 잘못이지. 이번 일도 내가 잘못했어. 앞으로는 이런 일이 없도록 내가 너희들을 책임질게. 영식아, 호떡이 먹고 싶으면 이 형에게 말해. 형이 사줄 테니."

"형이 무슨 돈 있어."

입을 삐죽거리는 동생의 이마에 꿀밤을 한 대 주면서 형은 그와 동생의 손을 꼭 잡았다. 그 이후, 형은 책임을 진다고 한 그때의 약속을 평생 지켰다. 형은 자신의 일과 공부 때문에 시간이 거의 없는데도 불구하고, 아버지가 보내는 하숙비를 마다하고 아르바이트를 했다. 그와 막내는 집에서 부쳐 주는 돈으로 하숙을 하고 용돈도 썼다. 그런데도 형은 틈틈이 그와 막내를 불러 저녁을 사주고 용돈도 주었다. 소설을 쓴다고 그는 술을 자주 많이 마셨다. 자연, 학교 앞 주점에 외상값이 쌓였다. 그러면 그는 형에게 전화를 했고, 형이 와서 계산을 해주었다.

형이 그에게 화를 낸 적이 단 한 번 있었다. 형이 박사 졸업을 하던 해 여름에 식구들이 양수리 집에 모두 모여 축하의 자리를 마련했다. 모두들 성인이 되어서 그런지 어릴 때처럼 왁자지껄 떠드는 소리는 들리지 않았다. 아버지와 형이 가끔 말을 주고받았다. 아버지가 그와 막내에게 몇 가지를 물었을 뿐, 거의 오가는 대화가 없었다. 식사가 끝난 후, 그와 막내가 서울에 가야 한다면서 일어났다. 형과 형수는 그날 밤 자고 간다는 것이었다.

막내의 차에 그가 올라타자, 형도 뒷자리에 타면서 잠깐 내려가서 커피 한 잔을 먹고 가라는 것이었다. 그는 그날 저녁 작가들 모임이 있었지만, 시계를 보니 조금 여유가 있어 그렇게 하자고 했다. 막내도 약속이 있어서 오래 앉아 있지는 못한다고 했다. 계곡에서 한참을 내려오니 카페가 하나 있었다. 커피를 시켜 놓고 그가 담배를 피울 때, 형이 이야기를 꺼냈다.

"영호는 출판사 근무하기 좋아? 떠돌아다니는 체질인데, 그래도 오래 붙어 있구나. 내가 결혼하기 한 해 전에 들어갔으니, 벌써 삼 년째지?."

"응, 좀 답답한데, 견딜 만해. 사장이 워낙 좋아."

"그래, 다행이다. 영식이도 사업 잘 돼?"

"그럭저럭."

대화가 자주 끊겼다. 서로가 서먹서먹했다.

"우리가 자주 안 만난 지 꽤 되는구나. 하긴 나부터도 박사논문 쓴다고 근 일 년 바빴으니. 세월 참 빠르다. 저 강에서 물장구치고 고기 잡던 때가 엊그제 같은데. 나도 결혼하고 너희들도 결혼할 때가 되었으니."

형은 창 밖으로 보이는 어둠에 잠긴 호수를 바라보았다. 그와 막내도 잠깐 어린 시절이 생각나 호수를 바라보았다.

"서로 바쁜 줄은 안다. 그래도 우리는 형제니까 늘 연락하고 자주 만나 이야기도 나누어야지. 너희들 형수 음식 잘하니까 집에 자주 와. 좋은 술도 있어……. 참, 그리고 영식아 내가 집에 새 컴퓨터를 들여놨는데, 뭐가 뭔지 잘 모르겠어. 네가 한번 시간 내서 우리집에 와 좀 가르쳐 줄 수 있겠니?"

"그러지 뭐. 형 근데 기종이 뭐야? 386이야, 뭐야?"

"몰라, 얼마 전에 용산 가서 한 대 샀어. 새 거야."

"그럼 386이네. 형이 옛날에 사용하던 건 286이었잖아. 지금 건 프로그램이 많지?"

"그래, 꽤 복잡하더구나. 조만간 와서 좀 봐줘."

"응."

"내가 오늘 이렇게 오랜만에 우리끼리 시간을 가지자는 것은 다름이 아니라 시간 나면 자주 아버지께 인사드리러 오라는 거야. 오늘처럼 왔다가 저녁에 가더라도 자주 와. 아버지, 어머니가 얼마나 적적해 하시는데."

"큰형이 있는데 우리가 왜 와? 아버지는 큰형만 찾잖아."

막내의 말을 듣고 형은 다시 창 밖을 봤다.

"그래, 영식이 말뜻을 알아. 어려서부터 아버지는 나하고만 이야기했으니까. 그렇지만 그 이야기들도 모두 너희들과 관련된 거야. 아버지는 너희들에게 이야기하면 간섭하는 것 같아, 나에게 말씀을 하셨고, 그걸 내가 너희들에게 한 번 걸러 전해 준 거지. 그러니 아버지가 나만 위한다고 생각할 필요 없어. 나도 물론 자주 못 오지만, 올 때마다 아버지는 너희들 걱정이고 너희들 소식만 물으셔."

영호는 형을 바라보면서 형도 나이가 들었다는 것을 실감할 수 있었다. 논문을 쓴다고 책만 봐서 그런지 귀밑머리에 새치가 많이 보였다.

"알았어. 알았어. 그런데 큰형, 아버지께 자주 가면 좋은 게 뭔데? 재산도 다 큰형 줄 거 아냐?"

형은 갑자기 얼굴이 하얗게 돼서 막내를 쳐다보았고, 막내는 고개를 돌리고 머리를 긁적거렸다.

"부모 자식 간의 정은 돈으로 따져지는 것이 아니라는 건 너희들도 잘 알잖아. 우리가 고생하지 않고 대학 마치고 대학원까지 마친 것이 모두 누구 덕분이야. 아버지 어머니 아니었으면 어떻게 가능해. 그렇다고 그 은혜에 보답하자는 것도 아니야. 그냥 우리는 가족이라는 것을 명심했으면 좋겠어. 가족은 죽을 때까지 가족이야. 우리 부모님이 우리에게 그렇게 애정을 쏟아 부은 것도 가족을 위해서가 아니겠니? 나도 이제 내 가족이 있고, 영호나 영식이도 머지않아 자신의 가족을 갖겠지. 그 가족을 지탱하는 기둥이 바로 아버지, 어머니야. 부모님 아니면 너희들과 내가 무슨 상관이 있겠어. 부모님이야말로 우리가 형제라는 이름으로 묶여질 수 있도록 하는 유일한 끈이 아니겠니?"

"형, 알아. 나도 그러고 싶은데 워낙 바빠서. 회사 다니랴 글쓰랴……."

영호는 말을 중단할 수밖에 없었다. 형의 얼굴에 처음 보는 노기가 서려 있었다. 다리를 건들거리면서 앉아 있던 막내도 놀라 형을 쳐다보았다.

"바쁘다고? 바빠서 그런다고? 그럼 아버지는 안 바빠서 우리를 키웠어? 그리고 나도 할 일이 없어서 이곳에 자주 오는 것 같아? 우리들이 먹고 싶은 것 다 먹고 갖고 싶은 것 다 가질 때 아버지 어머니는 먹고 싶은 것 안 드시고 갖고 싶은 것 안 가지셨어. 그걸 너희들이 몰라? 한 달에 한 번, 아니 두 달에 한 번, 그것도 안 되면 계절마다 한 번 찾아오는 것이 그렇게 힘들어? 차들도 다 있잖아! 서울에서 여기까지 30분이면 올 수 있어! 마음만 먹으면 매일같이 올 수 있는 거리야. 너희들 마음이 문제지. 영식이가 아까 돈 이야기했는데, 내가 돈이 욕심나서 이렇게 오는 것 같아? 말해 봐? 어서!"

처음 보는 형의 노여움에 막내는 주눅이 들어 있었다.

"아니, 그게 아니고…… 잘못했어."

"잘못했다고? 뭘 잘못했어? 아버지가 우리에게 가르쳐준 것이 뭐야? 아버지가 돈을 벌어 아버지 혼자 잘 살려고 하셨어? 될 수 있는 대로 사람들에게 나누어 줬잖아. 정직하고 성실하게 평생을 사신 분 아냐? 영호! 너 내 말에 틀린 것이 있으면 말해 봐!"

"없어……."

"영호, 너! 아버지가 요즘 무슨 일을 하는지 아는 대로 이야기해 봐."

"글쎄, 장학재단하고 자연보호하고 양노원이나 고아원 다니시고 그러시잖아."

"그 외는?"

"그 외? 글쎄."

"영식이가 말해 봐."

"나도 작은 형 아는 것밖에 몰라."

"영호, 그럼 내가 요즘 무슨 일을 하는지 말해 봐."

"형 박사학위 따고 시간 강사하고 뭐……."

"내가 지금 아버지가 무슨 일을 하는지 말해 보라니까 대답이 그거야. 그런 대답은 자식 아닌 남들도 할 수 있어."

그와 막내는 고개를 푹 숙였다. 사실, 둘은 아버지와 어머니, 그리고 형이 무슨 일을 하고, 무슨 생각을 하는지에 대해 관심이 없었다. 그와 막내도 서로가 어떻게 지내는지를 잘 몰랐다.

"자식이 부모가 어떻게 지내시는지를 모르는 게 말이 돼? 그토록 너희들은 무관심한 거야. 그래서야 자식이라 할 수 있어? 영호 네가 제일 지금 고민하는 게 뭔지 말해 볼까? 직장을 그만 두고 소설을 쓰고 싶은데, 생활비 때문에 안 되지. 영식이 넌, 벤처 사업을 하는데 돈이 모자라고?"

그와 막내는 형의 말에 찔끔했다. 형은 그와 막내를 속속들이 알고 있었다. 형은 잠깐 말을 중단하고 창 밖을 보다가 이야기를 이어 나갔다.

"내 말이 맞는지 안 맞는지는 너희들이 잘 알 거야. 내가 너희들에게 왜 관심을 가져? 그래, 나도 바빠 죽겠어. 그렇지만 너희들이 내 형제니까 걱정이 돼서 그런 거야. 나조차 그런데 아버지, 어머니는 오죽 하시겠어? 아버지 어머니는 너희들 자주 찾아오지 않는 것에 대해 아무 말씀 안 하셔. 다들 바쁘니까 그렇겠지 하고 이해하셔. 그런데 너희들은 뭐야. 곰곰이 생각해 봐. 요즘 아버지 어머니에 대해 너희들이 얼마나 알고 있는지. 재산 상속은 애초에 생각하지 않는 게 좋아. 나도 그런 생각 추호도 없어. 아마 아버지는 재산을 사회에 기부할지 몰라. 아무튼 자주 집에 들러 아버지 어머니와 대화를 나누고 했으면 좋겠어."

형은 계곡을 걸어서 집으로 갔고 그와 막내는 차를 타고 서울로 돌아왔다. 운전을 하면서 늘 고막이 찢어질 듯한 큰 소리로 음악을 틀던 막내는 그날 아무 말 없이 차만 몰았다. 그도 차창 밖을 보면서 생각에 잠겨 있었다.

핸드폰이 울렸다. 동생이었다.

"형, 어디야?"

"응, 양수리 지나고 있어."

"양수리? 그럼 다 왔네, 그래 갔던 일은 잘 됐어?"

"무슨 일?"

"그저께 전화했잖아. 정선에 큰형 명의의 땅이 있는 걸 알고 있냐고."

"그래, 그랬지."

"어떻게 됐어?"

"뭐가 어떻게 돼?"

"땅 말이야. 진짜 큰형 이름으로 있어?"

"응."

"우와! 진짜! 그럴 줄 알았어. 아버지가 큰형 주려고 우리 몰래 사놨을 거야. 아버지가 큰형을 얼마나 아꼈어? 그런데 큰형이 죽었으니 이제 어머니가 그 땅 주인이 되네. 내가 아는 사람한테 물어 보니까 그렇게 승계가 된데. 어머니는 좋겠다!"

"몰라, 아직, 누구 것인지. 다음에 이야기하기로 하고 끊어."

영호는 핸드폰을 끄려다가 주호가 어떤지 궁금해서 아내 집으로 전화를 했다. 아내는 아직도 집에 들어오지 않았는지 신호음만 계속 울렸다. 집을 잘 비우지 않는 아내였기에, 그는 주호가 몹시 아픈 것은 아닌지 궁금했지만 연락을 취할 방법이 없었다. 아내는 핸드폰이 없었다.

어머니에게서 전화가 온 것은 그가 서울에 있는 자신의 오피스텔에 도착해서 막 문을 열 때였다.

"정선에 갔다 온다면서."

"예? 어머니가 어떻게 아십니까?"

"방금 막내가 전화를 했더구나. 정선에 죽은 네 형 명의로 땅이 있다고."

"사실입니다. 저도 궁금해서 떠나기 전에 어머니께 전화를 드렸는데 안 계시더군요."

"언제?"

"그저께 밤에요."

"응, 그때 뒷집 친구집에 가 있었다. 그런데 그 애는 잘 있던?"

"예? 그 애라뇨?"

"정선 갔다면서? 은지라는 애 말이야?"

"아니! 어머니가 어떻게 그 여자를 아십니까?"

"내가 아는 것이 아니고 네가 모르는 것이지. 아무튼 할 말이 있으니까, 오늘은 늦었고, 내일 시간 날 때 들르려무나."

영호는 당황했다. 어머니가 알고 계시다면 지금까지 내린 자신의 판단이 틀릴 가능성이 매우 컸다. 그럴 리가 없었다. 만약 어머니가 알고 계신다면 그와 동생만 이 사실을, 그것도 20여 년 동안 모를 리가 없었다. 혹시나 어머니는 아버지가 두 집 살림을 하는 것을 알고 있으면서 소문이 날까 두려워, 형에게만 이야기를 하고 그와 막내에게는 숨겼는지도 몰랐다.

그러나 그는 조금 전 그 생각을 단숨에 지웠다. 어쩌면 그 동안 양수리 집에서 일어나는 일에 무관심했던 그와 동생, 두 사람만 모르고 있을 가능성이 컸다. 그렇다면 아버지와 형은 평소의 생활철학에 비추어 볼 때, 아우라지에 어떤 도움을 주었는지도 몰랐다.

11층 오피스텔 밖으로 서울의 밤이 깊어 가고 있었다. 일요일 늦은 시간이라서 그런지 마포대교에는 차들이 한산했다. 그렇지만 수많은 가로등과 건물에서 나오는 불빛들로 한강은 반짝이고 있었다. 소파에서 일어나 영호는 거실 대형 유리창 앞에 섰다. 이틀 동안 제대로 씻지 못한 자신의 꾀죄죄한 모습이 보였고, 그 위로 깨어진 술병 옆에서 넋을 잃고 자신을 바라보던 은지의 물기 어린 커다란 눈동자가 떠올랐다. 영호는 고개를 세차게 가로저으면서 그 영상을 털어 버리려고 애썼다.

10 만남과 이별

출판사는 월요일이라 회의 준비로 부산했다. 사장 주재하에 출판사 전체 부서 책임자들이 모여 월요일마다 회의를 했다. 오늘의 안건은 영한사전 편찬 건이었다. 8시 반경 기획실장 방으로 출근하자 미혜가 커피를 들고 왔다. 영호 스스로 커피를 타 마시겠다고 했지만, 한사코 미혜는 영호의 커피를 타 왔다.

"토요일 날 별일 없었어?"

"국장이 고래고래 고함을 질렀어. 도대체 중요한 안건을 두고 무단 결근을 하면 어떻게 하느냐면서."

영호는 피식 웃으면서 준비된 자료를 가져오라 했다. 그와 미혜를 비롯하여 기획실 직원 다섯 사람이 일주일 밤을 새워 준비한 것이었다. 지난 주, 국장은 일본어판 영어사전을 참고해서 만들자고 했지만, 그는 절대로 그럴 수 없다고 버텼다. 그러자 국장은 그럼 일본어판 사전을 대체할 만한 방법이 있으면 다음 주 회의 때 제출하라고 했던 것이다.

미혜가 두툼한 종이뭉치를 싸들고 왔다. 영한사전편찬 기획안이라는 제목으로 똑같은 것이 여덟 묶음 있었다. 영호는 그 중 하나를 들어 자신의 사인을 하고 기획안을 쭉 읽어 보면서, 이번에는 절대로 물러서지 않겠다고 다짐을 했다. 그가 대학원을 졸업하자마자 박사과정 진학을 포기한 채 출판사에 발을 들여놓은 지도 벌써 10여 년이 되어 가고 있었다. 그 동안 직장을 세 번이나 옮겨 다니다가 기획실장이라는 자격으로 지금의 출판사로 온 것이 이 년 전이었다. 지금의 출판사로 옮길 때 그는 아내와 별거를 시작했다. 아내는 출판사를 옮기는 그에게 그가 소설의 꿈을 버렸다고 말했다.

9시 30분 회의까지 아직 40분 가량이 남아 있었다. 기획안을 훑어보던 그는 아내에게 다시 전화를 걸었다. 여전히 전화를 받지 않았다. 아침에 출근하기 전에도 받지 않았다. 별거를 시작한 이후, 아내가 이렇게 전화를 받지 않는 것은 처음이었다. 커피를 들고 창 밖을 내려다보았다.

3층 기획실 창 밖으로 일주일을 시작하는 도심의 월요일 풍경이 한눈에 들어왔다. 도로는 차들로 꽉 차 있었고, 거리에 사람들은 거의 뛰다시피 하면서 바삐 움직이고 있었다. 은행나무가 샛노랗게 물들어 있었다. 그는 문득 어제 본 아우라지의 가을 풍경을 떠올렸다. 화려하면서도 고즈넉하게 느껴지는 아우라지의 가을 풍경을 떠올리면서, 그는 거리의 은행나무가 자신의 영원한 고향인 아우라지의 자연을 떠나 삭막한 도시에 마지못해 잠시 뿌리를 내리고 있는 것이라고 생각했다. 그 자신도 저 은행나무처럼 자신이 원래 뿌리내려야 할 곳을 잃어버리고 집시처럼 떠돌아다니는 존재가 아닐까 하는 생각을 했다.

"당신이 관심을 두고 있는 것이 무엇인지 궁금하군요. 출판사예요, 소설이에요, 아니면 가족이에요, 그것도 아니면 당신 자신이에요? 당신은 물론 당신 자신의 삶이라 하겠지요. 그랬으면 좋겠어요. 그러길 바라고 지금까지 견뎠어요. 그런데 아닌 것 같아요."

별거할 때, 아내는 그가 그 무엇에도 충실하게 뿌리내리지 못했다고 비판했다. 그는 할말이 없었다. 아내의 말은 사실이었다. 출판사에 들어오기 전 첫 소설집을 낸 이후, 그 동안 그는 이렇다 할 만한 작품을 거의 발표하지 못했다. 이제 그는 소설가로서는 거의 잊혀진 존재였다. 그렇다고 출판계에서도 이름 있는 편집인은 아니었다. 아내의 말처럼, 출판사에 근무한 10여 년 동안 그는 그 어디에도 뿌리를 내리지 못하고 있었다.

만약 그가 출판사를 그만두고 소설을 쓰겠다 했다면, 아내는 아마 별거를 보류했을지도 몰랐다. 그러나 그가 별거를 무릅쓰면서 지금의 출판사로 온 것은 돈보다는 순전히 출판에 대한 욕심 때문이었다. 소설에 충실하지 못한 그로서는 한번 발을 디딘 출판계에서 자신이 목표로 세운 출판문화를 이루고 싶었다. 그래서 소설가로서가 아닌 출판인으로서 성공한 모습을 아내에게 보여주고 싶었다. 지난 2년 동안 그런 자신의 목표를 달성하기 위해 노력했지만, 지금은 거의 실현 불가능한 일이 되어 가고 있었다. 이제 어떤 형태로든 출판사와의 관계를 마무리지어야 했다. 지금 그는 어쩌면 출판사에서는 마지막이 될지도 모르는 회의를 앞두고, 만감이 교차했다.

아내와 별거하고 혼자 지내면서 그가 깨달은 것은 아내의 헌신적인 노력이 없었다면 이미 오래 전에 결혼 생활이 끝났을 것이라는 점이었다. 아내는 자신의 인생에 주어진 수많은 희망의 길을 다 포기하고 오로지 그와 주호를 위해 모든 것을 바쳤다.

그가 다니던 출판사들은 모두 영세했다. 그 출판사에서 그는 늘 편집장으로 있었다. 6년 전 그가 아내와 결혼할 때, 그 동안 직장을 다니면서 모은 돈은 한푼도 없었다. 월급은 술값으로 거의 다 나가 버렸다. 출판사 사장에게 사정을 해서 가불을 받고, 그것도 모자라 형과 어머니에게서 돈을 구했다. 그럭저럭 모은 돈으로 결혼을 하고 18평형 전

세 아파트를 겨우 장만했다.

월급은 적었지만, 그가 있던 출판사들은 모두 문학 관련 책만을 고집했다. 소설책과 시집, 평론집 등을 주로 내면서 될 수 있으면 좋은 책을 내겠다는 사명감으로 어려움을 참고 견디어냈다. 문인들이 자주 찾아왔고, 편집장인 그는 그들을 접대하기 위해 술을 자주 마셔야 했다. 자연, 생활비는 영어 교사를 하던 아내가 도맡아 처리할 수밖에 없었다.

아내는 그와 같은 대학 영문과 출신으로 그보다 3년 후배였다. 군대 제대 후, 그가 2학년으로 복학을 할 때 당시 2학년이던 아내를 처음 만나 결혼할 때까지 10년 동안 연애를 했다. 그와 아내와의 첫 만남은 남들처럼 운명적인 만남 내지 불 같은 사랑과는 거리가 먼 지극히 평범한 것이었다. 당시 그는 소설을 쓴다는 핑계로 날마다 술판을 벌이거나, 아니면 며칠씩 지방을 싸 돌아다니기 일쑤였다. 그러다 보니 학교 강의실에 있는 날은 드물었다. 그런데 그가 입학할 때에는 없었던 졸업정원제가 생기면서 학점이 중요시되었다. 그는 다른 과목은 대충 넘길 수 있었지만, 훗날 그의 석사 지도 교수가 가르치던 소설론 강의만큼은 신경이 쓰였다. 할 수 없이 후배들에게 노트를 빌릴 수밖에 없었는데, 같은 과 후배들이 학점 경쟁이 붙어서 그런지 그에게 노트를 빌려 주지 않았다. 그때 영문과를 다니던 아내가 소설론을 듣고 있었고, 그는 아내에게서 노트를 빌릴 수 있었다.

아내는 늘 도서관 열람실 한 모퉁이에 앉아 영어 원서로 된 책을 보고 있었다. 이후 그는 그가 제일 싫어하는 도서관을 뻔질나게 들락거리면서 책을 보는 아내에게 접근해, 답례로 커피를 사주겠다, 라면을 사주겠다는 식으로 아내의 공부를 방해했다. 아내는 그런 그를 보고 아무 말 없이 웃으면서 책을 덮고 열람실을 나왔다. 아내는 늘 그의 이야기를 조용히 듣는 편이었다.

그가 3학년 겨울에 소설가로 등단을 하자 축하의 자리가 마련되었다. 그는 도서관에 있는 아내에게 가서 자신을 축하해 달라고 했다. 술자리가 무르익을 무렵, 아내가 나타났다. 모두들 눈이 휘둥그레졌다. 바바리 코트를 벗은 아내는 하얀 블라우스에 빨간 치마를 입었고, 손에는 빨간 장미꽃을 들고 있었다. 환호성이 터졌고, 여기저기서 아내를 끌어 당겼다. 술좌석이 파하고 그가 친구들과 밤새 술을 마시기 위해 길거리를 잠시 배회할 때 아내가 다가왔다. 못 먹는 술을 마신 아내는 얼굴이 빨갛게 상기되어 있었다. 아내는 만년필을 선물로 주었다.

"축하해요, 형. 좋은 작품 많이 쓰세요."

그는 그 만년필을 그날 저녁에 뜯어 보지도 못하고 잃어버렸다. 며칠 고민을 하던 그가 아내에게 웃으면서 똑같은 만년필을 파는 데를 물었을 때, 아내는 난감한 표정을 짓더니 얼마 후 만년필을 다시 사주었다. 그는 그 만년필을 잃어버릴까봐 창작노트에 끼워 놓고 하숙방에서만 사용했다.

졸업 후 아내는 중학교 교사로 취직을 했고, 그는 대학원에 진학을 했다. 직장을 다니면서 아내는 거의 돈을 쓰지 않았다. 아내의 또래 친구들이 유행하는 옷이나 액세서리 등에 관심을 가질 때에도, 아내는 늘 입던 수수한 옷을 모양새를 바꿔 가면서 입고 다녔다. 그렇게 모은 돈으로 그가 대학원 등록금을 낼 때가 되면 살며시 그의 주머니에 봉투를 넣어 주면서, 아르바이트 같은 것 하지 말고 소설이나 열심히 쓰라고 했다.

그가 대학원에 입학한 후 아내의 집에 처음 인사를 갔다. 아내의 부모는 그를 탐탁히 여기지 않았다. 소설가는 대개 무절제하고 방탕하다고 알고 있었는데, 영호가 그런 사람인 것 같다는 것이었다. 평생 공무원으로 근무한 장인은 아버지처럼 술 담배를 일절 하지 않았다. 장인은 무남독녀 외동딸을 번듯한 직장을 가지고 규칙적인 생활을 하는 사람에게 시집 보내고 싶었을 것이다. 아내가 그런 장인을 설득시켰다.

"그래요. 그 사람 술도 많이 먹고 생활도 불규칙적이고 또 돌아다니기 좋아해요. 지금 대학원을 다니지만, 성격상 공부를 끝까지 할 사람도 아니에요. 아마 직장도 갖지 못할지 몰라요. 그래도 저는 그 사람과 결혼하겠어요. 왜냐하면 그 사람은 자기가 한번 하고자 하는 일은 끝까지 해요. 그 사람은 소설에 미쳐 있어요. 소설 쓰는 게 삶이에요. 그렇게 술을 먹고 다녀도 소설을 쓸 때면 사람이 달라 보여요. 소설에 미친 사람처럼 옆에서 누가 뭐라고 해도 꿈쩍도 안 해요……. 아빠, 사람이 잠을 며칠 안 잘 수 있을 것 같아요? 하루? 이틀? 그 사람 소설 쓸 때면 일주일 이상을 잠을 안 자요. 머리도 감지 않고 수염도 깎지 않은 모습이 정말 영락없는 산적이에요. 그런데 그 모습이 그렇게 좋아 보여요. 돈은 제가 벌면 되죠. 제가 교직에 있잖아요. 전 그 사람이 평생 소설가로 활동하면서 좋은 소설 남길 수 있도록 뒷바라지하고 싶어요."

장인과 장모는 아내의 말에 어쩔 수 없이 그와 만나는 것을 허락했다.

결혼하기 몇 달 전 어느 날, 그는 문인들과 술을 마신 후 아내에게 전화를 걸어, 보고 싶다고 했다. 아내는 그와 늘 같이 가던 아내의 집 앞 포장마차에서 만나자고 했다. 그와 아내는 소주를 시켜 놓고 이야기를 나누었다.

"소설 쓰는 게 힘들어. 첫 창작집을 내고 나니까 쓸 게 없어. 내가 이렇게 문학에 대해 문외한인 줄 몰랐어. 아까, 같은 과 동기 놈을 졸업 후 처음으로 만났어. 대학 다닐 때 지명 수배를 받아 감방에 갔다 온 놈인데, 소설가야. 그런데 이놈이 내게 그러더라고. 앞으로 첫 창작집에 실린 것 같은 소설을 계속 쓸 수 있겠냐고."

"그게 무슨 뜻이에요?"

"그놈 나하고 비슷한 시기에 글을 쓰기 시작했는데, 주로 노동자를 주인공으로 한 소설들을 썼어. 그야말로 소설을 시대 변혁의 무기로 생각했던 놈이지. 나는 학교 다닐 때부터 시대니 역사니 하는 것에는 관심이 없었잖아. 내가 그때부터 지금까지 관심을 가지고 있는 것은 아름다운 자연, 사라져 가는 시골 풍물, 고달픈 서민들의 애환, 그런 거였지. 그런 나를 보고 그놈이 썩어빠진 부르주아라고 비판을 하더라고. 폭력이 난무하는 모순의 땅덩어리에서 무슨 사랑이니 애환 따위를 읊느냐고. 그때 그놈과 정말 크게 싸웠어. 그때 내가 그놈에게 그랬지. 한 나라의 문학이 풍성해지기 위해서는 어떤 절대적인 이념 하나만이 진리가 되어서는 안 된다고. 문학은 사회 문제를 다룰 수도 있고, 인간성 옹호나 남녀간의 사랑을 다룰 수도 있다고. 문학을 바라보는 입장은 다 다른 것 아니냐고. 그래서 민중을 다루는 문학이 시대적 흐름일 때, 나는 어떤 거대한 이념이나 큰 목소리보다는 우리 주변에서 사라져 가는 삶의 애잔한 풍속을 아름다운 자연에 그리고 싶다고."

"알아요. 그런데 친구 분이 왜 형에게 형이 앞으로 소설을 못 쓴다고 말하는 거죠?."

"그게, 우스워. 그놈이 자기나 나나 이제 똑같은 처지라는 거야. 자신이 쓴 민중소설이나, 내가 쓴 풍물 나부랭이 소설이나 이제 구닥다리라는 거야. 고속열차가 달리는데 우리 둘 다 완행열차를 타고 간다는 거야. 자고 일어나면 모든 것이 정신없이 변하는 정보화 시대에 민중이니 아름다운 자연이니 시골 따위는 없다는 거지. 모두 컴퓨터로 소설을 쓰는데 그놈이나 나나 타자기를 뚝딱거리고 있다는 거야."

"……."

"그놈이 무슨 말을 하는지 아까 잘 몰랐는데, 여기 오면서 곰곰이 생각해 보니 무슨 말인지 알 것 같애. 요즘 나오는 내 후배 작가들 작품 보면서 그걸 느껴. 그들은 고속열차를 타고 달리고 있어. 열차 안에 설치된 비디오와 영화를 보고, 그걸 컴퓨터를 사용해 소설로 쓰고 있어.

그런데 난 타자기는커녕 만년필 한 자루 들고 전국을 돌아다니면서 시골 장터니 산간 오지 따위를 뒤지고 있는 거지. 그놈 말처럼 실제로 요즘은 아무리 산골에 들어가도 내가 쓰고자 하는 것을 구할 수 없어. 전부 다 똑같은 것 같애. 아무래도 소설을 그만 쓰든지, 아니면 나도 고속열차를 타든지 해야 될 것 같애. 그 놈은 아예 소설 때려치우고 출판사 편집장으로 취직했더라고. 나도 그럴까봐."

아내는 소주를 한잔 찔끔 먹고는, 심각한 표정으로 담배를 연신 피우면서 소주를 거푸 들이키는 그를 바라보았다.

"형, 전에 나하고 춘천에 간 적 있죠."

"그래, 수십 번, 수백 번도 더 갔지. 그때 정말 좋았어."

"그래요, 정말 좋았어요. 서울에 살면서 그런 곳이 있는 줄 몰랐어요. 형 고향 양수리도 그때 처음 알았고요. 너무너무 좋았어요. 봄, 여름 할 것 없이 사계절이 그냥 그림이었어요."

아내는 그때를 회상하듯 입가에 미소가 가득했다. 가끔 그가 아내를 데리고 양수리 집에 가면 어머니는 아내를 그렇게 반겼다. 그가 아내와 별거한다 하자, 아버지가 돌아가신 후 서울에 와 있던 어머니는 혀를 차면서 그를 나무랐다. 마음씨 착하고 생각 깊은 그 애가 오죽했으면 그랬겠냐고.

"그런데, 형. 우리 뭐 타고 갔어요?"

"기차 타고 갔잖아. 왜?"

"무슨 기차?"

"무슨 기차라니? 성북역에서 완행열차 타고 갔잖아."

"그래요. 완행열차죠. 형은 완행열차를 계속 타면 되는 거예요. 모두들 고속열차를 탈 때."

"그게 무슨 말이야? 난 지금 고속열차를 타지 못해 낙오자가 되어 있는데."

"왜, 형이 낙오자예요? 고속열차를 탄 사람들은 완행열차를 타 본적이 없어요. 형은 조금만 노력하면 고속열차는 언제든지 탈 수 있어요. 그런데 고속열차를 지금 타고 있는 사람들은 완행열차를 탈 수 없어요. 형 말처럼 완행열차는 사라질 거니까요. 그러니까 형은 그들이 갖지 못한 독특한 경험을 가지고 있는 거죠. 그걸 소설로 쓰면 되죠."

"참 내, 아니 소설을 환각이나 공상으로 써? 실체가 없으면 안 돼. 완행열차가 사라졌는데 어떻게 완행열차를 내용으로 해서 써? 그러면 아무도 안 읽어."

"물론 그렇겠죠. 그렇지만 완행열차가 지금 완전히 사라진 건 아니잖아요. 완전히 사라지기 전에 형은 완행열차에 대해 완벽히 모든 것을 알고 있으면 되는 거죠. 그 열차가 사라지기 전에 그것과 관련된 모든 것들을 형의 것으로 만들면 되죠. 그래서 그걸 소설로 쓰면 얼마나 좋아요. 형은 모두가 민중을 이야기 할 때, 형만의 소설 세계를 썼잖아요. 똑같아요. 모두가 고속열차를 타고 소설을 쓸 때, 형은 완행열차를 타고 소설을 쓰면 되는 거죠."

"그게 몇 년 가겠어. 소설을 일이 년 쓰고 그만둘 것도 아니잖아."

"그럴 수도 있죠. 그런데, 지금 형 지도 교수님이 학부 수업시간 때 한 이야기 생각 안 나요? 하나에 도통하면 다른 하나도 쉽게 깨우칠 수 있다고. 형이 완행열차에 대해 도통하면 언제라도 고속열차에 대해서도 도통할 수 있어요. 똑같은 열차니까요. 그리고 굳이 고속열차를 탈 필요도 없어요. 도통만 하면 완행열차를 타고 가면서도 고속열차 내부를 속속들이 볼 수 있는 거죠……. 그래요, 좋은 예가 떠올랐어요. 우리가 완행열차 타고 가다 보면 종종 간이역에서 기차가 오래 정차할 때 있었죠. 특급열차 지나간다고 철로를 비켜 주기 위해. 그때 간이역에 내려서 형이 그랬죠. 열차가 굉장히 더럽다고. 칠도 벗겨지고 때가 덕지덕지 붙어 있다고. 그거예요. 고속열차를 탄 사람들은 자신이 탄

열차가 어떻게 생겼는지 알 수 없어요. 내부만 볼 뿐이죠. 기차 내부는 잘 꾸며져 있으니까 그들은 내부의 아름다운 부분만 소설로 쓰겠죠. 형이 만약, 완행열차를 타고 고속열차를 본다면, 예전에 간이역에서처럼 고속열차의 더러운 부분을 볼 수 있을 거예요. 그걸 소설로 쓰면 되는 거죠. 모두가 아름답다고 할 때, 그것은 더럽다고……."

아내의 말은 그냥 흘려들을 말이 아니었다. 그가 소설을 쓰는 데 있어서 중요한 어떤 방향을 제시해 주고 있는 듯했다.

"전, 형이 소설가라서 좋아하는 게 아니에요. 형만의 독특한 소설을 쓰기 위해 고심하는 그 모습이 좋아요. 그게 소설가의 역할 아닌가요? 일반 사람들이 눈에 보이는 것에만 집착할 때, 눈에 보이지 않는 그 무엇을 보고 그걸 소설로 쓰는 거죠. 그러면 저 같은 문외한의 독자들은 그 작품을 읽고, 아, 이런 것이 있었구나 하고 깨닫는 거죠……. 형이 그런 소설을 쓸 수 있도록 제가 옆에서 돌봐 주고 싶어요."

아내는 그렇게 그에게 청혼을 했고, 3개월 뒤에 결혼을 했다. 그가 석사를 마치고 출판사에 취직을 한다 할 때 아내는 약간 실망하는 표정을 지었지만, 아무 말도 하지 않았다. 아마도 아내는 그때 그가 출판사를 다니다 곧 그만둘 것이라고 생각을 한 모양이었다. 아내는 그를 일정한 규칙에 얽매일 사람으로 보지 않았다. 늘 자유롭게 생활하던 그가 출퇴근을 하는 출판사에 설마 오래 있겠냐는 생각을 했던 것이다.

그의 출판사 생활은 결혼 후에도 계속되었다. 결혼 초기만 하더라도 아내는 그가 소설을 쓸 것이라는 희망을 아직 버리지 않은 것 같았다. 그때만 하더라도, 그는 그렇게 술을 많이 마시지는 않았다. 될 수 있는 대로 집에 일찍 들어갔다. 가끔 외식을 가면, 아내는 연애할 때처럼 열차 이야기를 하면서 눈을 반짝였다. 그럴 때마다 그도 소설을 써야겠다고 스스로에게 다짐을 했다.

그러나 세월이 흐름에 따라, 그가 술에 취해 새벽에 귀가하는 날이 점차 늘어나기 시작했다. 물론 그가 술을 그렇게 먹은 것은 허구한 날 되풀이되는 문인들과의 만남, 직장 회식, 출판 기념회, 그리고 각종 문학 행사 때문이었다. 하지만 그것은 핑계에 불과했다. 그는 이왕 출판계에 발을 디딘 이상, 자신의 힘으로 제대로 된 출판문화를 꽃 피워 보고 싶었다. 그래서 출판일에 밤낮으로 열중했고, 그러다 보니 소설을 쓸 수 없게 되었다. 그러나 점차 그는 여러 출판사를 옮겨다니면서, 지금 상태로서는 그가 꿈꾸는 출판문화를 실현시키기가 어렵다는 사실을 깨달아 갔다. 그는 소설을 써야 한다는 조급함과 출판계에 대한 절망감이 뒤섞이면서, 돌파구를 찾지 못한 채 거의 매일 술을 마셨다.

아내는 점점 말이 없어져 갔다. 주호를 임신하면서 아내의 몸은 몹시 허약해졌다. 학교에 휴가를 내고 주호를 낳았지만, 몸이 계속 좋지 않아 결국 퇴직을 했다. 일 년을 쉬고 난 뒤, 아내는 퇴직금으로 동네에 조그만 보습학원을 열었다. 아내는 혼자 학원을 이끌어 나갔다. 낮에는 아내가 주호를 돌보고, 오후에 아내가 학원으로 나가면 장모가 와서 주호를 돌봤다. 그가 아침에 출근할 때 보면, 아내는 파김치가 되어 자고 있었다. 아내와 장모의 그런 생활은 그와 별거 후에도 지속되고 있었다. 아내가 그렇게 힘겹게 가정을 이끌어 나가는 동안에도, 그는 직장을 계속 옮겨다니면서 술에 취해 귀가를 했다. 차츰 가정을 등한시하게 되었고, 결혼 기념일은 물론이고 아내와 주호의 생일날도 잊어버리고 새벽이 돼서야 집에 들어갔다.

늘, 달력에 메모를 해두고 한 달 일정을 이끌어 가던 아내도 서서히 달력에 메모하는 것을 포기해 갔다. 결국 아내는 그가 지금의 출판사로 옮긴다 하자 별거를 선언했다. 아내에게 아파트를 주고 오피스텔로 짐을 옮길 때, 오래된 만년필 하나가 바닥에 떨어졌다. 결혼 기념으로 아내가 사준 만년필이었다. 그는 오피스텔 바닥에 떨어진 그 만년필을 보고 아내와 주호의 얼굴을 오래오래 떠올렸다.

편집 회의

"형! 아, 내 정신 좀 봐. 실장님 회의 가셔야죠?"

미혜가 빙글 웃으면서 하는 말에 영호도 웃으면서 웃옷을 입고 회의실로 갔다. 출판사는 편집 1국과 편집 2국이 있었다. 각 국은 국장 아래 편집부장, 기획실장의 체계로 짜여져 있었고, 영업부가 따로 있었다. 1국은 주로 영어, 불어, 독어 등의 외국어 관련 교재를 만드는 부서로, 이 출판사의 모태였다. 2국은 외국어 교재 외에 대학교재를 만드는 목적으로 2년 전에 새로 만들어진 부서였다. 영호는 2국에 속해 있었다. 영호는 이미 자리에 앉아 있는 부장급 임원들에게 인사를 한 후 자리에 앉았다. 조금 후, 사장과 1국과 2국의 국장이 들어왔다. 미혜의 브리핑이 바로 시작되었다.

브리핑의 핵심은 국내외 대학의 유명한 영문학자들을 동원해서 미국과 영국에 나와 있는 모든 사전을 참조해 완벽한 영한 사전을 만들어야 한다는 것이었다. 그리고 기존의 국내 영한 시장을 압도하기 위해서는 편집도 중요하지만 새로운 시대에 걸맞은 영어 표현을 집어넣어야 한다는 것이었다. 그러기 위해서는 토플, 토익, 텝스 등의 강사도 필진에 넣어야 한다고 주장했다. 30쪽 분량의 기획안에는 외국 사전들의 특징, 국내 영한 사전에서 발제된 구시대적 표현의 사례와 새로운 표현의 예, 그리고 교수들과 강사들의 명단이 별지로 첨부되어 있었다. 50분에 걸친 미혜의 브리핑이 끝나자 사장은 잠시 휴식을 하자고 했다.

영호는 미혜를 기획실로 돌려 보내고 복도로 나와 담배를 피워 물었다. 시계를 보았다. 10시가 가까워지고 있었다. 그는 다시 주호 생각을 했다. 무슨 일이 있는 것이 틀림없었다.

사장이 들어오면서 회의가 다시 시작되었다. 2국의 박 국장은 영호에게 대뜸 경비를 어느 정도 예상하느냐고 물었다. 영호는 미리 준비한 예상경비 목록을 돌렸다. 사전을 만들려면 교정 요원만도 30명 가량이 필요했고, 그 외 상근 필진들의 자리도 필요했다. 적어도 200여 평 규모의 사무실이 있어야 했다. 회사 건물에는 빈 공간이 없으므로 다른 건물을 임대해야 했다. 그런 여러 가지를 감안한 예상경비를 보고 난 박 국장이 다시 물었다.

"만약, 그 경비를 들여 성공하지 못하면 어쩔 겁니까?"

"성공할 수 있습니다. 기획안대로 하면 국내 영한 사전 시장을 석권할 수 있습니다."

"글쎄, 알아요. 석권할 수 있겠죠. 그런데 말입니다. 그건 너무 위험부담이 크지 않습니까? 경기도 안 좋고, 그리고 여기 필진들을 동원하면 엄청난 원고료를 감수해야 될 것 아닙니까?"

"그렇습니다. 그렇지만 책을 만들면서 원고료를 안 줄 수는 없는 것 아닙니까? 그리고 그런 투자 없이 국내 시장을 석권하기는 힘듭니다."

"좋습니다. 제가 궁금한 것은 우리가 일본어판 사전을 참고해서 만드는 것과 강 실장 안과의 차이가 무엇입니까?"

"차이는 별로 없을 수도 있습니다. 문제는, 이제 일본어 책을 그대로 옮기는 시대는 끝나야 한다는 것입니다. 순수 우리의 힘으로 영한 사전을 만들 필요가 있습니다. 그래야 우리도 떳떳하게 문화의 주체성을 확보할 수 있는 것이죠. 많은 돈이 들고 많은 시간이 들지라도 우리 출판사가 선도적으로 그 작업을 한다면, 다른 모든 출판사들의 귀감이 될 것이고, 또 후대에도 길이길이 남을 업적이 될 것입니다."

사장은 고개를 끄덕거렸다. 박 국장이 일본어 책 참고 건을 주장했을 때, 영호는 사장을 직접 찾아가서 순수 국내 지식에 의한 사전 편찬의 필요성을 지금처럼 강조했다. 그러나 박 국장은 냉소적인 웃음을 짓고 있었다.

"기획실장의 말을 모르는 게 아니에요. 아시다시피, 우리 출판사는 늘 좋은 책을 내는 양심적인 출판사가 아닙니까. 또 교재로 벌은 돈으로 학생들에게 장학금도 전달하고요. 지금 우리로서는 다른 분야에서는 경쟁사들을 다 앞서 있는데, 유독 사전 쪽이 약하지 않습니까? 이번만큼은 반드시 사전을 출판해야 합니다. 그래서 제가 먼저 제안을 했던 것이고요. 그런데 지금은 불경기입니다, 불경기! 따라서 이번에는 비용을 절약하고 다음에 제대로 만들자는 겁니다. 우리가 일본어 책을 참고한다 해서 그 책을 그대로 베끼는 것은 아니잖아요?"

사장이 다시 고개를 끄덕거렸다. 영호는 까무잡잡한 얼굴에 유들유들한 웃음을 머금고 있는 비쩍 마른 국장의 입을 쳐다보고 있었다. 말은 '참고'라고 하지만, 국장은 일본어 사전을 토씨 하나 틀리지 않고 그대로 베낄 것이 분명했다. 국장은 얼마 전 술좌석에서 영호에게 자신의 생각의 일단을 말한 적이 있었다. 일본어를 잘하는 사람들을 필진으로 하겠다는 것이었다.

"그리고 국내 학자들을 못 믿어서가 아닙니다. 실장이 제시한 이들 학자들을 필진으로 하면, 각자의 주장이 있을 것이고, 그러다 보면 의견 충돌이 잦아져 작업이 늦어질 수 있죠. 우리가 지금 작업에 착수해서 후 내년 신학기에 맞추어 사전을 내려면 1년 정도밖에 안 남았어요. 이 사람들 데리고 그 기간 안에 사전을 만들 수 있겠어요? 그리고 여기 외국 학자들 명단도 있는데 이들을 어떻게 소집할 겁니까"

"그 문제는 크게 걱정하시지 않아도 됩니다. 우선 국내 학자들은 자신이 순 우리 지식에 의해 영한 사전을 만드는 일원이라는 사명감으로 아마 누구보다 열심히 작업에 임할 것입니다. 실제로 제가 만나 자문을 구한 학자들 대부분이 그런 의욕에 불타 있었습니다. 그리고 정, 의견 충돌이 생긴다면 기획안에 있는 외국 학자들에게 검토를 부탁해서 결정하면 됩니다. 외국 학자들은 굳이 소집할 필요가 없죠. 전자출판문화에 정통하신 국장님께서 그런 말씀을 하시다니 이해가 안 되는군요. 인터넷 화상을 통해 원고와 의견을 주고받으면 되지 않습니까?"

영호는 국장을 노려보면서 단호하게 자신의 의견을 말했다. 국장의 얼굴이 일그러졌다.

"그건 이상이에요. 작은 출판사에서 책 몇 권 낼 때나 가능하죠. 사명감이라뇨? 그 사람들 그런 것 없습니다. 그들은 원고료에만 관심이 있죠. 그리고 고집이 얼마나 세요? 자기 주장을 굽히지 않는 것이 우리 학자들 특징 아니에요?"

사장이 박 국장의 말을 중단시켰다. 국장이 올린 안건과 기획실에서 올린 안건을 검토해서 다음 주 회의에서 결정하겠다면서 회의를 마쳤다. 사장이 자리에서 일어나 회의실을 나가자 박 국장이 쪼르르 사장을 뒤따라 나갔다. 영호는 조금 전 국장이 작은 출판사 운운하던 말을 들을 때, 회의실 탁자에 놓인 재떨이를 국장의 이마에 던져 버리고 싶은 충동을 겨우 참았다.

기획실로 들어서자 직원들은 영호의 얼굴을 보고 아무것도 묻지 않았다. 자신의 방에 들어온 영호는 문을 소리나게 쾅 닫았다. 웃옷을 벗어 소파에 집어던지고 의자에 털썩 앉았다. 국장이 말한 작은 출판사라는 단어가 귓가를 맴돌았다. 기획안을 확 구겨 사무실 구석으로 집어 던졌다. 책상에 있는 전화기며 책이며 집기들을 모조리 부셔 버리고 싶었다. 국장이 눈앞에 있으면 국장의 목을 조르고 싶을 지경이었다. 사사건건 국장은 영호의 기획에 대해 발목을 잡았다. 국장은 그때마다 똑같은 말을 되풀이했다.

"강 실장. 그래 다 좋아. 강 실장이 생각하는 출판문화 좋아. 그런데 우리 2국이 지금 위태로워. 출범 2년째, 우리가 지금 내놓은 게 뭐야? 강 실장이 기획한 책들 팔려? 창고에 그대로 있잖아. 강 실장은 너무 이상주의자야. 현실을 직시해. 누군 출판문화에 대한 사명감이 없어? 내가 강 실장보다 이곳에 더 오래 있었잖아? 계속 이런 식으로 가다간 우리 2국은 없어질지 몰라. 요즘 위쪽 분위기가 이상해. 우리가 실적이 없다는 거야. 1국에서 벌어온 돈을 까먹고 있다는 거야. 잘못하다간 큰일나! 나나 강 실장, 그리고 강 실장을 따르는 사람들이 모두 잘릴 판이야. 그러니 출판문화니 뭐니 제발 버리고 한 건 하자고. 제대로 된 기획 한 번 해봐!"

영호는 박 국장과 체질적으로 맞지 않았다. 국장은 윗사람에게는 굽실거리고 아랫사람에게는 고압적인 사람이었다. 처음 영호를 이 출판사로 데리고 왔던 유 국장이 있을 때, 영호는 신바람이 나서 일을 했다. 유 국장은 영호가 대학원에 있을 때의 지도 교수와 친분이 두터운 사람이었다. 출판사에 오래 있었던 유 국장은 지금의 박 국장과는 달리 영호처럼 좋은 책을 만드는 것을 최우선 과제로 삼았다. 아마 유 국장이 아니었다면, 그는 이 출판사로 오지 않았을 것이다. 그는 유 국장과 함께 제대로 한번 출판문화를 이루어 보고 싶었다. 다른 출판사에서 출간하기를 꺼려 하는 기초 학문 분야의 책을 시리즈로 출판하기로 하고 국내외의 유명한 학자들과 계약을 체결했다. 처음에는 분야를 인문 사회과학 쪽에 국한시켰다. 전문 학자들에게 현재 꼭 필요한 학술서를 추천받아 검토를 한 뒤, 그 분야에 정통한 학자들을 필진으로 삼아 일을 진행해 나갔다. 번역서의 경우 유 국장이 직접 나서 외국 저자들과 계약을 맺었고, 국내 학술서의 경우 주로 영호가 나서서 계약을 체결했다.

그렇게 1년 정도가 지날 무렵인 작년 여름에 유 국장은 사표를 냈다. 송별회를 마치고 영호와 단 둘이 맥주집에 갔을 때, 유 국장은 영호에게 미안하다고 말했다.

"내가 예전에 있던 출판사 알지? 왜 인문학 교재를 주로 편찬하던 출판사 말이야. 그 출판사 사장님이 지금 연세가 환갑이 넘었는데, 그 출판사를 40년째 계속 하고 있지. 그분이 그랬어. 책은 살아 있는 생명체라고. 원고를 쓴 사람과 그것을 만든 사람의 영혼이 들어 있는 아름다운 생명체라는 거야. 정말, 그분 책 한 권 만들 때 보면, 온갖 정성을 다 기울여. 오자 하나라도 발견되면 새로 하라는 거야. 지금이야 맥켄토시가 있어 작업하기가 쉽지만, 그때는 사식을 했잖아? 밤을 새기가 예사였지. 그분은 출판을 해서 돈을 벌겠다는 생각을 한번도 하지 않았어. 좋은 책을 만들어 사회에 이바지하겠다는 생각으로 책을 만들었지. 그러니까 지금도 그 출판사라면 모두들 책을 내고 싶어하잖아. 출판사가 돈을 벌려고 생각하면 그때부터 출판사가 아니야. 상품을 만드는 공장이 되는 거지. 상품이 안 팔리면 망하는 거야. 문화산업이니 뭐니 하는데, 내가 고리타분해서 그런지 모르지만, 문화는 산업이 될 수 없어. 문화는 문화야……. 강 실장에게는 미안하네. 한번 열심히 해보려고 강 실장 데려왔는데, 끝을 맺지 못하는구나. 강 실장이라도 남아서 출판산업이 아니라 출판문화를 고집해 주었으면 좋겠어. 그러기에 나는 늙은 것 같아. 사장이 전자출판 쪽에 관심이 있나 봐. 그 분야의 전문가가 올 거야……. 휴우! 나도 이 바닥을 이제 떠나야 될 것 같아."

영호는 하얗게 센 머리를 쓸어 올리는 유 국장의 쓸쓸한 얼굴에서 평생 좋은 책을 내려고 노력해온 아름다운 삶의 무늬를 발견할 수 있었다. 그리고 한 시대를 풍미한 활자 문화의 시대가 가고 전자출판 문화의 시대가 도래하고 있음을 절감했다.

새로 온 박 국장은 유 국장과 영호가 맺은 계약을 대부분 취소시키고, 편집중인 책들만 발간하도록 했다. 그리고는 인터넷에 출판사 사이트를 만들고 전자상거래도 개설했다.

"이제 전자문화의 시대입니다. 그 흐름을 뒤따라가서는 안 됩니다. 앞서 나가야 합니다. 앞으로의 기획도 그런 쪽에 발빠르게 대처해야 할 것입니다."

박 국장은 화려하면서도 대중들의 기호에 부합하는 책을 고집했다. 책은 잘 팔리는 것이 우선이지, 내용은 둘째라는 것이었다. 어려운 내용의 학술서적은 일체 기획하지 못하도록 했다. 그는 대중들에게 쉽게 읽히는 에세이류에 주로 치중을 했다. 그러나 박 국장이 펴낸 에세이류는 큰 실적을 올리지 못했다. 오히려 영호가 애초 기획한 학술서적들이 매학기 초에 꾸준히 팔려 나갔다. 초조해 하는 박 국장의 모습이 자주 눈에 띄었다. 박 국장은 영호가 학술 전문 서적을 다시 해야 한다면서 기획안을 올릴 때마다 번번이 거절을 했다. 그러더니 올 여름 박 국장은 사전 시장을 파고들어야겠다면서, 먼저 영한사전을 편찬하자는 안을 내놓았던 것이다.

국장이 영호를 국장실로 호출했다. 영호는 끝장을 본다는 생각으로 국장실로 들어갔다. 국장은 자리에 앉아 일어나지도 않고 영호를 소파에 앉게 했다. 얼굴이 상기되어 있었다.

"이것 봐! 강 실장, 뭐? 전자출판 문화에 정통하신 국장님! 그렇게 비아냥거려도 되는 거야?"

국장은 버럭 고함을 질렀다. 영호는 치밀어 오르는 화를 삭이면서 테이블에 놓인 일본어판 사전을 응시했다. 한참을 씩씩거리던 국장이 자리에서 일어나더니 영호 앞 소파에 앉았다.

"내가 참아야지. 좋아. 강 실장, 이렇게 고집 피우는 이유가 뭐야? 아닌 말로 누이 좋고 매부 좋잖아. 우리는 경비 절감하고 또 빠른 시간에 사전 낼 수 있고. 솔직히 국내 학자들로 사전 만들면 잘 될 것 같아? 우리가 일본을 따라 잡으려면 아직 멀었어. 이 사전 봐. 일본 애들이 얼마나 잘 만들어? 내가 이 사전 그대로 베끼자는 게 아냐. 참고하자는 거지."

"어떻든 저는 동의할 수 없습니다."

영호는 고개를 들어 국장의 이마를 쳐다보면서 단호한 어조로 말했다.

"허, 참! 이 사람, 왜 그렇게 고집을 부려! 아니 강 실장만 출판문화하는 사람이고, 나는 장사꾼이야? 이거 왜 이러는 거야! 우리 부서 이 사전 실패하면 없어져. 그래도 좋아?"

"일본어 사전을 베끼는 그 순간부터, 우리 출판사는 망하는 겁니다. 사전이 나오면 베낀 것을 모르는 출판인들이 어디 있겠습니까. 그리고 일본 쪽 출판사도 가만 있겠습니까? 그렇게 되면 지금까지 좋은 평가를 받고 있는 우리 출판사는 엄청난 비난을 감수해야 합니다. 이제는 옛날과 다릅니다. 인터넷 시대에 외국 책을 베낀 것이 알려지면 전 세계적인 망신을 당합니다. 베낀 사실이 인터넷에 올라가 보십시오. 순식간에 소문이 납니다. 국장님이 저보다 인터넷의 위력을 더 잘 알지 않습니까? 저로서는 절대로 이번 일에 대해 동의할 수 없습니다."

"아니, 베끼는 것이 아니고 참조한다는 데, 왜 자꾸 그래. 적당히 내용을 바꾸면 되는 것 아냐?"

"저로서는 아까 사장님 말씀대로 사장님 결정에 따르겠습니다. 다만 국장님 안이 채택되면 그만두겠습니다."

"강 실장, 그러지 말고 이렇게 하면 어때. 반반씩 하자고. 일본어 사전 반, 국내 학자 반, 그러면 어때?"

"싫습니다."

"아니, 이 사람이 정말! 만약 이 사전 편찬 건 보류되면 우리 부서는 없어진다니까? 할 일이 뭐가 있어? 아무것도 없는데 사장님이 이 부서 그대로 두겠어?"

"왜 할 일이 없습니까. 좋은 책을 만들면 되죠."

"좋은 책? 그래 강 실장이 만들면 좋은 책이고 내가 만들면 나쁜 책이야? 가만 보자보자 하니까, 허구한 날 실장이라는 사람이 국장을 무시해?"

국장이 다시 화를 냈다. 영호는 말하기 싫어서 입을 다물었다. 국장이 지금 자신을 이렇게 설득시키려고 하는 것은 아마도 사장의 말 때문일 것이다. 영호가 찾아가서 일본어판 사전을 베끼면 문제가 된다고 말했을 때, 사장은 크게 공감하는 눈치였다. 아마도 사장은 영호의 안을 채택하자니 경비가 많이 들 것 같고, 국장의 안을 채택하자니 문제가 될 것 같아 망설이는 듯했다. 국장 말대로, 사장은 이번 사전 편찬 건이 성사되지 않으면 이윤을 남기지 못하는 출판 2국을 1국에 통합시키거나 아예 없앨 것이다. 국장이 지금 반반이라고 제안한 것은 그런 상황을 돌파하기 위한 마지막 몸부림이었다. 국장이 다시 부드럽게 영호에게 말했다.

"강 실장, 반반씩 해서 하자구. 그래야 강 실장도 자리 지킬 수 있고, 직원들도 자리 지킬 수 있잖아. 사장이 강 실장이 제안하면 할 것 같애. 반반 하면 크게 문제가 안 되잖아. 어때?"

"자리에 대한 미련은 없습니다. 절대로 저는 동의할 수 없습니다. 그럼 이만 일어나겠습니다."

영호가 일어나 문을 열고 나오는데, 등 뒤에서 국장이 고함 지르는 소리가 들렸다.

"야! 나 혼자 살려고 하는 거야! 건방진 자식! 당장 사표 내!"

영호는 국장의 면상을 갈기지 못하고 나온 것을 후회하였다. 지금이라도 뛰어 들어가 유들유들한 국장의 얼굴을 짓밟아 주고 싶었다.

12 지우고 싶은, 지워지지 않는 기억

파란 파스텔을 칠한 것처럼, 구름 한 점 없이 시리도록 푸른 하늘이었다. 투명한 가을 햇살이 한가로운 들판에 가득 퍼지고 있었다. 겨울에 입는 두툼한 스웨터를 걸치고 은지는 어깨를 움츠린 채 길을 걷고 있었다. 한기가 드는지 몸이 계속 떨렸다. 그녀는 여량역 앞에 있는 농협에 가서 통장을 정리하고 과수원으로 돌아가는 길이었다. 통장에는 꽤 큰돈이 들어 있었다. 그 동안 과수원을 하면서 돈을 쓸 일이 별로 없었다. 그녀는 어머니가 돌아가신 뒤에도 어머니가 하던 유기농법으로 과수원과 남새밭을 가꾸었기에 비료값이나 제초제값 등을 아낄 수 있었다.

여량역에서 과수원까지 걸어서 20분 정도가 걸렸다. 길에는 차들이 한적했다. 월요일이라서 그런지 단풍 행락객들도 없었다. 가로수에 은행나무들은 가을의 끝자리에 서서 지난 가을의 아프고도 기뻤던 기억들을 모두 털어 버리려는 듯 나뭇잎들을 하나둘씩 땅으로 떨어뜨리고 있었다. 마치 노란 눈이 내리는 듯했다. 걸어가는 그녀의 등 뒤에서 트럭 한 대가 쏜살같이 그녀 곁을 지나 정선 쪽으로 달려갔다. 트럭이 지나가면서 일으킨 바람에 은행잎들이 공중으로 솟구쳐 소용돌이치듯 맴돌았다. 그녀는 지금까지 자신의 인생이 공중에 맴도는 저 나뭇잎처럼 어느 한곳에 정착하지 못하고 뿌리 없이 회오리바람에 휩쓸려 다녔다는 생각이 들었다. 유일하게 정착하고자 했던 영철이도 자신을 미친 세월에 홀로 남겨 두고 떠났다. 영철이는 그녀가 이혼을 한 것에 대해 두고두고 가슴아파 했다.

아우라지 근처에 왔을 때 오른쪽으로 초등학교 분교가 보였다. 그녀가 처음 아우라지에 도착했을 때만 하더라도 학교에는 꽤 많은 학생들이 있었다. 그런데 지금은 조만간 폐교가 될 것이라는 말이 들렸다. 영철이가 정신이 이상해지기 전 해, 여름 방학을 맞아 이곳에 왔을 때, 그와 산책을 하다가 초등학교에 들른 적이 있었다.

그와 그녀가 플라타너스 나무 그늘에 앉아 이야기를 나누고 있었다. 작은 운동장에는 아이들 대여섯이 축구 시합을 하고 있었다. 별안간 싸우는 소리가 들렸다. 골인이다 아니다 하면서 두 편으로 갈라져 말싸움을 했다. 한참을 그렇게 싸우다가 사내아이가 상대편 여자 아이를 밀쳤다. 땅바닥으로 넘어진 여자 아이가 누워서 사내아이를 노려보았다. 사내아이가 주먹을 흔들면서 뭐라고 하고서는 공을 가지러 가는 순간, 여자 아이가 벌떡 일어나더니 뒤에서 사내아이의 목을 죄고 땅바닥에 넘어뜨렸다. 순식간에 엉겨붙어 치고 받고 주먹질을 했다. 그가 그 광경을 보고 자리에서 일어나 아이들 무리로 달려갔을 때, 싸움은 이미 끝이 나 있었다. 땅바닥에 누운 사내아이가 코피를 흘리면서 울고 있었고, 여자 아이는 일어나서 손을 탁탁 털면서 밑에 누워 있는 사내아이를 발길로 툭툭 차고 있었다.

그가 큰 소리로 웃으면서 그녀에게로 돌아왔다.

"저 여자 애 대단해. 남자 애가 꼼짝 못하던데."

"그런데 왜 그렇게 웃으세요?"

그는 한참을 더 웃고 난 뒤 다시 축구를 하는 아이들을 보았다.

"저 여자 애 크면 뭐가 될 것 같아?"

그의 질문에 그녀는 여자 아이를 다시 한 번 쳐다보았다.

"아마 여장부가 되지 않을까요."

그가 그녀의 눈을 그윽이 바라보았다. 그녀는 그의 눈을 마주 보다가 얼굴을 붉히면서 다시 운동장을 보았다.

"은지의 첫사랑은 누구야?"

그의 질문에 그녀는 얼굴이 화끈거렸다. 두 손으로 양 볼을 감싸고 고개를 돌려 그를 빤히 쳐다보았다. 그는 웃음을 거두고 운동장의 여자 아이에게 눈길을 두고 있었다. 그녀는 그가 첫사랑이라고 말하고 싶었다. 그와 같이 있으면 그녀는 꿈을 꾸는 듯했다. 그의 눈, 입, 코, 귀, 팔 그리고 그의 말투까지 모두다 그녀의 가슴에 올올이 새겨넣고 싶었다.

"나 말고 첫사랑 없어?"

그의 말에 그녀는 비밀을 들킨 듯 가슴이 콩당거렸다. 그러면서 그녀가 그를 좋아한다는 것을 전혀 내색을 하지 않았는데 어떻게 그가 알고 있는지 궁금했다.

"나도 은지 좋아해. 여자로서도 좋아하고, 인간으로서도 좋아하고, 또 내 동생처럼 좋아하고, 또 똑같은 상처를 가진 동료로서 좋아하고. 은지도 그렇지?"

그는 말을 하면서 그녀의 손을 잡았다. 그녀는 '여자'라는 말에 놀랐고, '동료'라는 말에 의아했다.

"아까 저 여자 애가 여장부가 된다고 했지. 그럴 수 있을까. 아마 불가능할 거야."

여자 아이가 공을 몰고 가다가 아까 싸운 사내아이에게 밀쳐져 땅바닥에 넘어졌다. 사내아이는 재빨리 공을 가지고 골문 쪽으로 향했다.

"내가 데모를 하다가 붙잡혀 경찰서에 잡혀 간 적이 있었어. 그때가 여름이었어. 꽃다운 나이의 젊은 대학생들이 물고문으로 죽고, 맞아서 죽고 할 때이지. 길거리에서 화염병과 돌을 던지다가 최루탄이 터지면서 우왕좌왕하던 도중 전경에게 붙들렸어. 경찰서 유치장에서 이틀 밤을 새우고 나왔는데, 그때 희한한 일이 있었어."

그녀도 그가 말하는 대학생들의 이름을 들어 알고 있었다. 당시 어머니는 텔레비전 뉴스를 일체 보지 않았다. 그런데 동네 가게에 갔다가 대학생이 고문으로 죽었다는 소식을 듣고 과수원에 오자마자 술을 한 사발 쉬지도 않고 마셨다. 일을 하던 그녀가 깜짝 놀라 무슨 일이냐고 묻자, 어머니는 방금 그가 말한 물고문으로 죽은 대학생의 이름을 대면서 큰 소리로 말했다.

"아니, 그래 이놈들이 그렇게 사람을 죽였으면 됐지, 또 죽여! 무슨 이런 늑대 같은 놈들이 있어! 이놈들, 갈아 먹어도 시원치 않을 놈들. 죽어서도 귀신이 돼서 내 이놈들을 잡아갈 거다. 그렇게 사람들을 피눈물 흘리게 해놓고 아직도 그 짓을 하다니. 짐승보다 못한 놈들."

어머니는 그날 이를 바득바득 갈면서 술을 마셨다.

"둘째 날 밤에 유치장 안에서 같이 잡혀온 친구들과 노래를 부르고 있었는데, 유치장 밖에서 여자의 고함 소리가 들렸어. 모두들 노래를 그치고 소리나는 쪽을 봤지. 그런데 연세가 많이 들어 보이는 아주머니가 의자에 앉아 있는 또래의 남자에게 삿대질을 하면서 마구 욕을 하더라고. 그래 무슨 일인가 싶어 우리 모두 조용히 그 아주머니의 말을 들었지. 그런데 그게 기가 막히더라고."

그가 그녀의 손을 살며시 놓고 이마에 맺힌 땀을 훔쳤다. 그녀가 손수건을 꺼내 그에게 주자 그는 싱긋 웃으면서 손수건을 받아 그녀의 콧등에 맺힌 땀을 먼저 닦아 주었다.

"아주머니하고 또래의 남자는 부부야. 그런데 남자가 바람을 피워 딴 살림을 차렸어. 젊은 여자와 말이야. 그러니까 이 아주머니가 허구한 날 그 집에 찾아가서 젊은 여자에게 화풀이를 한 모양이야. 그날도 젊은 여자의 머리채를 잡고 싸움을 했대. 그런데 밖에 나갔다가 들어온 전 남편이 자신의 편을 들지 않고 젊은 여자의 편을 들은 모양이야. 이 아주머니는 그게 분했던 거야. 그러니까 자기 남편이 바람 피우는 건 어쩔 수 없대. 화가 나지만 참을 수밖에 없대. 그런데 아무리 젊은 여자에게 눈이 뒤집혔다 하더라도 어떻게 조강지처 편을 안 들고 젊은 여자 편을 들 수 있느냐 하더군. 아마 그래서 남편에게 따진 모양이야. 그리고 남편이 그 아주머니에게 주먹질을 한 모양이더라고."

그는 말을 잠시 끊고 그녀의 손을 다시 살포시 잡았다. 아마도 그녀가 주먹을 휘두르는 남편과 헤어진 것을 생각한 모양이었다. 그녀는 주먹이라는 말에 잠깐 몸을 떨었다. 생각하기조차 싫은 단어였다. 작년부터 이혼한 전 남편이 과수원에 때때로 찾아와서 고함을 지르고 욕을 하면서 그녀에게 돈을 요구하고 있었다. 아이를 유산하고 남편에게 집기를 마구 집어던지던 날, 그녀가 던진 화장품 병에 눈을 다친 남편은 그후 일 년이 지나면서 완전히 한 쪽 눈의 시력을 잃었다는 것이었다. 그녀는 혹시나 영철이가 와 있을 때 전 남편이 찾아올까봐 가슴 졸인 적이 한두 번이 아니었다.

"그러면서 고래고래 고함을 지르고 울부짖는데 정말 가슴이 아프더구나. 경찰이 아주머니에게 남편을 폭행죄로 집어넣을 테니 진단서를 끊어 오라고 하더군. 그런데 이 아주머니가 갑자기 정색을 하면서 꼭 남편을 집어넣어야 하느냐고 물으니까, 경찰이 아주머니가 고소를 취하하면 그렇지 않다 하더군. 그러니까 이 아주머니는 두말 않고 고소를 취하하더라고. 그렇지만 경찰서에 온 이상 조서를 꾸며야 되니까 잠깐 유치장에 가 있으라더군. 두 사람이 우리가 있는 곳으로 왔어. 남자는 우리 쪽으로 들어오고, 여자는 반대쪽으로 들어갔어. 그런데 창살을 사이에 두고 아주머니가 남자에게 미안하다고 사정을 하면서 눈물을 흘리더라고. 그 남자가 필요 없다고 너 같은 여자는 다시는 안 본다고 그러면서 윽박지르더군. 그걸 보면서 나는 그 남자를 실컷 때려주고 싶었어. 그 아주머니도 함께."

그녀는 그가 왜 그런 생각을 했는지 알 수가 없어 그를 빤히 쳐다보았다.

"아까, 저 여자 애가 여장부가 되기 힘들다 했지. 힘들어. 지금 우리 사회에서는. 내가 읽은 마르크스 책에서는 남자나 여자의 구분이 없어. 모두 동지이자 동료이지. 같은 계급이고. 한국 전쟁 때 빨치산들은 남자 여자 구분 없이 모두 총을 들었지. 여자는 밥하고 빨래하고 그런 것이 없었어. 동지니까 같이 싸우는 거지. 그런데 요즘 새로 나온 여성해방 이론서를 읽으니까 그런 말이 있었어. 여자는 만들어진다고. 태어날 때부터 여자와 남자의 구분은 없어. 똑같은 어린아이지. 우리가 지금 저 애들을 보면서 남자와 여자 구분하지 않잖아? 그냥 애들이지. 그런데 커 가면서 여자와 남자의 역할이 구분되는 거야. 여자는 밥하고 빨래하고 청소하고 치마 입고 그렇게 길들여지는 거지. 남자는 거칠고 투박하고 용감해야 되고. 그러니 저 여자 애도 차츰 순하고 말 잘 듣는 여자로 길들여지게 되어 있어. 저 애가 계속 저렇게 거칠게 자란다면 어른들이 저 애에게 선머슴 같다고 할 거야. 저 애는 그 말을 듣고 자신의 남성적인 면모를 없애려고 노력하지."

여자 애가 또 밀쳐 넘어진 채 씩씩거리고 있었다.

"유치장에서 본 그 아주머니는 남편이 바람 피우는 걸 당연하다고 받아들이는 거지. 남편은 바람을 피워도 된다는 관습에 길들여진 것이지. 그러니까 그 남자도 자신의 외도를 당연한 것으로 받아들이는 거고. 여자의 일생이 그렇게 남자에 의해 좌우되는 이 사회야말로 정말 폭력적이지. 내가 그때 당한 폭력이나 유치장의 그 여자가 당한 폭력이나 똑같아. 힘센 사람, 힘센 남자 중심의 논리지. 둘 다, 힘센 자는 약한 사람을 강압적으로 다스릴 수 있다는 논리지."

그가 이마에 맺힌 땀방울을 그녀의 손수건으로 닦으면서 몸을 미세하게 떨고 있었다.

"은지야, 내가 꿈꾸는 사회는 그런 폭력이 없는 사회야. 힘센 남자도 약한 여자도 없는 그런 사회, 힘센 자가 약한 사람에게 무자비한 폭력을 휘두르지 않는 사회를 나는 희망했어. 그런데 거의 불가능한 것 같아. 하지만 무엇보다 가슴아픈 것은, 나는 사회로부터만 폭력을 당했지만, 은지는 사회로부터 폭력을 당했을 뿐만 아니라, 남자들에게도 폭력을 당한 것이지. 이제 은지에게 더 이상의 폭력이 가해지지 않는 그런 사회로 은지를 데려 가고 싶어. 그런데 아무리 찾아도 그 사회는 눈에 보이지 않아……. 예전에는 힘센 자들이 약한 사람들을 총칼로 위협하고 직접적이면서 잔인한 폭력을 휘둘렀어. 그런데 지금은 아니야. 그들은 자신을 아주 부드러운 존재로 변신시켰어. 마치 양의 탈을 쓴 늑대라 할까. 겉으로는 약한 사람들을 위하는 척하면서 실제로는 아주 교활하게 폭력을 휘둘러. 절대 총이나 칼로 위협하지 않아. 대신 눈에 보이지 않는 도구들로 약한 사람들을 철저히 감시하고 통제하면서 이전보다 더 잔인하면서도 지적인 폭력을 휘둘러. 이제 그들과 싸워서 이겨내기는 힘들 것 같아. 그래서 더욱 안타까워. 은지, 너를 계속 폭력 앞에 내버려 두어야 한다는 것이 너무 가슴이 아파. 저 애들이 저 상태로 마음 놓고 뛰어놀 수 있는 그런 세계로 너를 데려 가고 싶어."

그는 그녀를 폭력 없는 사회로 데려가고 싶다고 말해 놓고, 홀로 그 세계로 간 것인지도 몰랐다. 오늘따라 그런 그가 유난히 야속했다. 그녀를 이 무섭고 외로운 곳에 내버려 두고 혼자 길을 떠난 그가 미웠다.

미우면서 너무너무 보고 싶었다. 그가 지금 옆에 있다면 그의 가슴에 기대어 펑펑 울고 싶었다.

또다시 트럭 한 대가 맹렬한 속도로 정선 쪽으로 달려가면서 길가에 있는 은행잎을 무참히 짓밟고 갔다. 그녀는 그 모습을 보고 더욱 몸에 한기를 느꼈다. 자신을 보호해 준다던 그가 떠난 이 땅에서, 그녀가 희망을 가지고 기댈 수 있는 것은 거의 없었다. 이제 자신은 더 이상 저렇게 무참히 짓밟히는 은행잎이 되고 싶지 않았다. 지긋지긋한 폭력으로부터 벗어나고 싶었다. 그러나 벗어날 방법이 없었다. 이혼한 전 남편이 과수원에 나타나면서, 요즘 그녀는 잊고 있던 폭력에 대한 공포를 다시 떠올려야 했다.

과수원으로 들어가는 길 초입에 있는 가게 앞에서 이장을 만났다. 그녀가 단정하게 인사를 했는데, 이장은 못 본 척하면서 헛기침을 내뱉었다. 그녀는 이상한 생각이 들었지만, 대수롭지 않게 여기고 종종 걸음으로 과수원을 향했다. 다리가 휘청거리고 머리가 지끈지끈 아팠다. 식은땀이 흘렀다. 감기가 들은 모양이라고 생각하면서 겨우겨우 걸어 집에 도착했을 때 머리가 어질어질하고 하늘이 노랬다. 잠시 평상에 앉아 숨을 가다듬었다.

과수원에서 일을 하던 전씨가 마당으로 내려오고 있었다. 점심때가 된 것 같았다.

"아니! 어데 아픕미껴? 무신 땀을 그리 흘립미껴? 아이구! 얼굴이 노랗네예."

걱정하는 전씨를 씻게 하고 그녀는 부엌으로 가 점심을 차려 준 뒤, 방 안으로 들어가 이불을 폈다. 몸이 아까보다 더 떨렸다. 두꺼운 이불을 뒤집어쓰고 한참을 있은 뒤에야 몸에 훈기가 조금 돌았다. 간밤에 뜬눈으로 지새운 탓인지 눈이 스르르 감기는 것이었다.

영철이가 보였다. 아버지도 어머니도 보였다. 남동생이 손짓을 하고 있었다. 아저씨도 웃고 있었다. 그녀는 반가운 마음으로 뛰어가려 했다. 급한 여울목이 보였다. 소용돌이 속으로 빨려 들어가는 진달래 꽃잎이 보였다. 눈앞에서 피를 철철 흘리면서 영철이도 빨려 들어가고 있었다. 그녀가 재빨리 손을 뻗으려 했다. 움직일 수 없었다. 온몸에 가시철조망이 휘둘러져 있었다. 움직일 때마다 살갗에 피가 송골송골 솟았다. 짐승이 보였다. 짐승인가 싶어 보니 남편이었다. 싸늘하게 웃고 있었다. 남편의 얼굴이 사라지고 몽둥이를 든 사람들이 보였다. 영철이가 여울목에 거의 빨려 들어가고 있었다. 철조망 때문에 도저히 움직일 수 없었다. 그녀는 비명을 질렀다. 살려주세요! 제발 저 사람을 살려주세요!

자리에서 벌떡 일어났다. 온몸이 식은땀으로 범벅이 되어 있었다. 그녀는 놀라서 벌렁거리는 가슴을 쓸어 내리면서 가쁜 숨을 몰아쉬었다. 그날, 여고생 시절, 송정리에서 광기의 폭력을 겪은 뒤에 그녀는 늘 밤마다 자신이 뭔가에 묶여 꼼짝 못하는 꿈에 시달렸다. 송정리에서보다는 덜 했지만, 이곳 정선으로 와서도 그런 꿈을 가끔 꾸었다. 영철이가 과수원을 출입하면서 뜸해지던 그 꿈은 영철이가 죽은 뒤 다시 그녀의 잠을 괴롭혔다. 파김치가 되도록 일을 했던 것도 그 놈의 꿈 때문이었다. 그런데 어제 영호가 왔다가 떠난 뒤 그녀는 무수한 폭력 앞에서도 자신을 지탱할 수 있었던 마지막 희망의 불씨가 꺼져들고 있음을 느꼈다. 그러면서 지난 세월의 아픈 상처들이 주마등처럼 떠올랐고, 그로 인해 밤을 하얗게 지새웠던 것이다.

환한 대낮이었다. 시계를 보니 한 시간 가량 잠이 들었던 모양이었다. 머리는 여전히 아팠다. 자리에서 일어나 이불을 갠 다음 속옷을 갈아 입었다. 식은땀에 옷이 흥건히 젖어 있었다. 경대 앞에 앉아 머리를 매만지려다 그녀는 거울에 비친 자신의 얼굴을 물끄러미 쳐다보았다. 사십 고개를 앞둔 여자의 얼굴에는 삶의 수많은 여울목에서 입은 상흔이 켜켜이 쌓여 있었다. 그녀는 자신이 왜 이 모습으로 이 자리에 있는지 그 이유를 생각해 봤지만 늘 알 수 없었다. 꿈 많던 여고생 시절이 산산조각 나면서 그녀의 삶은 정지되었다. 가시철조망에 묶인 채 끝없이 소용돌이치는 여울목에 빠져 허우적거리면서 입은 온갖 상처들만이 그녀의 몸과 마음 곳곳에 널브러져 있었다. 할 수만 있다면, 자신도 모르게 자신의 삶의 곳곳에 화인처럼 박혀 있는 상흔들을 살갗을 뭉개서라도 깡그리 지워 버리고 싶었다. 영철이를 따라가지 못한 것이 다시 한 번 후회가 되었다.

한숨을 길게 내쉬고 그녀는 방 안을 둘러보았다. 어머니의 사진이 벽에 걸려 있었다. 아버지와 동생의 사진도, 아저씨와 영철이의 사진도 없었다. 아저씨와 영철이와 유일하게 함께 찍었던 결혼 사진도 이혼을 하면서 태백에 두고 왔다. 그리운 사람들과의 추억이 담긴 사진 한 장조차 제대로 가지지 못한 채 그녀는 살아온 것이다. 이제 이 괴롭고 힘든 삶을 버텨낼 엄두가 나지 않았다.

어제, 깨어진 술병을 보면서 그녀는 자신의 삶도 저렇게 허망하게 깨어져 끝날 것임을, 아니 이미 오래 전에 그렇게 끝이 났음을 비로소 깨달았다. 그날 그 총소리에 그녀의 삶은 산산조각이 났다. 사랑이니 가족이니 우정이니 희망이니 하는 단어는 망각의 저편으로 사라져 버렸다. 사방으로 피투성이가 되어 흩어진 그 조각을 봉해 주면서 자신의 삶에 유일하게 단 한 번 사랑의 가슴 설레임을 일깨워 주던 영철이가 떠난 뒤, 그녀의 삶은 화석이 되어 버렸다. 모든 감정이 메말라 버린 그녀가 그나마 삶의 끈을 근근히 유지할 수 있었던 것은 영철이가 떠난 정거장 노을에 아로새겨 둔 그에 대한 절절한 그리움과 이루어질 수 없는 사랑에 대한 가슴아픈 회한이었다. 붉은 노을에 잠긴 아우라지를 서럽게 바라보면서, 단 한 번 경험했던 옛사랑의 추억에 오래오래 잠기는 것이 삶의 유일한 낙이었다. 이제 그리운 옛사랑의 노래도 접어야 할 때가 되었다.

영호가 떠난 뒤 마당에 어둠이 깔릴 때까지 그녀는 거실에 쪼그리고 앉아 있었다. 이곳에서 머문 지난 세월 동안 무진 애를 써가면서 의식의 저 밑바닥에 묶어 두었던 광란의 장면들이 조각조각 난 채 컴컴한 거실 바닥을 뚫고 튀어나왔다. 일요일, 밖으로 나가는 아버지. 투정하는 어머니. 며칠째 돌아오지 않는 아버지. 아버지를 찾아 나서는 고등학교 1학년 남동생. 붙잡는 어머니. 뿌리치고 나가는 동생. 오열하는 어머니. 와들와들 떨고 있는 여고생. 손바닥으로 가린 고막을 찢고 들려오는 총소리들. 전깃불이 꺼진 무서운 암흑의 밤. 피투성이가 되어 업혀 오는 영철이. 피를 닦아내는 어머니. 약통에 조금 남은 연고와 붕대를 찾아내는 여고생. 속옷을 찢어 다리를 동여매는 어머니. 겁에 질려 울먹이면서 물을 끓이는 여고생, 그리고 고함을 지르면서 주먹을 휘두르는 남편…….

지난 밤 그녀는 방 안에 불을 환하게 켜 놓고 이곳을 떠나야겠다는 결정을 내렸다. 밤낮으로 떠오르는 몸서리쳐지는 기억 때문에 송정리를 떠났듯이, 이제 이곳도 떠나야 했다. 모든 기억이 고갈되어 버릴 수 있는 곳으로 떠나야 했다. 그녀는 그곳이 어딘지 알 수는 없었지만, 그곳을 찾아 떠나기로 했다.

여전히 몸이 떨렸다. 겨울 외투를 걸치고 거실로 나왔다. 전씨가 평상에 앉아 거실 쪽을 걱정스런 표정으로 보고 있었다. 전씨를 불렀다.

"전씨, 그 동안 수고했어요. 이제 이곳을 떠나야 할 때가 된 것 같아요."

전씨는 뭔가 눈치를 챘는지 아무 말도 없이 바닥을 보고 있었다.

"지난 일 년 동안 고생만 시키고……. 미안해요. 이것 넣어 두세요."

통장을 본 전씨의 눈이 휘둥그래졌다.

"아무 말 말고 넣어 두세요. 그 동안 일한 보잘것 없는 대가예요. 고향이 경상도 쪽이라 했죠?"

전씨는 통장을 앞에 두고 말없이 고개를 끄덕거렸다.

"말 못할 사정이 있어 여기까지 왔겠죠. 처음 봤을 때처럼 아무것도 묻지 않을 게요. 다만 앞으로 살아가는데 이 통장이 도움이 되었으면 좋겠어요. 부담 갖지 마세요. 일한 것에 비하면 적은 돈이에요. 옛날 제가 어려웠을 때 저를 도와주신 분이 생각나요. 그분의 은혜에 아무 보답을 해드리지 못해 늘 죄송했는데……. 제가 그분에게 보답하는 의미로 전씨에게 통장을 주는 것이니 전혀 개의치 마세요. 만약 전씨가 안 받는다면 통장과 도장을 아우라지 강물에 버릴 거예요."

전씨가 눈물을 글썽이면서 뭐라 말을 하려 했다. 그녀가 재빨리 말을 이어 나갔다.

"오늘 당장 떠날 필요는 없어요. 이번 주 안으로 좋은 날 잡아 떠나세요. 살다가 인연이 있으면 다시 만날 수 있겠죠. 정말 고마웠어요. 그럼 일어나 나가 보세요. 몸이 아파 더 누워 있어야겠어요. 그리고 오늘만큼은 저녁을 사 드셔야 되겠어요. 미안해요."

그녀는 말을 마치고 서둘러 방 안으로 들어왔다. 온몸이 불덩이처럼 달아올랐다. 다시 식은땀이 나기 시작했다. 짐을 싸야 되는데 하면서 그녀는 벽에 기대어 눈을 감았다. 자신이 돌아나가야 할 삶의 구비가 전혀 보이지 않았다. 영철이의 해맑은 웃음과 눈부시도록 하얀 얼굴이 어른거렸다. 그녀는 그에게 손을 내밀려 했다. 꼼짝도 할 수 없었다. 몸에 남아 있던 마지막 기운이 빠져나가는 듯한 기분을 느끼면서 그녀는 방바닥으로 미끄러지듯 쓰러졌다.

그녀는 시끄러운 소리에 눈을 떴다. 고함 소리가 들리더니 곧 이어 뭔가가 부닥치는 소리가 들렸다. 그녀는 깜짝 놀라 일어났다. 머리가 어질어질하고 다리가 부들부들 떨렸다. 겨우 벽을 잡고 일어나 문을 열고 나왔다. 전씨를 불렀으나 대답이 없었다. 거실을 엉금엉금 기다시피 해서 마당 쪽으로 갔다. 마당은 조용했다. 머리를 내밀고 과수원을 두리번거리던 그녀는 아무도 없는 것을 확인하고 다시 거실 문을 닫으려는 순간, 온몸에 소름이 쫙 끼치는 비명소리가 들려왔다. 곧 이어 굴뚝새가 요란하게 지저귀는 소리가 들렸다. 그녀는 벌떡 일어나 신발도 신지 않고 집 뒤쪽으로 뛰어갔다.

그녀는 모퉁이를 돌아서자마자 그 자리에 우뚝 섰다. 전씨의 손에 벽돌이 들려 있었다. 그 아래를 보니 웬 남자가 머리에 피를 퐁퐁 쏟으면서 다리를 심하게 떨고 누워 있었다.

13 백설공주와 마녀

"형, 어떻게 되었어?"

미혜가 커피를 두 잔 들고 들어와 소파에 앉았다. 영호는 고개를 저으면서 의자에서 일어나 미혜 맞은편에 앉았다.

"역시 안 되는군. 그럼 형 어떻게 할 거야?"

"이제 그만두어야지 뭐. 미혜에게 미안하네."

영호는 씁쓰레한 웃음을 지으면서 커피를 한 모금 마셨다.

"미안해 할 필요 없어. 형 그만두면 나도 그만두겠어."

미혜는 담담한 표정으로 영호를 바라보았다. 미혜는 영호가 데리고 온 같은 과 후배였다. 대학 시절부터 영호를 무척이나 따라 다니면서 자신의 작품을 보여주고 평가를 해달라고 졸랐다. 졸업 후, 여성 잡지사에 기자로 취직해 근무하다가 영호의 제안을 받아 기획실로 온 것이었다.

영호가 국장과 처음으로 부딪친 것은 미혜 때문이었다. 박 국장은 기획실뿐만 아니라 출판사내 여직원들에게 성적 농담을 자주 했다. 기획실에 들를 때마다 홍일점인 미혜에게 가슴이 크다는 둥, 다리가 잘 빠졌다는 둥의 말을 했다. 처음에는 웃으면서 넘기던 미혜도 박 국장의 말이 단순한 농담이 아니라 성폭력이라고 단정했다. 그것도 상습적인 성폭력으로. 박 국장은 책상에 앉아 있는 미혜의 등 뒤로 가서 미혜의 기획안을 보는 척하면서 그녀를 자주 껴안는 자세를 취했다. 미혜는 그런 국장에게 한번 본때를 보여주겠다고 영호에게 말했다.

기획실 연말 회식이 있을 때 사건은 터지고 말았다. 일차로 갈비에 소주를 먹은 뒤 이차로 카페에 갔을 때, 박 국장이 다른 손님들과 술을 마시고 있었다. 간단히 인사를 나누고 국장과는 될 수 있는 대로 멀리 떨어진 곳에 자리를 잡았다. 맥주를 몇 잔 먹었을 때, 국장이 미혜를 불렀다. 미혜는 씨발놈이 왜 불러, 라고 중얼거리면서 국장 자리로 갔다. 국장은 미혜를 자신의 옆에 앉히고 같이 온 남자들에게 술을 따르게 했다. 얼마 후 돌아온 미혜는 얼굴이 시뻘겋게 달아오른 상태에서 맥주를 연거푸 몇 잔을 들이켰다. 영호는 걱정이 돼서 천천히 마시라고 했지만 미혜는 아랑곳하지 않았다.

"형! 아, 이것 참, 내가 취했나? 공식 석상에서는 실장님이라 해야지. 실장님! 있잖아, 내가 제일 싫어하는 게 뭐야? 나를 여자 취급하는 거지?"

미혜의 말에 기획실 직원 모두가 큰 소리로 웃으면서 그렇다고 했다.

"웃지 마! 나 지금 심각해. 조금 있다 국장 저 자식 받아 버릴 거야. 아니 내가 술집 여자야? 아니면 자기 마누라야? 왜 옆에 앉혀 놓고 엉덩이를 만지는 거야. 이건 완전히 성폭력이야, 폭력!"

미혜가 이글거리는 눈으로 국장 쪽을 노려보면서 맥주를 또 벌컥벌컥 들이켰다. 영호는 안 되겠다 싶어 자리를 이동하려고 하는 순간 국장이 비틀거리면서 영호의 자리로 왔다. 국장은 테이블에 서서 영호를 비롯하여 남자 직원들에게 맥주를 한 잔씩 권한 후 미혜에게 잔을 권

했다. 미혜는 국장을 한 번 쳐다보고는 인상을 찡그리면서 마지못해 잔을 들었다. 순간 영호는 눈이 휘둥그레졌다. 국장이 미혜에게 맥주병을 따르는데 맥주병 끝을 자신의 사타구니에 붙이는 것이었다. 잔이 바닥에 떨어지는 소리와 동시에 미혜가 고함을 지르면서 벌떡 일어나 국장을 노려보았다.

"아니, 이 여자가 왜 그래? 아, 이런 술 처음 받아 봐? 노려보긴!"

국장이 미혜에게 손찌검을 하려고 했다. 영호가 다급하게 일어나 국장의 손을 낚아챘다. 그러자 국장은 영호 쪽으로 몸을 돌리더니 직원 교육 잘 시키라는 것이었다. 영호는 울컥 치밀어 오르는 감정을 억누르고 국장을 돌려 보냈다. 그런데 조금 있으니 국장의 큰 목소리가 들려왔다.

"건방진 년, 제 년이 뭐야? 금테 둘렀나? 남자가 시키면 시키는 대로 할 것이지. 내 몽둥이 맛을 몰라서 그래. 안 그래? 하하하!"

벌떡 일어서는 미혜를 제지하고 영호가 국장이 있는 자리로 갔다. 떠들던 국장이 영호를 보더니 뭐냐고 물었다. 영호는 국장을 잠깐 보자고 하면서 화장실로 들어갔다. 약간 휘청거리면서 국장이 들어왔다. 영호는 화장실 문을 잠그자마자 국장의 멱살을 잡고 자신의 코밑으로 끌어당겼다.

"늙으면 곱게 늙어! 넌 이 자식아 딸도 없어? 네 딸한테도 그래? 이 자식 네 놈의 몽둥이를 분질러 줄까? 지금부터 한 번만 더 실없는 소리 지껄이면, 맥주병으로 네 놈의 머리통을 부숴 버릴 거야. 또 있어! 회사 인터넷 홈페이지에 네 놈의 작태를 소상히 올려 버릴 거야. 너, 전자출판 전문가지? 인터넷 위력 알지? 앞으로 조심해! 뱀 대가리 같은 놈."

그 이후부터 국장은 기획실 출입을 자제했다. 대신 기획실을 개편해야 한다고 떠들고 다녔다.

"거참, 형하고 뭐가 안 돼. 이번에는 정말 형 놓치고 싶지 않았는데. 언니에게 형 빼앗기고 실망했다가 이번에 같이 일하면서 형 보쌈해서 가려고 했는데. 이 년 만에 파혼이라니……."

영호는 미혜를 보고 웃었다. 그녀는 대학 시절 내내 그에게 결혼하자고 졸라댔다. 그러나 그는 미혜보다 1년 선배인 지금의 아내와 결혼을 했다. 그가 별거를 한 후, 미혜를 찾아가서 같이 일하자고 했을 때, 그녀는 그의 어깨를 툭 치면서 말했다.

"그럴 줄 알았어. 형은 언니하고 안 맞는다고 했지. 언니는 전형적인 여자야. 형은 나 같은 후배하고 결혼했어야 했어. 그래야 형 술 먹고 늦게 들어와도 아무 말 하지 않지. 아니 내가 더 취해 다니겠지? 그러면 형이 술 먹을 정신 있겠어? 매일 술 먹고 늦게 들어가다가 언니에게 쫓겨났구나. 불쌍해. 형 지금이라도 나랑 결혼할까? 그러면 내가 형이랑 근무하지."

미혜는 늘 쾌활했다. 한 번도 치마를 입은 것을 본 적이 없었다. 지금도 청바지 차림이었다. 그녀에게 걸려오는 사적인 전화는 대부분 남자인 듯했다. 그녀는 전화하는 동안, 이 자식, 미친 놈 등의 단어를 마구 섞으면서 낄낄거리곤 했다.

"형! 오늘 화난 거 보니까 정말 섹시하다. 뽀뽀해 주고 싶은데 뽀뽀해도 되지?"

미혜는 영호의 볼에 살짝 입을 맞추고 다시 소파에 앉아 담배를 물었다. 그는 볼을 만지면서 주호 생각을 했다. 미혜가 들어오기 전에 아내의 집에 전화를 했지만, 여전히 통화가 되지 않았다. 그는 별 생각이 다 들었다. 아무래도 심상치 않았다. 저녁에 퇴근해서 아내 집에 가봐야겠다는 생각을 했다.

"형, 언니랑 어떻게 할 거야?"

"뭘?"

"다시 합치지 않을 거야? 내가 보기엔 조금 더 늦으면 위험할 거 같은데. 형이 먼저 찾아가서 잘못했다고 말하는 게 좋아."

"신경쓰지 마, 내가 알아서 할 테니까."

"그래, 형이 어련히 알아서 잘 하겠어. 내가 하나 물어 보자. 형은 백설공주가 좋아 아니면 마녀가 좋아?"

그는 웬 뚱딴지 같은 소리를 하느냐는 듯이 미혜를 쳐다보았다.

"무슨 뜻인지 모르겠어? 그럼, 이렇게 표현하지. 나하고 자는 게 좋아, 언니하고 자는 게 좋아?"

그는 미혜의 말에 당황했다. 아내와 별거에 들어간 뒤, 그는 본의 아니게 독신생활을 해야 했다. 그러다가 미혜와 국장이 정면으로 충돌하던 날, 그는 미혜의 아파트에서 하룻밤을 보냈다. 그녀는 술이 취한 것이 아니었다. 그가 그녀를 부축하고 그녀의 아파트 현관에까지 데려다 주고 돌아설 때, 그녀가 와락 그를 껴안고 문을 잠가 버렸다. 그가 뭐라고 할 틈도 없이, 그녀는 그를 침대로 끌고 가서 그의 허리띠를 급하게 벗겼다. 그날, 그는 침대에 누워서 그의 가슴 위에서 온갖 행위를 다하는 그녀를 보면서 극도로 흥분을 했다. 근 일 년 반을 참았던 그의 남성은 자제력을 상실한 상태였다. 아내와 불과 한 살 차이인데도, 그녀의 몸은 군살 하나 없이 탱탱했다. 그녀는 온갖 체위를 사용하면서 섹스 그 자체에 몰입했다. 그를 마치 장난감 다루듯이 다루면서 그의 몸을 탐하던 그녀는 동이 틀 무렵에야 그를 놓아 주었다.

"내가 형 좋아한 거 알지? 대학 때부터 형 가지고 싶었어. 언젠가는 내가 형과 섹스를 하고 말거라 작심했지. 내가 대학 다닐 때, 형에게 결혼하자 했는데, 그거 진심이야. 지금도 그래. 왜 그런 줄 알아? 형은 남자가 아니기 때문이야. 무슨 말이냐 하면, 형은 소설 쓰고 문학할 때는 깡패야. 술 먹고 고함지르고 뒤집어엎고 그러잖아. 한마디로 개판이지 뭐. 개 같은 남자지 뭐. 그런데 여자들 앞에서는 전혀 안 그래. 혹시 저 사람이 후배들 앞이라서 그러나 보다라는 생각도 했어. 그런데 형이 언니랑 별거하는 걸 보고, 아, 정말 저 사람 좋은 사람이구나 생각했지. 만약 형이 보통 남자라면 별거는 무슨 별거냐 하면서 언니를 복날 개 패듯 팼겠지. 그런데 형이 순순히 응하더라고. 나한테 그랬잖아. 형이 잘못해서 그런 거라고. 그때부터 내가 형 보쌈해 버리려고 호시탐탐 기회를 노리고 있었는데, 오늘 국장 그놈이 기회를 제공해 주잖아. 그 새끼도 가끔 쓸모 있네. 좌우지간, 형은 밖에서 큰소리치고 집에 들어가서는 찍 소리 못하는 사람이지. 그게 진짜 좋은 남자야. 밖에서는 벌벌 기다가 집에 들어와서 주먹 휘두르는 놈, 그런 놈들은 남성 우월주의에 빠진 파쇼도당들이야. 죽여 버려야 돼!"

그녀는 말을 마치고 나서 다시 그의 몸 위에 올라 아침때까지 비명을 지르면서 섹스를 했다. 이후 그녀는 일주일이 멀다하고 그를 데리고 그녀의 집으로 갔다. 처음에 그는 그녀의 그런 적극적인 섹스에 굉장한 자극을 받으면서 그녀와의 섹스에 몰두했다. 그녀는 어떤 때 그의 사무실에 들어와서 이상야릇한 눈빛을 반짝이다 입맞춤을 하고 나가곤 했다. 그러다가 그는 서너 달 전부터 그녀를 피하기 시작했다. 왠지 차츰 그녀가 성적으로 타락한 듯해 보였다. 그리고 무엇보다 그녀와 관계를 맺을 때마다 자신이 큰 죄를 저지르고 있다는 느낌이 강하게 들었다.

아내와 결혼하기 전, 그는 아내와 섹스를 나눌 기회가 많았다. 그러나 아내는 결혼할 때까지 절대로 그럴 수 없다고 완강히 거부했다. 결혼 후에도 아내는 섹스에 대해 그다지 달가워하지 않았다. 설령 섹스를 하더라도 적극적으로 나오는 적이 한번도 없었다.

"잠자리로만 말할 것 같으면 내가 좋지? 그지? 언니가 보여주지 못하는 온갖 기술을 내가 가지고 있으니까……. 알아. 요즘 형이 나 피하는 거. 그래 나라는 여자는 내가 마음에 드는 남자가 있으면 거리낌없이 섹스해. 섹스가 뭐야? 섹스는 본능적인 거야. 자기가 좋아하는 사람하고 하고 싶을 때 아무 때나 하는 거야. 형이 좋아서 형과 섹스한 거야. 섹스는 즐기는 것이지, 아이 낳는 수단이 아니야. 섹스는 남자가 주도하는 것이고, 아이를 낳기 위한 행위라는 생각은 남성 우월주의의 표본이야."

미혜의 표정은 진지했다. 그녀의 얼굴이나 몸매는 남자들이 보면 군침을 흘릴 정도로 섹시했다.

"남자들, 자기 마누라가 나처럼 섹스하면 당장 이혼할 거야. 화냥년이라고. 그러면서 술집에 가서는 온갖 짓을 다하지. 만약 술집 여자가 자기 마누라처럼 하면, 뭐 이런 재수 없는 년이 다 있어, 하고 쫓아 버릴 테고. 맞지? 참, 형은 그런 술집에 안 가 봤겠지. 허구한 날 소주에다 맥주만 먹으니, 그런 곳에 갈 여력이 있겠어."

"그게 백설공주하고 마녀하고 무슨 관련이 있어?"

"참 네, 그러니까 형이 지금 소설을 못 쓰지. 시골 할아버지들 찾아다닐 궁리 그만하고 요즘 세대들이 무슨 생각을 하는지 알아보는 게 소설 쓰는 데 도움이 될걸. 백설공주나 마녀는 남성 우월주의가 만든 상징이야. 아까 이야기했지. 남자들은 자기들 편한 대로 여자들을 두 가지 유형으로 분류해서, 그것을 동화로 만들었지. 아내는 백설공주, 바람 피우는 대상은 마녀! 주위를 봐. 여자는 그 두 종류뿐이야. 언니와 나를 비교해 봐. 백설공주 같은 언니, 마녀 같은 나. 여자들은 어릴 때부터 백설공주 동화를 읽고 비디오를 보면서 남성 우월주의를 주입받는 거야. 어린애들에게 물어 봐? 전부 공주가 좋다고 하지. 그런 폭력이 어디 있어? 그건 정말 엄청난 폭력이야. 아우슈비츠 대학살 말하는데, 남자들의 이 폭력은 그것보다 더해. 유태인은 3백만 명 죽었지? 많지? 그런데 남성 우월주의가 시작된 게 언제야. 자본주의부터야. 자본주의가 언제부터 시작됐어? 3백 년이 넘었어. 그 오랜 기간 동안 헤아릴 수 없는 여자들이 남자들에게 무수한 폭력을 당하면서 고통받아 온 거지. 3백만 명은 아무것도 아니야. 새 발에 피지."

대학 때부터 여성 해방을 부르짖은 그녀는 그때의 신념을 지금도 변함없이 확고하게 지키고 있는 듯했다. 그는 소설과 출판과 가정에 대한 자신의 신념은 무엇인지를 잠시 반문했다.

"남자들은 두 종류의 폭력을 여자들에게 휘두르지. 주먹으로 휘두르는 야만적 폭력과 백설공주로 길들이는 지적 폭력이 그것이지. 남자들의 야만적 폭력이 없어지기 위해서는 무엇보다 지적 폭력이 근절되어야 돼. 뿌리부터 뽑아야 되는 거지."

열변을 토하던 미혜가 커피를 한 모금 마시면서 열기를 가라앉혔다.

"나 결혼 안 해. 체질적으로 난 마녀야. 그렇지만 결혼해서 공주처럼 행동할 수도 있어. 물론 집 밖에 나가서 마녀처럼 굴다가 들어오겠지만. 그런 이중 생활이 싫어. 결혼이니 집이니 하는 것은 남자들의 지적 폭력이 공인된 장소야. 내가 그곳으로 왜 들어가. 형이라면 모를까…… 나 형 집에 들어갈 용의 있어. 후후. 내 욕심이지……. 나 상관 말고 언니에게 돌아가. 나는 다른 남자 많아."

그녀가 소파에서 일어나 그의 옆에 앉았다.

"나하고 섹스했다고 죄책감 가지지 마. 그럴 필요 없어. 별거는 결혼생활을 중지한 거야. 결혼해서 지켜야 할 의무로부터 자유로운 거지. 형은 자유로운 상태에서 나랑 섹스한 거야. 혼전 섹스와 같은 거지. 아마 나랑 섹스하면서 형은 언니의 소중함과 고결함을 깨달았을 거야. 그러면 돼. 언니랑 다시 결합하면 그때에는 바람 피우지 마. 그리고 언니를 더 이상 공주로 만들지 마. 같은 인간으로 대해. 형이 언니에게 잘못한 게 딱 하나 있는데, 뭔지 알아? 언니를 여자로, 주부로 대했다는 거야. 집 지키는 가정부로. 언니의 인생이 있는데, 왜 그걸 못하게 하고 형을 위해 헌신하도록 하는 거야. 그런 거 보면 형도 영락없는 남자야. 바깥 일이 최고이고, 집의 일은 여자가 한다, 그 생각을 버려."

미혜의 생기 있는 얼굴 위로 지칠 대로 지친 아내의 얼굴이 떠올랐다. 하얀 블라우스에 장미꽃을 들고 서 있는 아내의 모습도 떠올랐다. 경춘선 열차에 앉아 시리도록 푸른 강을 보면서 탄성을 지르던 환한 얼굴도 떠올랐다. 하얀 면사포를 쓰고 자신의 손을 잡으면서 수줍게 웃던 얼굴도 떠올랐다.

"언니가 형에게 바란 게 뭐겠어. 형이 좋은 소설 쓰는 거지. 그럼 형이 쓰면 되잖아. 언니는 자신의 인생을 포기하고 형의 인생으로부터 대리만족을 얻으려는 거야. 전형적인 백설공주지. 언니가 마녀는 될 수 없어. 형이 언니를 행복하게 해주는 것은 언니를 공주로 만들어 주는 거야. 지적 폭력에 길들여진 공주가 아니라, 형이 떠받들어 모시는 진짜 공주말이야. 형 혼자 뭐든지 하려고 하지 마. 언니도 사람이야. 같이 소설을 써. 형이 쓰고 언니가 읽고 고치고."

미혜가 일어나면서 그의 이마에 입을 살짝 맞추고는 일어서 문 쪽으로 걸음을 옮겼다. 문을 열기 전 그녀는 뒤돌아 서서 한마디를 더 했다.

"술만 덜 마시면 형은 언니를 진짜 공주로 충분히 만들어 줄 수 있는 사람이야. 형 죽을 때 언니에게 고백해. 그때 내가 양보했다고. 그럼 언니가 내게 고맙다 할 거야. 형을 믿어. 나 오늘 사표 낼 거야. 이따 저녁때 술 한잔 사줘. 섹스 안 할 테니 걱정 말고."

병 속에 든 새

영호는 이제 이곳도 떠나야 한다고 생각하면서 자신의 방을 휘 둘러보았다. 벽 쪽 책꽂이에는 많은 책들이 꽂혀 있었다. 책을 훑어보던 그의 눈길이 책꽂이 아래 부분에 있는 책에 멈추었다. 자신의 석사논문과 형의 박사논문이 눈에 들어왔다.

그가 박사 과정 입학을 포기했을 때, 지도 교수는 그를 불러 이유를 물어봤다.

"교수님, 늘 제게 신경을 써 주셔서 감사합니다. 그렇지만 저는 학문을 할 체질은 아닌 것 같습니다. 사실 창작을 좀더 잘해 보려고 대학원에 왔습니다. 그리고 많은 것을 배웠습니다. 그렇지만 논문을 쓰면서 느낀 것인데, 이론이 창작에 큰 도움이 되는 것 같지는 않습니다. 요즘 소설을 쓰면 자꾸 관념적인 생각이 먼저 들고, 또 이론적 문체가 튀어나와 고민스럽습니다. 소설 속의 모든 것이 죽어 가고 있는 느낌입니다. 이제 다시 사회로 나가 살아 있는 사람들 속에서 살아 숨쉬는 생생한 글을 쓰고 싶습니다."

지도 교수는 그가 가진 문학적 재능과 석사논문에 대해 칭찬하면서 다음에라도 생각이 있으면 시험을 치라고 했다. 복학 후 처음 만난 지도 교수는 그가 소설가로 등단했을 때, 자신의 일처럼 기뻐하면서 축하의 자리를 마련해 주었다. 사실, 등단 후 그가 여러 잡지에 작품을 발표하고 나름으로 주목을 받게 된 것도 암암리에 뒤에서 밀어준 지도 교수의 역할이 컸다. 대학을 졸업하고 일년 동안 창작을 하다가, 대학원에 진학한 것도 그 스스로 뭔가 문학에 대한 공부를 더 하고 싶은 것도 있었지만, 지도 교수의 오랜 권유가 큰 비중을 차지했다.

오 년 동안 석사 과정을 다니면서 그는 겨우 세 편의 작품만 발표했다. 그렇다고 그가 그 기간 동안 창작을 등한시한 것은 아니었다. 아무리 소설을 쓰려 해도 쓸 시간이 없었다. 리포트 준비를 하다 보면 한 학기가 훌쩍 지나가 버렸다. 학점에 연연한 것은 아니지만, 그의 성격상 리포트를 불성실하게 낼 수는 없었다. 방학 때만이라도 차분히 소설을 쓰려고 했지만, 세미나니 단합대회 등으로 인해 자유시간을 갖기가 힘들었다. 석사를 졸업하기 전 해에 그는 그 동안 발표했던 소설들을 묶어 첫 창작집을 냈다. 그러나 스스로 자신이 쓴 소설에 대해 불만이 많았다. 석사 이전에 쓴 글들과는 달리, 석사를 다니는 동안 쓴 세 편의 소설들 대부분이 시야가 대학이라는 틀에 갇혀 있어 답답하고 정체된 느낌을 주었다.

그러나 무엇보다 그가 대학원 진학을 포기한 결정적인 원인은 형의 말이었다. 박사 입학 문제를 두고 고민하다가 그는 형을 찾아갔다. 겨울 방학이 끝나갈 무렵, 당시 박사 과정 2년째를 앞둔 형은 연구실에 틀어박혀 있었다. 아직 찬바람이 부는 학교내 연못 부근 벤치에 형과 앉았다.

"너는 소설가이니 잘 알겠구나. 병 속에 든 새라는 화두 말이야. 화두니까 생각하기에 따라 여러 해석이 나올 수 있겠지. 나는 이렇게 생각해. 새를 집어내자니 힘들고, 병 속에 넣어 두자니 새가 죽을 테고. 우리 삶에서 그런 순간들을 많이 접하지. 이 일을 하자니 어렵고, 안 하자니 아쉽고 하는 그런 순간들을……. 같이 운동을 하던 내 친구 중에 지금 강원도에서 대안학교를 하는 사람이 있어. 내가 대학원에 간다고 했을 때 그가 그러더구나. 내가 대학원에 가는 것은 병 속에 갇힌 새를 집어내기 위해서 가는 것과 같다고. 그때는 무슨 말인지 몰랐는데, 요즘 그 의미를 알겠어. 내가 가야 할 길이 따로 있는데, 가서는 안 되는 길을 걸어가고 있다는 것을. 저 하늘을 자유롭게 날아다니는 새에 대해 내가 관심을 가져야 되는데, 괜히 병 속에 갇힌 새를 집어내려고 하고 있다는 것을."

"형, 형 말 어렵기는 여전하네. 아직 무슨 말인지 잘 모르겠는데?"

"네 주위에 두 명의 여자가 있어. 한 여자를 사랑하는데 또 다른 여자가 나타난 거야. 그 여자가 병 속에 갇힌 새지. 갇힌 여자를 구해 주고 싶은데 구해 주려니 방법이 없고, 버려 두자니 병 속에서 죽겠고……. 나는 지금 내가 사랑하던 여자를 버리고, 병 속에 갇힌 새를 가지려고 대학원에 들어온 거야. 벌을 받는 게 당연하지."

찬바람에 외투 깃을 여미는 형의 손이 새 다리처럼 앙상했다.

"운동으로서의 학문을 하고 싶었지. 그런데 이곳에서는 불가능해. 이곳은 제도권이야. 그것도 우리 사회 제도의 모든 것을 압축하고 있는 곳이지. 이 속에서 내가 뭔가를 찾으려 했던 것은 나에 대한 기만이었어. 이곳은 순수학문을 하는 사람들이 오는 곳이지, 나 같은 사람이 올 곳은 아니야. 그런데 이제 내 나이에 이곳을 떠날 수도 없고. 그야말로 내가 병 속에 갇힌 새가 되어 버린 셈이지."

형의 말을 듣고 그는 두 마리 토끼를 잡을 수 없다는 결론을 내렸다. 박사 과정을 포기하고 소설만 쓰기로 했다. 그러나 생활비가 문제였다. 대학원을 다닐 때에는 과외를 해서 용돈을 벌었지만, 서른두 살이 된 나이에 그 짓도 하기 어려웠다. 마침 지도 교수의 추천도 있고 해서 문학책을 전문으로 내는 조그만 출판사 편집장으로 취직을 했던 것이다.

그는 다시 아내 집으로 전화를 했지만 여전히 통화가 되지 않았다.

창 밖을 보았다. 바람이 부는지 은행나뭇잎들이 작은 색종이처럼 거리로 떨어지고 있었다. 그가 출판계에 몸담았던 지난 세월의 잔상들이 떨어지는 나뭇잎 하나하나에 실려 꿈결처럼 스쳐 지나갔다. 거리를 지나는 사람들의 모습들이 늦가을의 찬바람에 잔뜩 움츠러들고 있었다. 그는 이제 자신이 무엇을 해야 할지를 몰라 난감했다. 결국 형처럼 그도 병 속에 갇힌 새가 된 셈이었다. 대학원을 포기했을 때, 그는 전업 소설 작가로 나서야 했다. 출판사를 다니면서 소설을 쓰겠다는 것도 두 마리 토끼를 잡는 것에 불과하다는 사실을 이제야 깨달은 것이다. 그는 지금 출판사도 놓치고 소설도 놓쳐 버린 것이다. 더구나 출판사로 인해 사랑하는 가족까지 놓쳐 버렸다. 아내는 별거를 선언할 때 이미 그의 이런 모습을 예상했던 것일까?

"당신을 이해 못하겠어요. 당신은 작가라고 늘 그랬죠. 결혼 4년 동안 당신이 집에 일찍 들어온 날이 며칠이나 될 것 같아요? 매일 술에 취해 새벽에 들어오고. 술 마시고 실수하고……. 다 좋아요. 제가 애초에 당신과 결혼했던 것은 매사에 최선을 다하는 모습이 좋았기 때문이에요. 학교 다닐 때, 어떤 일을 하면 늘 끝장을 봤죠. 그게 전 좋았어요. 당신이 끝장을 봐야 할 것은 소설 아닌가요? 출판사가 아니잖아요. 기다렸어요. 언제 당신의 두 번째 소설집이 나오는가를. 언제 나오죠?"

아내는 거실에서 자고 있는 네 살 된 주호가 모기에 물릴까봐 주호 곁에서 부채질을 하면서 아파트 베란다 쪽에 앉아 있는 그를 빤히 쳐다보았다.

"당신, 언제 월급 한 번 제대로 가져온 적 있어요? 그렇다고 제가 불평 한 번 하던가요? 당신이 월급 안 가져와도 생활하는 데는 지장이 없어요. 제가 결혼 4년 동안 기다릴 수 있었던 것은 당신이 작가라는 것이었고, 작가답게 작품을 쓸 것이라는 믿음이 있었기 때문이에요……. 주호가 물어요. 다른 애들은 아빠가 잘 놀아 주는데, 왜 우리 아빠는 놀아 주지 않느냐고. 그래서 주호가 잠잘 때 주호에게 이렇게 대답을 해주었어요. 주호야, 네 아버지는 글을 쓰는 사람이라서 이렇게 매일 늦단다. 네가 크면 넌 훌륭한 작가의 아들이라는 말을 들을 테니 그때를 생각하면서 아버지를 이해하라고……."

아내는 부채질을 멈추고, 울음을 참는 듯 입술을 꽉 깨물었다. 그는 새근새근 잠자고 있는 주호의 얼굴을 보면서 주호와 같이 놀아 준 지도 꽤 오래되었다는 것을 느꼈다.

"당신 나이 지금 몇인 줄 아세요? 서른아홉 살이에요. 저는 몇인 줄 아세요?"

그때, 그는 아내의 나이가 벌써 그렇게 되었나 하는 생각을 했다. 윤기 있고 해맑던 아내의 얼굴에도 세월의 주름이 많이 잡혀 있었다. 거실에 걸린 사진이 보였다. 신혼여행을 가서 아내와 찍은 사진이었다. 아내는 활짝 웃고 있었고, 그 역시 아내 뒤에서 웃고 있었다.

"스물한 살 때 당신을 만나 지금까지 이렇게 얼굴 맞대고 있어요. 이제 그 세월이 안타까워요. 지쳤어요. 출판사를 또 옮기시게요? 큰 출판사니 월급은 많이 주겠죠? 월급 많은 것만큼 일도 많을 테죠. 그럼 이전보다 더 늦게 집에 들어오겠군요. 하긴 당신은 이제 가족 따위에는 관심이 없으니까요……. 당신 입에서 이제 출판사 그만두고 소설 쓰겠다는 말이 나오길 간절히 바랬는데……. 그래요. 출판사를 옮기세요. 대신 이제 당신과 살지 않겠어요."

아내의 표정은 단호했지만, 눈에는 눈물이 어른거리고 있었다.

"당신의 소설을 기다리면서 살아왔어요. 이제 더 이상 당신에게 무엇을 기대하면서 산다는 것이 아무 의미가 없게 되었어요. 소설을 쓰기 위해 며칠 밤을 지새우던 당신의 모습을 보고, 당신을 위해 세상을 살고 싶었어요. 그런데 지금 당신은 출판인도 소설가도 주호 아빠도 아니에요. 매일 술에 취해 사는 사람으로밖에 안 보여요. 그런 당신을 볼 때마다 제가 당신을 제대로 뒷바라지 못한 것 같아 가슴이 미어 터져요……. 당신의 아름다운 모습을 언제 한 번은 다시 볼 수 있겠지, 라는 기대를 가지고 지금까지 기다린 시간이 너무나 허망해요. 허망해서 견딜 수가 없어요."

아내의 수척해진 얼굴 위로 흘러내리는 눈물을 보면서, 그는 오랜 세월 동안 자신만을 바라보면서 자신만을 위해 살아온 아내의 아름다운 청춘이 덧없이 마감되고 있는 것을 느꼈다. 아내는 얼굴을 무릎에 묻고 밤새 울먹였다.

점심 시간이라서 그런지 거리에는 양복을 입은 셀러리맨들이 쏟아져 나오고 있었다. 이제 그는 저 무리로부터 떠나야 했다. 아니 떠나고 싶었다. 번요한 저 거리와, 그 거리에 묻혀 있는 지난 십 년 동안의 기억을 깡그리 잊을 수 있는 곳으로 떠나고 싶었다. 아내와 주호가 있는 집으로 돌아가고 싶었다. 밤을 하얗게 지새우면서 원고와 씨름하던 그 시절로 돌아가고 싶었다. 오래 전, 아내가 한 말이 생각났다. 완행열차에 대해 모든 것을 알면 된다던 말이. 지난 세월 동안, 아내와 함께 그 완행열차를 타고 갔더라면, 그는 지금쯤 고속열차를 꿰뚫는 글들을 열심히 쓰고 있을 것이다. 그 글들이 그의 서재에 쌓이는 모습을, 마치 알알이 여문 벼들로 출렁이는 황금 들판을 바라보듯, 아내와 함께 함박 미소를 지으면서 바라보고 있을 것이다.

그러나 아내가 탄 완행열차는 그를 홀로 간이역에 남겨 두고 떠나버렸다. 아니, 그가 그 열차를 놓쳐 버린 것이다. 소설과 아내에 대한 젊은 날의 열정과 사랑과 방황을 싣고 그 열차는 이미 오랜 전에 그의 곁을 떠나갔다. 떠나간 그 기차를 다시 붙잡고 싶었다. 달음박질을 쳐서라도 붙잡고 싶었다. 그러나 그러기에는 너무 늦어 버린 것 같았다. 아내가 탄 기차는 그가 붙잡기에는 너무 먼 곳에 있었다.

그는 자신이 지금 황량한 간이역에 홀로 서 있다는 느낌을 받았다. 그리운 추억이 올올이 담긴 기차를 떠나 보내고 다시는 오지 않을 기차를 외롭게 기다리는 사람처럼, 그는 가슴을 저미면서 지난 세월을 후회하고 있었다. 그는 자신이 지금 세월의 급한 여울목에 휩쓸려 들어가는 나뭇잎 같다는 생각이 들었다. 초라한 나뭇잎을 바라보면서 젊은 날을 덧없이 소모해 버린 아내의 울고 있는 얼굴이 떠올랐다. "변혁운동으로서의 마르크스주의"라는 제목을 단 박사논문을 건네 주던 창백한 형의 얼굴도 떠올랐다. 박사 졸업 후 시간강사를 하던 형이 왜 자살을 했는지 회사를 그만두려는 지금에서야 어렴풋이 이해되었다. 그는 그 동안 자신이 아내와 주호에게, 그리고 아버지와 어머니와 형을 비롯한 모든 사람들에게 얼마나 무심했던가를 뼈저리게 느끼고 있었다.

15 옛사랑의 노래

회사 근처 커피숍에 형수가 나타난 것은 오후 한 시쯤이었다. 아내에게 다시 한 번 전화를 했지만 아내는 전화를 받지 않았다. 학원으로 전화를 해야겠다고 생각했으나, 학원 전화번호를 그는 모르고 있었다. 주호를 데리고 어디를 간 것은 아닌가 생각을 해봤지만, 그럴 리가 없다는 생각을 했다. 아내는 결혼 후 한 번도 여행이나 외박을 한 적이 없었다.

조급한 마음으로 점심도 잊고 사무실에 앉아 있는데 형수에게서 전화가 왔다. 금요일 날 자신에게 전화를 했냐고 물었다. 영호는 정선으로 가기 전날 땅 문제 때문에 형수에게 전화를 해서 메모를 남긴 기억이 났다.

영호는 오랜만에 형수도 보고 땅 문제도 혹시 아는가 물어 보려고 만나자고 했다. 이혼한 형수를 그는 그 동안 한 번 만난 적이 있었다. 형의 장례식을 치른 후, 며칠 뒤 아버지는 영호를 양수리 집으로 불러 통장을 건네 주면서 이혼한 형수에게 전해 주라고 했다. 형의 장례식에 형수는 나타나지 않았다. 이혼을 하면서 형은 양수리로 내려갔고, 형수는 위자료로 받은 전세 아파트를 옮겼다. 물어물어 이혼한 형수가 살고 있는 아파트에 가서 통장을 건네 주었을 때, 수척한 형수는 통장을 보고 한없이 울었다. 그가 집을 나올 때 형수는 명함을 주면서, 직장을 옮겼는데 그의 사무실과 가까우니 가끔 연락하라고 했다. 그러나 영호는 일체 전화를 하지 않았다. 혹시라도 자신을 만나면 형수가 죽은 형을 떠올릴까봐 염려가 되었기 때문이었다. 그러다가 땅 문제 때문에 급하게 전화를 한 것이었다.

약속시간에 맞춰 형수는 커피숍에 들어왔다. 갈색 투피스를 입은 형수의 얼굴은 밝아 보였다.

"아버님 장례식 때 못 가서 죄송해요."

형수는 첫마디를 그렇게 시작했다.

"그런데 무슨 일로 저를 찾았어요? 급한 목소리이던데요. 그때 며칠 촬영 때문에 지방 내려갔다가 어제 저녁 늦게 올라와서 삼촌 목소리를 들었어요."

그는 어제만 하더라도 말을 꺼내기를 망설였을 것이다. 그러나 지금은 형을 믿기로 하고 말을 꺼냈다.

"혹시 돌아가신 형님이 땅을 가지고 있다는 말 한 적 있습니까?"

"아니에요. 처음 듣는데요. 땅이라뇨?"

"형 이름으로 정선에 땅이 있습니다. 저도 그저께 연락을 받고 궁금해서 형수님은 혹시 알고 계시나 싶어 전화를 드렸습니다."

"정선요? 정선은 알고 있어요."

형수는 아무렇지도 않다는 듯이 담담한 표정으로 이야기했다. 그러나 그는 형수의 말에 깜짝 놀라 들고 있던 커피잔을 소리나게 탁자에 놓았다.

"정선을 아세요? 형수님이 어떻게 아세요?"

"영철 씨랑 결혼 한 그해 가을인가, 누구 결혼식이 있다고 아버님이랑 내려간다면서 정선에 갔어요."

"아버님이랑 같이? 결혼식에요?"

"예. 그러다가 박사 학위를 따던 해 여름에 정선에 또 간다더군요. 왜, 양수리 집에서 박사 취득 축하 모임을 가진 적 있죠? 그 며칠 뒤 정선에 간다더군요. 그래서 어머님께 여쭤봤죠. 혹시 정선에 친척이 있는지를. 그랬더니 어머님께서 친척은 아니고 영철 씨 아는 사람이 있다고 하시더군요. 그래서 그런가 보다 했죠. 그런데 그후로도 시간강사를 하면서 자주 정선에 갔어요. 가서 하루 이틀 묵고 오곤 했죠. 그래 이상해서 물었죠. 정선에 아는 사람이 누구냐고? 친척도 아닌데 왜 그곳을 그렇게 자주 가느냐고. 대답을 않더군요. 그러다가 정신이 이상해질 무렵, 또 정선에 간다기에 못 가게 했죠. 혹시라도 혼자 가서 사고라도 당할까봐요. 그랬더니 막무가내로 간다는 거예요. 그러면서 생명의 은인이 그곳에 있다는 거예요. 생명의 은인이 누구냐고 물었죠. 그랬더니 영철 씨가 막 화를 내면서 알 필요 없다고, 그냥 자신이 젊었을 때 목숨을 구해 준 사람이라고, 그렇게만 알라고 하더군요. 평소 화를 안 내던 사람이 화를 내기에 그만두었죠. 그 이후로는 저도 잘……."

그 이후 형수는 형과 여름에 이혼을 했다. 그는 생명의 은인이라는 형수의 말에 충격을 받았다. 젊었을 때, 형의 목숨을 구해 주었다는 말이 이해가 되질 않았다. 물론 형의 말을 정신나간 사람의 헛소리로 간단히 넘겨 버릴 수도 있었다. 그러나 그러기에는 뭔가 석연치 않은 구석이 있었다. 그는 형이 언제 목숨이 위태로웠던 적이 있었는지를 떠올려 봤지만 전혀 아무것도 생각나지 않았다. 다만 그가 군대에 있을 때 형이 폐결핵을 앓았던 기억만 떠올랐다. 그러나 그때 형은 집에 있었다. 어쨌든, 광고회사 카피라이터로 있던 형수도 형과 선을 보고 결혼하였기에 형의 젊은 시절을 알 턱이 없었다. 형수가 전하는 말이 사실이라면 광주댁과 은지가 형의 목숨을 구해 주었다는 의미가 된다. 그는 머릿속이 혼란스러워졌다. 은지가 형의 생명의 은인이라는 것이 사실이라면, 그는 지금까지 엄청난 오해를 하고 있던 셈이였다.

"그럼, 영철 씨 이름으로 정선에 땅이 있단 말이에요?"

"그렇습니다. 제가 지난 주말 내려가서 확인을 했습니다."

"정선에는 누가 살던가요?"

그는 거짓말을 했다.

"경상도 일꾼이 땅을 돌보고 있었습니다."

"그래요? 그럼 그분이 생명의 은인인가? 남자가 아닐 거예요. 여자인 것 같은데요."

그는 움찔하였다. 은지의 하얀 얼굴이 떠올랐다.

"왜, 여자라고 생각하십니까?"

"헤어지기 직전, 정신이 많이 오락가락할 때 영철 씨가 그랬어요. 자신이 찾아갔어야 할 새는 정선에 있었는데, 그걸 모르고 공부를 했다면서, 이제 병 속에 새를 깨 버리고 정선의 새와 살겠다고 중얼거렸어요. 그때는 정신이 나가서 그렇겠지 생각했는데, 지금 말을 하다 보니 그 새가 여자라고 느껴져요. 모르죠. 혹시 알아요. 영철 씨가 정선에 여자를 두었는지……."

쓴웃음을 짓는 형수를 그는 물끄러미 바라보면서 생각에 잠겼다. 어머니는 뭔가를 더 자세히 알고 있을 것이다. 도대체 왜 자신과 동생만이 이 사실을 모르는지 알 수 없었다. 빨리 어머니를 만나 자세한 이야기를 듣고 싶었다.

"그럼, 그 땅은 어떻게 되나요. 영철 씨는 죽었잖아요?"

"그게…… 저…… 형수님은 이혼을 했고, 또 자식도 없……."

그는 말을 황급히 중단했다. 형수가 창 밖으로 고개를 돌렸다. 노랗게 물든 은행잎이 이층 커피 숍 확 트인 유리창 바깥에서 바람에 나부

끼고 있었다.

"신경쓰지 마세요. 아이를 가지지 않은 것은 영철 씨 때문이에요. 늘 그랬죠. 이 험난한 세상에 자신만 고통을 받으면 되지 아이까지 낳아서 고생시키고 싶지 않다고요. 세월의 폭력이 끝나는 날 아이를 가지겠다고요."

창 밖을 바라보는 형수의 눈에 엷은 우수가 깔렸다.

"결혼 5년 동안 영철 씨와 다정하게 지낸 적이 거의 없어요. 늘 학교 연구실에서 공부만 했죠. 집에 오더라도 책상에 앉아 밤새 책만 보다가 제가 출근할 때쯤 잠을 잤죠. 돌이켜보면 영철 씨는 꿈을 꾸고 살았던 것 같아요. 이룰 수 없는 꿈을……."

형이 박사 과정에 들어가서부터 학위를 받고 시간강사를 하던 시절에 대해 그는 아는 것이 거의 없었다. 물론 가족끼리, 형제끼리 명절 때나 생일 때 간헐적으로 만났다. 그렇지만 이전에 형이 화를 내면서 서로 가족의 정을 되찾자고 했지만, 형의 희망은 이루어지지 않았다. 영호나 막내나 모두 자신의 일에만 관심을 둘 뿐이었다. 어쩌면 형이 되찾고자 한 가족의 정은 형이 공부하고 실현시키려 한 마르크스 사상만큼 이상에 불과했는지도 몰랐다.

영호가 두 번째 출판사에 있을 때, 그는 형의 논문을 책으로 내려는 생각을 갖고 있었다. 결혼 이 년 뒤 주호가 태어났을 때, 마침 형이 그에게 축하를 해주기 위해 병원으로 왔다. 그는 형과 함께 병원 앞에 있는 식당으로 가서 저녁을 먹고 나서 책 이야기를 꺼냈다.

"고맙다. 생각을 해줘서. 이럴 때 동생 덕 한번 보는구나. 그런데 내 논문을 책으로 내서 팔리겠어?"

"모르지 뭐. 마르크스니 엥겔스니 레닌은 잘 모르지만, 형 논문 읽어보니 재미있던데. 무슨 책을 그렇게 많이 읽었어? 참고문헌하고 각주 보고 놀랐어. 나도 석사 논문 쓸 때 책 꽤 읽었는데 형 논문에 비하면

새 발에 피더라고. 하긴 우리나라 최고 대학의 박사논문인데, 어련하겠어. 내 정신 봐. 그 책 만들어 주면 형이 강의 교재로 쓰면 되지? "

"교재? 후후, 요즘 학생들에게 마르크스 이야기하면 아무도 안 들어. 실패한 사상이라는 것이지. 설령 실패하지 않았더라도 골치 아프고 어려운 책은 안 읽어. 세상 많이 변했지. 내가 대학 다닐 때는 그런 것에 미쳐 있었는데……."

"하긴, 디디알이니 피씨방이니 컴퓨터에 빠진 애들에게 마르크스는 흘러간 옛 노래지."

형은 영호를 빤히 쳐다보더니 허탈하게 웃었다. 영호도 멋적게 웃었다.

"그래, 흘러간 옛 노래지. 나는 아직도 그 옛 노래를 부르고 있으니……."

"흘러간 옛 노래이지만, 그 노래를 알아야 되는 거 아냐. 소설의 경우도 이전 선배들의 작품을 읽어야 자신의 독특한 내용을 쓸 수 있듯이. 사회학도 그런 거 아냐? 자신의 뿌리에 대한 자각 없이 무슨 새로운 학문을 할 수 있어?"

"……."

"형 논문은 마르크스 사상이 지금 이 시대에도 중요한 이유를 쉽고 설득력 있게 썼더라고. 요즘 출판사들이 마르크스 쪽 책을 전혀 안 다루는데, 내가 생각하기로는 지금쯤 마르크스를 재정리하는 책이 나올 필요가 있는 것 같애. 형 논문이 적격이야. 그리고 안 팔려도 돼. 손해볼 요량하고 만들지 뭐. 형 자리잡는데도 책이 필요하잖아?"

"자리?"

"응, 대학교수 안 할 거야?"

형은 말없이 손가방을 내려다보았다. 짙은 청색 양복에 넥타이 없는 하얀 셔츠를 입은 형은 몰라보게 수척해 보였고, 식당 천장에 달린 형

광등 불빛 때문인지 얼굴은 백지장처럼 하얗게 보였다. 그 얼굴을 보면서 그는 형이 참 깨끗하게 세상을 살고 있다는 생각을 했다. 그러면서 형의 눈에 짙은 공허감과 허무감이 배어 있는 것을 느꼈다.

"교수 될 생각 없어. 그냥 이렇게 시간강사 하다가 그만둘 거야."

"왜? 형, 아직도 병 속에 갇힌 새 생각해? 이제 잊어. 형 세대야말로 가장 혹독한 시대를 온몸으로 겪으면서 살아온 세대라는 거 알아. 물론 나도 형과 같은 세대지만. 그렇지만 나는 그런 것에 별 관심 없었잖아. 이제 그런 광란의 시대는 갔잖아. 출판사도 이제 인터넷의 시대를 맞이할 준비를 하고 있어. 예전에 내가 대학 입학할 때, 아버지가 한 말 생각 안 나? 세월이 흐르면 모든 것이 바뀐다고. 그때 형도 수긍했잖아?"

"그래, 그랬지. 나도 세상이 바뀌었다는 것을 알아. 어쩌면 내가 지금 이렇게 있는 것도 급격하게 변하는 세상이 두려워 내 스스로 그 흐름에 뛰어들기를 거부하는 것인지도 모르지. 내가 석사 과정 들어갈 때, 컴퓨터가 286이었지. 그때 나도 286 컴퓨터 기능을 다 알고 사용했어. 단순했으니까. 그런데 새로운 기종이 나오면서 기능이 복잡해지니까 이제는 컴퓨터를 잘 모르겠어. 컴맹이 된 것이지. 가르치는 학생 중에 컴퓨터에 빠진 학생이 있는데, 그 학생이 조금 있으면 윈도우가 나온다고 그러더구나. 윈도우가 나오면 세상은 이제 아날로그 시대에서 디지털 시대로 바뀔 것이라더군. 얼마 전에 나온 핸드폰을 갖고 있는 학생들도 많아."

"그래, 형. 세상은 정말 어지러울 정도로 바뀌고 있어. 아버지 봐. 벽돌 공장 잘 될 때가 언제야. 이제 주위에서 벽돌 공장은 찾아보기 힘들어. 형도 이제 마르크스를 옛 노래로 삼고 새 노래를 배워야 되는 거 아냐?"

"그래야 하겠지. 그렇지만 어찌 된 일인지 나는 세상이 바뀌었다는 생각이 들지 않아. 아마도 내 속에 있는 풀리지 않는 응어리 때문일지도 모르지. 그때 그 폭력으로 입은 응어리가 아직도 내 가슴에 남아 있는 한, 내게 세상은 똑 같아. 바뀌지 않았어. 그때의 폭력이 아직도 도처에서 벌어지고 있어."

형은 폭력이란 말을 하면서 약간 흥분하는 것 같았다.

"폭력이라니 그게 뭐야? 형이 언제 폭력을 당했어? 유신 때?"

영호는 폭력이라는 단어를 듣고, 자신이 대학 다닐 때 봤던 전경들의 곤봉을 떠올렸다. 형이 언제 그 곤봉으로 폭력을 당했는지 기억을 더듬어 봤지만 도통 떠오르지 않았다.

"너는 군대 있을 때니까 잘 몰라. 하긴 유신 때의 폭력도 똑같은 것이지."

"군대 있을 때……. 형 혹시 광주사태를, 아니 참 광주항쟁을 이야기하는 거야? 형이 광주에 있었어?"

"알 필요 없어……."

형은 굳게 입을 다물고 얼굴이 굳은 채 식탁을 쳐다보았다.

"몰라, 나는 모르겠어. 형이 그때 무얼 했는지 몰라. 좌우지간, 형, 이제는 마음을 바꿔. 응어리가 있으면 풀어 버려. 내가 박사 과정 문제 때문에 형 찾아갔을 때, 형이 그랬지? 대학은 순수학문을 하는 곳이라고. 그럼, 형이 공부한 마르크스도 순수학문으로 대하면 되잖아? "

"대학은 순수학문을 하는 곳이야. 상아탑이지. 현실의 더러운 공기와는 밀폐된 곳이지. 그게 잘못이야. 내가 그런 곳에 들어온 것이 잘못이지. 폭력의 근원을 현실에서 뿌리뽑으려고 했어야 하는데, 현실과는 동떨어진 대학이라는 공간으로 온 것이 잘못이었어. 순수한 학문을 하기에는 현실에서 입은 내 상처가 너무 컸던 모양이야. 그것을 느꼈을 때 현실로 뛰쳐나왔어야 했어. 그런데 머뭇거렸지. 솔직히 겁이 났었어. 다시 그런 폭력이 난무하는 곳으로 되돌아가는 것이. 그러면서 논문까지 쓰고……. 논문을 쓰면 그 논문으로 내 가슴속의 응어리가 조금이나마 풀릴 줄 알았어. 그런데 아니었어. 풀리기는커녕 더 커졌어. 마르크스 사상은 이제 글로서, 그것도 흘러간 옛 노래책으로 남아 있다는 것을 절감했지. 내게 있어서 마르크스 사상이 순수 학문이 될 수 없었던 이유가 바로 그 응어리 때문이었어. 응어리를 풀어 줄 유일한 해결책으로 여겼던 마르크스 사상이 현실에서뿐만 아니라, 글에서도 사라진 것을 보고, 이제 가슴속의 응어리를 영원히 풀 수 없다는 것을 느꼈어……. 세상은 변했다고 하지만, 아직도 그때의 폭력이 도처에서 벌어지고 있는 것을 나는 봐. 그 폭력의 근원을 송두리째 뽑아 버릴 수 있는 유일한 방법은 적어도 내게 있어서 지금은 마르크스주의밖에 없어. 그런데…… 절망적이야. 방법을 찾지 못하겠어. 뭘 어떻게 해야 되는 것인지……."

"영철 씨에게 제가 한 번 물은 적이 있어요. 왜 저랑 결혼을 했느냐고. 영철 씨가 그러더군요. 미안하다고, 저에게 영철 씨가 폭력을 휘두른 것이라고."

어쩌면 형은 자신의 이상을 영원히 꿈꾸기 위해 자살을 했는지도 모른다는 생각이 들었다.

"그래요. 그건 폭력이었어요. 영철 씨와 지낸 결혼 5년의 세월은 제게 폭력이었어요. 남들은 애들 낳고 오순도순 사는데, 그걸 보면서 얼마나 부러워했는지……. 영철 씨가 자살했을 때, 저는 분노했어요. 제 삶에 치명적인 폭력을 휘둘렀다고. 늘 폭력을 비난하던 사람이 어떻게 자신의 아내에게 그런 폭력을 가할 수 있느냐고! 술에 취해 몇 날 며칠을 이중인격자라고 소리 높여 욕을 했어요. 장례식에 갔다면, 아마 저는 관을 뒤엎었을 거예요."

형수의 눈썹이 파르르 떨리더니 이내 눈물이 글썽거렸다. 손수건으로 눈물을 닦은 다음 형수는 다시 창 밖을 바라보았다.

"아버님께서 보내 주신 통장을 보고 깨달았어요. 아버님이나 형은 당신들의 이상을 끝까지 지키다가 저 세상으로 간 사람들이라는 것을. 이제는 용서할 수 있어요. 영철 씨와의 결혼 생활은 폭력이 아니라 아름다운 이상을 꿈꾼 나날들이었다는 생각을 요즘 해요. 제가 조금이라도 일찍 영철 씨의 아름다운 꿈을 같이 꿀 수 있었다면, 그 꿈이 이루어지도록 함께 노력했을 거예요. 영철 씨가 아이를 낳지 않은 것도 이제 이해가 돼요……. 아쉬워요. 정말 좋은 사람이었어요."

창 밖에 은행나무 두 그루가 서쪽으로 넘어온 햇살을 받아 반짝이고 있었다. 묘하게도 한 그루는 잎이 노랗게 변해 있었고, 다른 한 그루는 녹색을 아직도 간직하고 있었다. 노랗게 변한 은행나무에 매달린 나뭇잎들도 제각각 색깔이 달랐다. 햇살이 잘 들지 않는 곳에 있는 나뭇잎은 짙은 노란색을 띠고 있었고, 햇살이 잘 내리쬐는 곳에 있는 나뭇잎은 연한 노란색을 띠고 있었다. 같은 도심에 뿌리내린 나무라도, 그리고 똑같은 뿌리에 달려 있는 나뭇잎이라도 일조량에 따라 각기 다른 빛깔을 띠었다. 영호는 자신이 햇빛을 많이 받아 색깔이 바랜 나무라면, 형은 햇볕을 받지 않고 녹색을 간직하고 있는 나무와 같다고 생각했다.

"저 어쩌면 결혼할지 몰라요……. 좋은 사람이 생겼어요. 조만간 결혼할 거예요. 이제 잘 할 수 있을 것 같아요. 저만을 생각하기보다는 상대방의 꿈을 이해하려고 노력할 거예요. 날짜가 정해지면 연락 드릴게요. 괜찮죠?"

형수는 곧 연락하겠다는 말을 남기고 회사로 돌아갔다. 그는 핸드폰으로 어머니에게 전화를 했다. 다행히 어머니는 집에 있었다. 지금 가는 중이라고 전화를 끊으면서 지나가는 택시를 급하게 세워 탔다. 택시 안에서 회사에 전화를 했다. 미혜에게 오늘 회사에 들어가지 못하니까 알아서 처리하라고 했다. 마포대교는 차들로 꽉 들어차 있었다.

그는 어머니가 있는 개포동 집으로 갈 때, 이 다리가 막히면 항상 샛길로 빠져나갔다. 차를 가져 나오는 것인데, 라는 생각이 드는 순간, 먼지 낀 차를 깨끗하게 닦아 놓은 은지의 모습이 떠올랐다. 그는 기사에게 돈을 더 드릴 테니 개포동까지 빨리 갈 수 없냐고 했다.

16 미친 세월의 바람

한 달 만에 본 어머니는 감기가 심하게 들어 있었다. 머리는 한 달 전보다 더 허옇게 서리를 이고 있었다. 아버지가 돌아가시고 난 후, 영호가 서울에 아파트를 사서 이사를 가자고 말했을 때, 어머니는 아버지와 형 옆에 있겠다고 한사코 고집을 부렸다. 막내까지 나서서 어머니를 설득시켰다. 연세도 있으니 그와 막내 가까이 계셔야 된다면서 반 강제적으로 이사를 하게 했다. 어머니는 양수리를 떠나던 날, 살고 있던 집과 예전의 공장터를 오래오래 보다가 영호의 자동차를 타고 서울로 왔다. 차가 양수리를 벗어날 때쯤 어머니는 눈을 감고 서울에 도착할 때까지 그대로 있었다. 영호는 백미러로 그런 어머니를 보면서 아무런 말도 하지 않았다. 한 평생을 살아오면서 사랑하고 미워하고 아파하고 기뻐했던 그 모든 삶의 무늬가 곳곳에 아로새겨져 있는 양수리에 아버지와 형을 두고 홀로 떠나는 어머니의 심정을 조금은 알 것 같았다.

어머니는 현관문을 열고 반갑게 그를 맞았다. 어머니는 검은 버짐이

앉은 메마른 가지 같은 두 손으로 그의 얼굴을 만져 보았다.
"밥 먹었니?"
"예."
"들어오너라. 얼굴이 야위었다. 밥은 제때 먹니?"
키가 작은 어머니는 그의 허리를 감싸고 그를 거실 소파에 앉게 하고는 부엌으로 갔다. 그는 코끝이 찡해졌다.
"커피 마실 거지."
"예. 그간 별일 없었어요?"
"별일이 뭐 있겠냐. 늙은이가 매일 집에 있는 거지."
"죄송해요, 어머니. 자주 찾아뵈어야 하는데……."
"매일 아침 저녁으로 전화하면 됐지, 찾아오긴……. 바쁜데."
어머니는 커피 한 잔을 들고 거실로 왔다. 아버지가 돌아가신 뒤 어머니는 고혈압 증세를 보여, 정기적으로 병원에 가서 혈압을 재고 약을 탔다.
"병원에는 다녀오셨습니까?"
"응, 지난 주에 갔다 왔다. 혈압은 정상이더구나."
"날씨가 추워지니 조심하세요. 나가실 때도 옷 두텁게 입으시고요. 병원에는 또 언제 가세요? 그땐 제가 차로 모시고 갈게요."
"두 달 뒤에 오라더구나. 달력에 적어 놨다. 나 혼자 갈 수 있으니 걱정 말고 네 일이나 해라."
그는 아파트를 휘 둘러보았다. 거실 중앙에 인자하게 웃고 있는 아버지의 사진이 걸려 있었다. 아마 어머니는 저 사진을 보고 아버지와 지금도 대화를 나누고 있을 것이다. 집 안은 깔끔하게 정리 정돈이 돼 있었다. 어릴 적부터 어머니는 늘 집 안과 공장 주위를 깨끗하게 쓸고 닦았다.
영호는 커피를 한 모금 마신 뒤 어머니를 바라보았다. 어서 빨리 어머니가 아우라지 땅 이야기를 건네기를 바랬다. 어머니는 그런 그의 눈치를 알아챘는지 과수원에 대한 말을 꺼냈다.

"그래, 정선에 갔더니 은지라는 애는 잘 있던?"

"글쎄요. 처음 보니 어떻게 지내는지는 정확하게 알 수 없었지만, 얼굴은 맑던데요."

"그래, 다행이구나."

"어떻게 된 거예요? 가만 보니 저와 막내만 모르더군요."

"모르는 게 아니라 너희들이 알려고 하지 않았지."

어머니는 그를 그윽이 바라보았다. 그는 머쓱해졌다.

"나도 자세히는 모른다. 돌아가신 네 아버지가 일을 다 처리한 것이니까. 그게 그러니까…… 음…… 네가 군대에 있을 때구나. 아마 80년이지……. 몸서리쳐지는 세월이었어……. 네가 첫 외출인가 외박을 나왔을 때 네 형이 결핵에 걸려 있었지?"

"예. 저도 기억이 어렴풋이 나네요. 4월 달에 훈련소 들어가 훈련 마치고 외박 나오려다 못 나오고 여름인가에 나왔죠. 그때 형이 폐결핵에 걸려 있었죠."

영호가 3박 4일간 첫 외박을 나왔을 때, 형은 각혈이 겨우 멈춰진 상태였다. 그때, 가슴 졸이면서 형을 간호하느라고 그랬는지, 그가 군대에 가기 전만 해도 까맣게 윤기가 흐르던 어머니의 머리에는 눈에 확 뜨일 정도로 흰머리카락이 늘어나 있었다.

"그때, 네 형 죽는 줄 알았다. 아마 동네 사람들 도움이 없었다면 죽었을 거다."

"그렇게 심각했어요?"

어머니가 힐끔 그를 보더니 젖가슴 쪽에 손을 갖다 대고 숨을 크게 내쉬었다.

"네 아버지가 연락을 받은 것이 5월 중순인가 그럴 거야. 새벽이었다. 매일 전화를 하던 네 형이 5월초부터 연락을 안 하더구나. 그때 시절이 뒤숭숭해서 그렇지 않아도 매일 네 형 걱정을 하고 있었다. 며칠을 기다리다 네 아버지가 네 형 하숙집으로 갔다. 갔더니 하숙집 여자도 네 형이 안 들어온 지 일주일이 지났다는 거야. 그래, 학교에 가니 학교는 문을 닫았고. 소식을 알 수 있어야지. 네 아버지랑 며칠째 잠도 못 자고 연락오기를 기다렸는데, 그날 새벽에 누가 현관문을 두드리더구나. 아버지가 문을 여니까 네 형 친구라면서 들어오더라. 그 사람 몰골이 말이 아니더라. 그걸 보고 가슴이 철렁했다. 네 형에게 틀림없이 무슨 일이 일어났다고 직감했지. 그 사람이 영철이가 이곳에 있는데 빨리 치료를 하지 않으면 위험하다는 거야. 광주 옆에 송정리 어느 집에 있다면서 주소가 적힌 메모를 주고 황급히 가더라."

그는 가슴이 두근거리기 시작했다. 은지 집이 분명했다.

"아버지가 자는 박서기와 윤기사를 깨워 트럭을 몰고 광주로 내려갔다. 하루 뒤에 올라왔는데, 트럭에 가득 실은 시멘트 포대를 하차하자 그 속에 네 형이 있더구나. 아이구, 지금 생각해도 가슴이 벌렁벌렁 뛰는구나."

하얗게 질린 얼굴로 어머니는 부엌으로 가서 평소답지 않게 꿀꺽꿀꺽 소리를 내면서 물을 마셨다. 물컵을 들고 다시 소파로 왔다.

"죽은 줄 알았다. 얼굴은 퉁퉁 부어 있고, 몸에는 째지고 긁힌 상처에다 시퍼런 멍으로 뒤덮여 있더라. 의식은 전혀 없고. 손가락 하나 까딱 안 하더구나. 아버지가 동네 민의사를 급히 불렀지. 민의사가 오더니 당장 병원으로 옮겨야 된다더구나. 엑스레이를 찍고 검사를 해봐야 한다면서……. 아이구, 심장이야."

어머니는 물을 한 모금 더 마셨다.

"그런데, 네 아버지가 병원으로는 못 옮긴다는 거야. 여기서 나갈 수 없다는 거야. 나는 안달이 나서 왜 그러냐고, 애 죽일 일 있느냐고 외쳐도 막무가내로 여기서 치료를 해야 된다는 거야. 다른 사람이 알면 큰일난다고 그러더라. 한참 생각하던 민의사가 청진기로 이곳저곳을 진찰하고, 가슴이며 팔 다리를 만져 보더라. 그러더니 상처를 꿰매고 주사를 두 대 놓고는 가더구나. 아무 때나 조금이라도 이상하면 연락을 하라면서. 민의사가 가고 난 다음 아버지가 형 옆에 주저앉더니 한숨을 쉬시더라. 그래 물었지, 어떻게 된 거냐고?"

깍지를 끼고 있는 그의 두 손에서 땀이 배어 나오기 시작했다.

"오월 초에 광주에 내려가서 뭔가를 하다가 군인들한테 맞아 그렇게 되었다는 거야. 그래 내가 그랬지. 군인들이 왜 영철이를 이렇게 때렸냐고? 퍼뜩 군에 가 있는 네 생각이 들었다. 네 아버지는 아무 말도 하지 않고 방구들이 꺼져라 한숨만 쉬시더구나. 내가 아무리 영철이를 불러도 대답은 없고……. 그런데 네 아버지는 가만히 앉아 네 형만 보더니, 혼자 그러시더라. 몹쓸 놈의 세상이라고. 죄 없는 애를 이렇게 만들 수 있냐고. 그러더니 밖으로 나가시데……. 며칠을 민의사가 와서 치료하고 주사를 놓고 하니까 눈을 뜨더라……. 몹쓸 놈, 어미 애간장을 그렇게 태우다니……. 그때 내가 속이 시커멓게 탔다."

어머니는 깊은 한숨을 짧게 내쉬었다. 그는 그때 훈련소에서 막 훈련을 마치고 전방 사단 정훈국에 배치를 받았다. 휴가가 취소되고 비상경계령이 내렸고, 엠 16 소총을 들고 군화를 신은 채 선잠을 자야 했다.

"어머니 괜찮으세요?"

"괜찮다…… 휴우! 그렇게 이 주 정도 지나니까 겨우 미음을 받아먹더구나. 나중에 반창고를 뗐는데 온몸이 실밥 묶은 상처투성이더구나. 억장이 무너지더라. 도대체 네 형이 무슨 죽을 죄를 지었다고 사람을 그렇게 무자비하게 팼는지……. 몇 년이 지나고 나서 네 아버지가 그러시데. 그때 광주에 트럭을 몰고 갔는데, 고속도로 톨게이트에서부터 들어가지 못하게 하더라고. 그래서 급히 시멘트를 싣고 가야 한다고 사정 사정을 해서 송정리까지 들어갔는데, 가는 도중에도 검문을 수십 번도 더 하더라더구나. 겨우 은지 집을 찾아가서 네 형을 봤는데 죽은 줄 알았대. 나이 먹은 아주머니와 어린 여학생이 있었는데, 와들와들 떨면서 울고……. 그 사람들이 네 형을 보살펴 주지 않았다면 죽었을 것이다. 그때에는 병원이고 약국이고 모두 문을 닫았으니 치료제도 없고 아무것도 없었대. 수건을 찢어 상처를 동여매고, 몸 성한 부분에 따뜻한 수건으로 찜질하고, 혹시나 팔 다리가 마비될까봐 주무르고, 그래서 겨우 목숨은 붙어 있었던 거지……."

그는 지금 어머니의 이야기를 들으면서 자신이 어떻게 이 엄청난 사실을 전혀 모르고 있었는지 스스로도 이해할 수 없었다. 아무리 그때 군대에 있었다 하더라도, 제대 후 그런 말을 한 번 정도는 들었을 만도 했다. 그런데도 까마득하게 몰랐던 것은, 제대 후부터 자신이 양수리에 거의 있지 않고 서울에만 있었기 때문이라고 생각했다. 그러다가 그게 아니고, 제대 후 아니 대학에 입학하고부터 자신이 양수리에 대해 전혀 관심을 갖지 않았기 때문이라는 생각을 했다.

"몇 번이나 은지와 그 애 어머니를 만나 감사의 인사를 드리려고 했는데, 결국은 못했구나. 참! 그 애 어머니는 살아 계시던?"

"작년에 돌아가셨대요."

깨어진 술병 옆에 앉아 있던 은지의 눈물어린 눈동자가 영호의 눈에 어른거렸다.

"아이구, 저를 어째, 이런 무심한 데가. 살아 있을 때 만났어야 했는데, 이를 어쩌나."

어머니는 손바닥으로 자신의 무릎을 치면서 안타까워했다.

"쯧쯧, 불쌍한 양반. 그 난리통에 남편과 아들까지 잃고……. 그런 경황에도 네 형을 살려 주었는데. 내가 무심했구나. 그렇게 일찍 돌아가시다니. 내 죽기 전에 그분 산소라도 가봐야지…….”

아버지와 형과의 관계를 의심하면서 다그쳐 묻던 그에게 ‘도와주신 분’이라 한 은지의 말이 생생하게 되살아났다. 그녀는 도움을 받은 것이 아니라, 형을 도와준 것이었다. 그것도 형의 목숨을 살려 준 것이었다. 그런데도 그녀는 그의 질문에 와들와들 떨면서 도와주신 분이라 했다.

“네 아버지가 네 형을 어떻게 데리고 올라와야 하는지 방법을 몰라 당황해 하니까, 박서기가 윤기사를 데리고 나가 시멘트를 한 트럭 싣고 오더라더구나. 그리고는 트럭 중간 부분에 시멘트를 들어내 널찍한 공간을 만든 다음, 영철이를 관에 넣고, 그 관을 중간에 실은 뒤 시멘트 포대를 그 위에 올렸다는구나. 나올 때도 검문이 얼마나 심했는지, 군인들이 칼로 시멘트 포대 사이를 푹푹 쑤셔 될 때 네 아버지는 간이 떨어지는 줄 알았다더라.”

어머니는 다시 한 번 가슴을 손으로 쓸어 내렸다.

“조금 원기를 되찾는가 싶더니, 네 형이 어느 날 저녁에 피를 한 방가득 토하고 또 쓰러지더라. 놀라 민의사를 또 급하게 불렀지. 민의사가 결핵 같다고 엑스레이를 찍어 봐야 되기 때문에 병원으로 가야 된다는 거야. 박서기가 밖으로 나가 병원까지 동정을 살핀 다음 윤기사 트럭에 싣고 민병원으로 갔지. 사진을 찍으니 결핵 말기라는 거야. 가망이 없다고 하더라. 제발 살려달라고 매달렸지……. 일단 치료는 해보자고 했는데 병원에 입원을 해야 된다는 거야. 아버지가 또 난감한 표정을 짓더라. 다른 사람들이 알면 끝장이라고. 그래 내가 생떼를 썼지. 이러나 저러나 죽을 텐데 병원에서 치료라도 받아 보게 하자고. 네 아버지도 어쩔 수 없었던지 고개를 끄덕이더구나……. 휴! 지금 생각하면 죽은 민의사나 박서기, 윤기사 아니었으면 네 형은 이미 오래 전에 죽었을 거다……. 민의사는 네 형을 병원 제일 위층에 입원시키고 다른 사람은 아무도 올려보내지 않고 자신이 직접 치료를 하더구나. 그렇게 살려놨는데…… 이렇게 허망하게 갈 수 있는 건지…….”

어머니는 북받치는 감정을 더 이상 참지 못하고 울먹이기 시작했다. 한참 동안 어머니는 머리를 숙이고 두 손으로 얼굴을 가린 채 흐느꼈다. 그 흐느낌에는 가슴 저 깊은 곳에 쌓여 있던 형에 대한 어머니의 절절한 그리움과 자식을 먼저 보낸 어머니의 지울 수 없는 깊은 한이 서려 있었다. 부서질 듯 작은 어깨를 흔들면서 흐느끼는 어머니를 차마 똑바로 쳐다볼 수 없어 고개를 푹 숙였다. 그의 눈에도 눈물이 한 방울 맺혔다.

형을 화장해서 양수리 앞 강물에 뿌릴 때 어머니는 멍하니 넋을 잃고 강둑에 앉아 하염없이 시퍼런 강물만 바라보았다. 아마도 눈물조차 메말라 버렸던 것 같았다. 그가 어머니를 부축하고 집으로 올 때, 그때서야 어머니는 그의 가슴에 얼굴을 묻고 집에 도착할 때까지 울었다. 그는 은지의 어머니가 돌아가셨을 때, 은지는 홀로 어떻게 장례를 치렀고, 누구의 가슴에 기대어 울었을까를 생각했다.

“그렇게 갈 걸…… 그렇게 떠날 걸…… 어미 가슴에 대못을 박아 놓고 갈 걸…… 차라리 그때 죽고 말지…….”

그가 휴가를 나왔을 때, 형은 광대뼈만 남은 밀랍빛 얼굴로 방에 누워 희미한 미소를 띠었다. 집 안에는 개고기 삶는 냄새, 장어 삶는 냄새, 마늘 굽는 냄새가 진동하고 있었다. 어머니는 폐결핵에 좋다는 음식이란 음식은 모두 구해서 정성을 다해 끓여 형에게 먹였다. 어머니는 잠도 자지 않았다. 박서기 부인도 밤낮으로 어머니 곁에 있으면서 어머니를 도왔다. 그때, 그는 휴가를 나왔다는 설레임으로 들떠 있었다. 그는 집에 머무는 짧은 기간 동안 내내 친구들을 만나 술을 먹고 밤늦게 집에 들어갔다. 그가 한 것이라고는 형이 화장실을 갈 때 몇 번 부축해 준 것이 고작이었다. 그가 귀대를 하기 위해 집을 나서기 전 방에 누워 있는 형을 찾아갔을 때, 형은 아무 말도 없이 이불에서 손을 힘겹게 들어 그의 손을 잡았다. 형의 눈에 눈물이 그득 고여 있었다. 그때서야 그는 형이 몹시 아픈 것이 아닌가 하는 생각을 했다. 늘 웃음을 머금고 그와 막내를 바라보던 형의 얼굴이 지금 그의 뇌리에 강하게 떠올랐다.

다소 마음을 가라앉힌 어머니가 그에게 물었다.

"그래 땅이 어떻게 되어 있던?"

"아버지 명의로 되어 있다가 형 명의로 바뀌어 있던데요."

"그럴 거다. 네 형 명의로 한 것이 97년일 거야. 네 형이 정신을 잃고 이혼을 한 뒤 네 아버지가 명의를 바꿨지."

"왜요?"

"네 아버지는 영철이가 더 이상 이곳에서 상처받지 않고 공기 좋은 그곳에 가서 살기를 바랬지. 그런데 이제 그게 아무 소용이 없어졌으니……."

어머니는 말을 중단하고 심호흡을 몇 번 했다.

"네 아버지가 말을 안 하니 난들 알 수가 있겠냐만, 내 생각으로는 영철이가 그곳에 가서 평생을 보내기를 바란 것 같다. 영철이가 은지를 좋아했었지. 네 아버지도 마음에 들어했고. 그래서 아마 전 재산을 대학에 기증하면서도 그것만은 남겨 둔 것 같다. 영철이가 죽었으니 은지에게 그 땅을 주고 싶었던 거지."

형의 손을 잡고 아우라지의 겨울 강가를 거니는 은지의 모습이 떠올랐다. 형의 털모자를 고쳐 씌워 주면서, 형을 따뜻하게 바라보았을 은지의 맑은 눈도 떠올랐다. 그런 은지에게 그는 과수원을 나가라고 했다. 그는 그녀의 가슴에 또 하나의 지울 수 없는 상처를 입히고 만 것이다.

"네 형도 그렇지만, 그 애도 참 한스러운 인생을 사는 것 같구나. 남편하고 이혼하고 혼자 살고…… 사는 게 뭔지……."

과수원 일꾼 전씨는 은지가 남편의 폭력 때문에 이혼했다고 했다. 그리고 지금도 전 남편이 찾아와서 폭력을 휘두른다면서 자신에게 은지를 보호해 달라고 했다. 그런데 그는 보호는커녕 그의 오해로 인해 그녀에게 정신적 폭력을 휘두르고 온 것이다. 그리고 보니 그녀의 삶은 온통 폭력으로 얼룩진 것 같았다. 그런 은지를 생각하니 가슴이 미어졌다.

"네 아버지가 전 재산을 네 형이 나온 대학에 기부한 것을 두고 너나 막내나 불만이 있는 걸로 안다. 그렇지만 그런 불만 갖지 마라. 네 아버지는 네 형을 생각해서 준 것이 아니라, 다시는 이 땅에서 네 형처럼 불행을 겪는 사람이 없기를 바라는 마음에서 그런 결단을 내린 거다. 네 아버지라고 자식들에게 고생시키고 싶었겠니? 네 아버지가 사업을 그만둔 것도 네 형에게서 받은 충격 때문이다. 네 아버지가 늘 그랬지. 가난을 벗어나기 위해 열심히 일했다고. 그래 사실이다. 네 아버지와 나는 지겨운 가난을 벗어나고 싶었다. 그래서 죽기 살기로 일을 한 것이지. 그런데 네 형을 데리러 광주에 다녀온 뒤에 사람이 달라지더구나. 일은 뒷전이고 가끔씩 박서기하고 술을 마셨지. 술에 취해서 그러시더라. 미친 세월이라고. 이렇게 사람을 무자비하게 때리고 죽이는 세상에서 네 아버지는 돈만 생각했다고. 자신이 영철이를 저 지경으로 만들었다고. 돈만 생각한 자신이 세상을 그렇게 만들었다고……. 자신이 조금이라도 세상을 알았다면, 영철이가 저 지경이 될 때까지 보고만 있지 않았을 것이라고……."

그는 소설에 대한 미련과 제대로 되지 않는 출판일 때문에 술을 마셨다. 술로 도피한 것이었다. 아내 말대로 그 어디에도 제대로 뿌리를 내리지 못한 채, 상황만을 탓하면서 술로 세월을 보낸 것이었다. 그런데 아버지는 자신처럼 사소한 일로 술을 마신 것이 아니라 잘못된 사회에 절망하여 술을 마셨다. 그러면서 그 사회를 아버지의 힘으로나마 바꿔 보려고 말년에 자신의 전 재산을 투자하면서 모든 노력을 아끼지 않았던 것이다. 그는 아버지와 형이 살아온 큰 인생 앞에서 지금까지 살아온 자신의 삶이 얼마나 초라한 것이었는가를 깨달으면서 너무나 부끄러웠다.

은지의 얼굴이 떠올랐다. 영호는 자꾸만 떠오르는 은지의 영상으로 인해 마음이 다급해지기 시작했다. 빨리 정선으로 내려가야 될 것 같았다. 그래서 자신이 그 동안 제일 궁금해 하던 것을 어머니에게 물었다.

"그럼 아버지가 형을 구해 준 광주댁에 대한 보답의 마음으로 정선에 땅을 산 겁니까?"

"그럴 수도 있지. 그러나 그게 다는 아니야. 네 형이 어느 정도 기력을 회복하고 산책을 다닐 때쯤 네 아버지가 내게 그러시더구나. 아무래도 모녀를 그곳에 둘 수 없을 것 같다고. 그러시더니 예전에 베 장사를 할 때 봐두었던 정선에 땅을 산 거지. 그게 그해 가을일 거다. 땅을 산 다음 광주로 내려가서 두 모녀에게 그곳으로 가서 살라고 한 것이지. 생각해 봐라. 그 집도 그 난리에 남편이며 아들을 잃고 어떻게 그곳에서 살겠니. 아마 네 아버지는 그 동안 돈만 생각해 온 자신을 반성하면서 그들 모녀를 위해 삶의 피난처를 마련해 준 거지. 네 아버지가 사업을 그만두고 불우한 사람을 도운 것도 미친 세월을 모른 척하면서 살아온 자신에 대해 속죄하는 마음으로 한 일일 게다."

"그런데, 어머니. 이런 말씀 드려도 될는지…… 아버지는 광주댁과 전혀 아무 관계가 없다고 생각하십니까?"

"무슨 말이냐? 관계라니?"

"아니, 아니에요. 그냥 해본 말입니다."

"네 아버지를 의심하느냐? 네 아버지는 그런 사람 아니다. 그런 생각하면 천벌을 받는다. 아예 그런 생각이란 하지 마라. 네 아버지가 어떻게 세상을 살아왔는데……."

영호는 어머니의 확신에 찬 말을 들으면서 자신이 얼마나 형편없이 초라하고 속물적인 존재인가를 새삼 깨달았다. 쏘가리 매운탕 찌개가 떠올랐다. 은지는 아마도 그가 제일 좋아하는 음식이 무엇인지를 형에게 들어서 알고 쏘가리 매운탕을 마련했을 것이다. 은지는 그를 손님이나 주인이 아니라, 오랜만에 찾아온 가족으로 대한 것이다. 밥을 먹고 가라던 그녀의 애절하면서도 간절한 눈빛이 계속 그의 눈에 어른거렸다.

"어머니, 한 가지만 더 여쭤보겠습니다. 이 일을 왜 저와 막내만 모르는 것일까요? 이혼한 형수도 조금은 알고 있던데요."

어머니는 무뚝뚝하게 그를 한 번 쳐다보고는 옷 매무시를 고친 다음 말을 이었다.

"네 형수를 만났니?"

"예. 조금 전에 만났습니다."

"잘 지내겠지…… 자기 알아서 잘 할 애니까."

그는 형수가 재혼할 것이라는 이야기는 하지 않았다.

"말을 안 한 것이 아니고 말할 기회가 없었다. 처음에는 비밀을 유지해야 될 것 같아 너나 막내에게 이야기를 안 한 것이다. 하도 세월이 이상하니 혹시라도 네 형이나 네 형을 구해 준 은지네가 다칠까봐 쉬쉬했다. 양수리에서도 이 사실을 아는 사람은 아까 말한 몇 사람뿐이다. 은지네도 아마 야밤에 송정리를 떠났을 거다. 네 아버지가 몰래 떠나라고 했으니까. 그러다가 네 형이 대학원에 들어갔을 때, 네 아버지가 너희들에게 이야기를 하려고 했지만 너희들이 먼저 서울로 갔지. 그래서 말을 못한 거야. 그 이후로도 네 아버지가 몇 번이나 이야기를 꺼내려고 했는데 기회가 없었다. 네 형수가 한 번 내게 물어 보더구나.

정선에 누가 있냐고? 혹시라도 그 애 마음 상할까봐 그냥 영철이 아는 사람이 있다고 했다. 그런데, 네 형이 시간 강사를 하면서 이곳에 마음을 붙이지 못하고 계속 정선으로 갔지……. 그래, 네 형은 그 애를 좋아했어. 네 형 이야기를 들어보니, 아마 같은 상처를 가지고 있다고 느낀 것 같더라. 네 형이 정신이 오락가락 할 때, 한 달 가량 정선에 혼자 몰래 가 있었다. 나중에 네 아버지가 가서 데리고 왔지. 네 형이 죽기 얼마 전에 그러더구나. 정선에 있었던 그 한 달이 제일 행복했다고……."

어머니는 잠시 말을 끊고 입술을 깨물었다.

"네 형수와 얼굴도 모르는 은지에게는 미안한 말이지만, 네 아버지와 나는 네 형이 이혼한 뒤, 은지라는 여자와 좋은 시간을 보내기를 바랬다. 네 형이 죽고 네 아버지도 돌아가시면서 내가 경황이 없어 너희들에게 이야기를 못했다. 그러다가 어제 막내가 전화를 했던 것이지……."

그는 베란다 쪽으로 눈을 돌렸다. 건너편 아파트가 보였다. 추석 때, 아버지와 어머니 단 둘이 계시던 양수리 집에서 본 파란 유리 거울 같은 가을 하늘도, 붉게 물든 단풍나무도 보이지 않았다. 그와 막내는 어머니를 아늑한 피난처로 모시고 온 것이 아니라, 감옥으로 모시고 온 것이었다. 어머니는 휴지로 눈가를 가만가만 닦으면서 가쁜 숨을 고르고 있었다. 새털처럼 작아 보이는 어머니의 자그만 어깨가 미세하게 떨리고 있었고, 그것을 바라보는 그의 눈도 가늘게 떨리고 있었다. 자꾸만 뿌옇게 흐려 오는 그의 눈에 아버지와 어머니 두 사람이 손을 잡고 양평에 있는 병원에 가기 위해 버스를 기다리는 모습이 어른거렸다. 휴가를 마치고 가는 그에게 잔잔한 미소를 짓던 핏기 없는 형의 얼굴이 떠올랐고, 그 위로 마구 다그치는 그를 금방이라도 울 듯한 표정으로 바라보던 은지의 슬픈 얼굴이 떠올랐다.

그는 한시라도 빨리 정선으로 내려가야 할 것 같았다. 여섯 시가 조금 넘은 시간이었다. 부엌에서 커피 잔을 씻고 있는 어머니에게 지금 정선으로 가봐야겠다는 말을 하려는 순간 핸드폰이 울렸다.

"형! 나야! 어디야!"

"응, 어머니 집이야."

"뭐? 어머니 집? 그곳에 왜 가 있어?"

"일이 있었어. 지금 바빠 끊어."

"자, 잠깐만, 형, 어머니가 무슨 말 안 해?"

"무슨 말?"

"아니, 어머니 옆에 계셔? 계시면 바꾸어 줘."

어머니는 막내의 전화를 받으면서 말을 않고 대답만 했다. 영호는 직감적으로 막내가 무슨 말을 하고 있는가를 알 수 있었다. 벤처 사업을 시작하면서 막내는 어머니에게 늘 돈 이야기를 했다. 어머니는 한 번도 형과 그에게 그런 이야기를 하지 않았지만, 형과 그는 잘 알고 있었다. 형이 막내에게 언젠가 어머니에게 돈 이야기 하지 말라고 충고를 하던 기억이 났다. 어머니가 전화를 끊고 그에게 핸드폰을 건넸다. 그가 지나가는 말투로 말했다.

"막내가 또 돈 필요하대요?"

"……."

"혹시, 어머니. 작년에 박서기 부인이 돌려준 돈도 막내가 가져간 거 아니에요?"

어머니는 손에 묻은 물기를 닦으면서 아무 말이 없었다. 그는 막내를 만나면 다시는 어머니에게 돈 이야기를 하지 못하도록 혼을 내야겠다고 생각을 하면서 서둘러 어머니 집을 나왔다. 문을 나서는 그에게 어머니는 조용한 목소리로 말했다.

"내게 남은 것은 너와 막내뿐이다. 형제끼리 서로 돕고 지내야 한다.

그리고 다음 주에는 주호 꼭 데리고 오너라. 보고 싶구나. 주호 어미에게도 안부 전하고. “

문을 닫기 전 어머니가 한 말이 가슴 깊이 파고드는 것을 느끼면서 엘리베이터를 타고 내려왔다. 빨리 택시를 잡아타고 오피스텔로 가기 위해 아파트 밖 거리로 뛰어갔다. 혹시나 은지가 오늘이라도 떠날지 모른다는 생각 때문에 조바심을 내면서 그는 택시를 잡아탔다. 그러면서 아내는 도대체 어떻게 된 것인지 걱정이 되었다.

17 산을 움직이는 법

짙은 어둠이 과수원을 집어삼키고 있었다. 은지는 거실과 방에 모두 불을 밝히고 안방에 누워 있었다. 낮에 놀란 가슴이 아직도 진정이 되지 않고 벌떡거렸다. 경찰서와 병원을 정신없이 오가면서 무리를 했는지 손가락 하나 까딱 할 수 없을 만큼 기력이 소진돼 있었다. 보일러를 최대로 틀고 이불을 뒤집어써도 온몸이 덜덜 떨렸다. 낮에 있었던 일을 생각하면서 그녀는 진저리를 쳤다.

남편은 머리꼭지 부분을 서른 바늘이 넘게 꿰맬 정도로 큰 상처를 입었지만, 뇌는 다치지 않았다. 그녀가 피를 쏟고 있는 남편을 처음 보았을 때 그녀는 그가 죽은 줄 알았다. 벽돌을 든 전씨가 여전히 씩씩거리면서 눈을 커다랗게 뜨고 남편을 노려보고 있었다. 피가 쏟아져 나오는 머리를 황급히 손으로 막으려다 그녀는 멈칫 했다. 이상하게도 엎어진 채 손과 다리를 파르르 떨고 있는 남편의 모습에서 오랜 전 시체로 거두어드린 아버지의 모습이 떠올랐다.

형체를 알아 볼 수 없을 정도로 아버지의 머리는 으깨져 있었다. 팔은 꺾여져 있었고 옷에는 구멍이 뻥뻥 뚫린 채 짓밟힌 자국이 역력했다. 그녀는 너무나 놀라 비명을 지르면서 고개를 돌려 어머니 팔을 꽉 붙잡은 채 사시나무 떨 듯 몸을 떨었다. 어머니는 아무 말 없이 아버지인 것을 확인하고 시체를 넘겨받았다. 흰 천으로 감싸여진 시체를 그녀와 어머니가 들어 리어카에 실었다. 그녀는 아버지가 그렇게 무겁고 딱딱한 줄을 몰랐다.

아버지의 모습이 떠오르는 순간, 그녀는 재빨리 자신의 치맛자락을 구겨 피가 흘러나오는 남편의 상처 부분을 꼭 눌렀다. 그리고 전씨를 향해 고함을 질렀다.

"뭐해요! 전씨! 빨리 병원에 전화해요! 그 벽돌 저리 버리고! 빨리!"

그때서야 정신이 들었는지 전씨는 들고 있던 벽돌을 한 번 보더니 화드득 놀라면서 벽돌을 내팽개쳤다. 그리고 거실로 달려갔다. 그녀는 자꾸만 쏟아져 나오는 피를 멈추게 하려고 상처 부위를 힘껏 눌렀다.

피투성이가 되어 그녀의 집에 들어온 영철이 생각이 났다. 아버지도 동생도 돌아오지 않아 잠을 못 이루고 있는 밤에, 갑자기 현관문이 쾅 열리는 소리가 났다. 며칠째 소식이 없는 아버지와 동생이 혹시나 돌아올까봐 대문을 열어 두었다. 동네의 다른 집들은 대문을 꼭꼭 잠그고 집 밖에 얼씬도 하지 않았다. 문 열리는 소리가 들리자 어머니는 그녀를 등 뒤로 숨기고 방문을 노려보고 있었다. 잠시 후 속삭이는 듯한 말소리가 들렸다. 어머니가 맨발로 후닥닥 뛰어나갔다. 그녀도 뒤따라 나갔을 때, 한 청년이 피투성이가 된 사람을 어깨에 매고 있다가 다급하게 마루에 내려놓았다. 청년은 간절한 눈빛으로 어머니에게 이 친구를 좀 부탁드린다고 말하고, 급하게 대문 밖으로 사라졌다. 호루라기 소리가 밤의 정적을 깨고 있었다. 어머니는 대문을 잠그고 영철이의 겨드랑이를 양손으로 잡고 질질 끌면서 건넌방으로 옮겼다.

영철이는 의식이 없었다. 머리를 비롯해 얼굴 전체가 피범벅이었다.

옷에도 피가 진하게 배어 말라붙어 있었다. 어머니는 장롱을 뒤지면서 그녀에게 부엌에 가서 미지근한 물을 가져오게 했다. 그녀가 물을 들고 방에 갔을 때 어머니는 가위로 영철이의 옷을 잘라내고 있었다. 장롱에서 꺼낸 구급약 상자에는 연고 하나와 잡스런 물건들만 들어 있었다. 영철이의 몸은 차마 눈뜨고 볼 수 없을 정도로 상해 있었다. 온몸이 피와 멍으로 뒤범벅이 되어 있었다. 어머니는 그녀가 가져온 물에 수건을 적셔 피로 말라붙은 옷을 하나씩 떼어냈다. 떼어낸 자리에 금방 피가 흘러나왔다. 어머니는 집 안에 있는 속옷을 그녀에게 다 가져오라고 했다. 그녀가 가져온 속옷을 입으로 길게 찢은 어머니는 피가 나오는 부분을 꾹 눌렀다. 피가 멈출 때쯤 연고를 짜서 바르고 다시 속옷을 갔다 댄 다음, 그녀에게 그것을 누르고 있도록 했다. 그리고 그 부위를 칭칭 동여맸다. 어머니와 그녀는 땀을 비 오듯 흘리면서 그 작업을 반복했다. 동이 희뿌옇게 밝아올 무렵 그 일은 끝났다.

경찰차와 구급차가 왔다. 남편을 싣고 구급차는 떠나고 그녀와 전씨는 경찰차를 탔다. 그녀는 경찰차를 타면서부터 무섭고 두렵기 시작했다. 자신이 죄를 지은 듯 그녀는 몸을 잔뜩 움츠리고 부들부들 떨기 시작했다. 내색을 하지 않으려고 입을 앙다물고 견뎌내려 했지만 몸은 더 떨렸다. 아버지의 시신을 찾으러 경찰서에 갔을 때 경찰은 어머니와 그녀를 죄인 다루듯 했다. 책상을 치고 고함을 지르면서 윽박질렀다. 경찰서 뒷마당에는 시체들로 가득했다. 어머니는 아버지의 시신을 보고도 눈물을 흘리지 않았다. 그녀는 시체들을 처음 보면서 그 역한 냄새에 토할 것 같았다. 시체를 인수 받는 동안 모녀는 온갖 수모를 겪어야 했다. 경찰은 그들 모녀를 비롯해 시체를 찾으러 온 사람들을 모두 빨갱이라 부르면서 이리 밀치고 저리 밀치고, 심지어 욕설과 폭행을 마다 않았다.

그때 이후 그녀는 경찰서를 한 번도 가지 않았다. 경찰서 안에 들어서자 전씨 손에 수갑이 채워졌다. 그녀가 놀라 전씨의 손을 붙잡자, 경찰은 현행범이라서 수갑을 채울 수밖에 없다면서 그를 유치장으로 데려갔다. 전씨는 담담한 표정으로 경찰을 따라갔다. 조서를 하던 경찰은 전씨가 살인 미수죄에 해당된다면서 전씨와 남편과 그녀의 관계를 따져 물었다. 그녀는 떨리는 목소리로 겨우겨우 대답을 했다. 그녀의 말을 들은 경찰은 잠깐 생각을 하는 듯하더니, 전씨의 형벌을 가볍게 하기 위해서는 전 남편과의 합의가 필요하다 했다. 합의가 되더라도 살인미수죄를 면할 수 있는지는 장담할 수 없지만, 아마 큰 도움이 될 것이라 했다.

그녀는 남편이 입원한 병원으로 서둘러 발걸음을 옮겼다. 남편은 머리에 붕대를 감고 응급실에 누워 있었다. 주사를 맞았는지 아니면 아직 정신을 잃었는지 눈을 감고 있었다. 간호사는 그녀에게 보호자냐 물었다. 그녀는 뭐라 대답을 해야 할지 망설였다. 간호사가 보호자가 없으면 치료를 할 수 없다 했다. 할 수 없이 그녀는 자신을 보호자로 기록했다. 의사를 만나자, 의사는 불행 중 다행이라 했다. 조금만 더 깊이 들어갔더라면 뇌진탕으로 죽었을 것이라 했다.

병원 밖에서 남편이 깨어나기를 기다리면서 그녀는 넋을 잃은 사람처럼 서 있었다. 그녀의 삶에 끈덕지게 달라붙어 그녀를 옥죄는 가공할 폭력에 그녀는 전율하고 있었다. 자신을 이토록 처참하게 짓밟히도록 만든 운명의 여신을 증오하고 싶었다. 그녀가 사랑하는 사람은 모두 그녀 곁에서 데려가 버리고, 그녀가 그토록 무서워하고 피하려는 사람들만 그녀 곁에 남겨 둔 가혹한 운명에 이제 더 이상 버텨낼 힘이 없었다. 그녀를 폭력 없는 나라로 데려가겠다면서 혼자 먼저 떠나 버린 영철이가 보고 싶기도 하고 또 밉기도 하였다. 그가 지금 옆에 있다면 이제껏 참았던 지난 세월의 한 맺힌 피 울음을 한 방울도 남기지 않고 뱉어내고 싶었다.

남편이 그녀를 찾아오기 시작한 것은 영철이가 죽기 일 년 전으로 지금부터 4년 전이었다. 처음에는 일 년에 한두 번 과수원을 찾아오더니, 올해 들어 부쩍 자주 찾아와 행패를 부렸다. 어머니가 살아 있을 때만 하더라도 남편은 그렇게 심하게 행동하지 않았다. 어머니가 돌아가신 뒤, 그녀 혼자 있게 되면서부터 남편은 막무가내였다. 남편이 와서 고함을 지르고 집기를 부수면서 떠들 때마다 그녀는 방문을 잠그고 방안에서 꼼짝도 하지 않았다. .

남편은 처음 이곳에 와서는 어머니에게 자신이 잘못했다고, 다시는 괴롭히지 않을 테니 그녀와 다시 살게 해달라고 애걸을 했다. 그러나 어머니는 일언지하에 거절을 했다. 주먹을 휘두르는 사람은 남을 때릴 때의 쾌감 때문에 계속 주먹을 휘두른다는 것이었다. 몇 번 계속 와서 통사정을 하던 남편은 급기야 술을 먹고 와서 행패를 부리기 시작했던 것이다.

남편은 그녀와 이혼한 뒤 다른 여자와 재혼을 했다. 남편은 재혼한 여자에게도 손찌검을 했고, 그 여자와도 몇 년을 살다가 헤어졌다. 태백의 탄광촌이 문을 닫기 시작하면서 맥주집도 장사가 되지 않았다. 남편은 그 즈음 노름을 하기 시작했다. 노름으로 맥주집도 날리고 빈털털이가 되었다. 눈을 다친 것도 아마 노름을 하다 싸움이 일어나 다친 모양이었다. 멀쩡한 정신으로는 그녀가 화장품 병을 집어던져 눈을 다쳤다 했지만, 술에 취해서는 자신의 눈을 이렇게 만든 놈들에게 복수하기 위해서라도 돈을 따야 한다고 했다. 결국 남편이 은지를 찾아오는 것은 실명을 핑계로 돈을 뜯어가기 위한 것이었다. 그녀는 남편의 행패를 견디다 못해 돈을 주었다. 비굴한 웃음을 지으면서 돈을 받고, 다시는 찾아오지 않겠다고 맹세를 하고 간 남편은 그러나 이전보다 더 뻔질나게 과수원에 왔다. 이번 사건이 터지기 전, 지난번에 왔을 때에 남편은 말리는 전씨를 주먹으로 치고 그녀가 있는 집 안으로 들어오려 했다. 덩치가 큰 전씨가 그의 허리를 붙잡고 밖으로 밀어내지 않았다면 그는 집 안을 난장판으로 만들어 놓았을 것이다.

은지는 자신의 기구한 운명을 탓하다가 전씨를 생각했다. 순박한 전씨가 자신 때문에 저 지경이 되었다는 생각을 하면서, 그녀는 어떡하든 남편으로부터 합의서를 받아내야겠다고 결심했다. 하지만 쉽게 넘어갈 남편은 아니었다. 그녀는 문득, 남편이 아까 과수원에 쓰러져 있을 때 남편이 죽도록 내버려 둘 것을 괜히 살렸다는 생각을 했다. 그러다가 깜짝 놀라 그 생각을 지우려는 듯 고개를 세차게 흔들었다. 자신이 그런 생각을 할 수 있다는 사실에 그녀는 너무도 놀랐다. 아무리 짓밟히고 살아왔지만, 그녀는 이제껏 한 번도 누구를 미워하거나 증오한 적이 없었다. 남편과 헤어질 때에도 자신의 험난한 인생길을 걱정하면서, 한편으로는 그 동안 살을 맞대고 살아온 남편의 앞길을 염려했다.

응급실에 다시 갔을 때 남편은 눈을 뜨고 있었다. 머리가 아픈지 상을 잔뜩 찡그리고 있었다. 그녀를 보자 남편은 버럭 고함을 지르려다 머리를 두 손으로 감싸고 고통스런 표정을 지었다. 그녀는 그런 남편을 가만히 쳐다보았다. 노름판에서 잠을 안 자고 술을 많이 먹어서 그런지 얼굴은 시커멓게 타 있었다. 그런 모습을 보니, 한편으로는 측은한 생각이 들었다.

잠시 고통스러워하던 남편이 고개를 홱 들더니 그녀를 노려보았다. 그리고는 아까 그 작자와 어떤 관계냐, 일꾼인 줄 알았더니만 그게 아니라 서방이었구나, 영철이라는 놈이 죽고 나니까 금세 새 서방을 들이냐, 네 년이 그런 화냥 기질이 있는 줄 내 이미 알고 있었다는 말을 속사포처럼 내뱉었다. 그녀는 화를 낼 기운도 없었다. 어서 빨리 남편을 설득해서 서류를 받아 경찰서에 제출하고 싶었다. 남편은 그녀에게 계속 온갖 욕이란 욕을 다했다. 응급실에 있던 사람들의 눈이 휘둥그레져 그녀와 남편을 훔쳐보면서 쑥덕거렸다.

그녀는 다시 밖으로 나왔다. 바닥에 털썩 쪼그리고 앉았다. 해가 서산으로 기울고 있었다. 또다시 하늘은 핏빛 노을로 물들을 것이다. 그녀는 저 노을 속으로 떠난 그리운 사람들을 떠올리면서 이제 정말 이곳을 떠나고 싶었다. 불타는 가을 산을 넘고 넘어 영철이가 있는 곳으로 가고 싶었다. 그러나 아무리 산을 넘어도 영철이는 없을 것이다. 여고시절의 폭력을 잊기 위해 이곳으로 왔지만, 그 폭력의 기억은 전혀 잊혀지지 않았다. 오히려 또 다른 폭력이 그녀의 운명을 지금 무참히 짓밟고 있을 뿐이었다. 어디를 가더라도 지긋지긋하고 몸서리쳐지는 폭력을 벗어날 수 없을 것 같았다.

영철이가 지금 곁에 있다면, 그래도 이 미친 세월을 꿋꿋이 견뎌낼 수 있을 텐데, 라는 생각을 하면서 다시 한 번 영철이가 사무치도록 그리웠다. 남편이 그녀를 처음 구타할 때 영철이가 자신을 감싸고 있다는 생각이 들어 주먹질을 당하면서도 전혀 아파하지 않았던 기억이 되살아났다.

한참 동안 상념에 잠겨 있던 그녀는 자리에서 일어났다. 아무래도 오늘은 남편에게서 합의서를 받아내기가 힘들 것 같았다. 화가 좀 풀리는 내일쯤에 와서 돈을 주고 좋은 말로 타일러 합의서를 받는 것이 좋을 것 같았다. 그녀는 지친 발걸음을 끌고 경찰서에 들러 전씨를 잠깐 보고, 과수원으로 돌아가기 위해 버스를 탔다. 버스를 타고 가면서 그녀는 어둠에 잠겨 가는 가을 산을 차창 너머로 바라보면서 영철이와 마지막으로 산에 올랐던 때를 내내 생각했다.

영철이가 죽기 전 한 달 동안 이곳에 머물 때, 그와 함께 겨울 산에 올랐다. 몸이 허약해져 걸을 때마다 식은땀을 흘리는 영철이가 서울로 돌아가기 며칠 전 어느 날, 눈이 하얗게 덮인 겨울 산에 오르고 싶다 했다. 그녀가 위험하다고 말렸지만 한사코 오르겠다는 것이었다. 신발에 노끈을 동여매고 그와 그녀는 미끄러지고 넘어지면서 산에 올랐다.

산 정상에서 바라본 아우라지의 산하는 온통 흰빛이었고, 겨울 햇살을 받아 눈부시도록 반짝이고 있었다. 정상에는 두터운 외투 속을 파고드는 겨울 칼바람이 세차게 불고 있었다. 몸이 약해질 대로 약해진 그는 숨을 가쁘게 쉬면서 정상 바위에 앉아 하얀 융단이 깔린 듯한 산하를 오래오래 굽어보고 있었다.

"은지야, 내가 오늘 산에 이렇게 오른 이유가 있어. 작년 겨울에 오대산 등산을 갔단다. 그곳에 절이 하나 있는데, 그 절 주지 스님이 특이해. 동네 사람들 이야기로는 술도 마시고 고기도 먹는대. 한마디로 땡초 중이지. 그런데 동네 사람들이 그 스님을 너무너무 존경하더구나. 그래 이유를 알아봤지. 그랬더니 그 스님 존경받을 만한 이유가 있더구나. 무슨 말이냐 하면, 그 스님이 절에 처음 와서 취임 기념 기도회를 가졌어. 마을 사람들을 비롯한 불자들이 많이 모였지. 그 스님이 단 위에 정좌를 하고 말하기를, 앞으로 30분 뒤에 저 산을 움직이겠다고 했대. 마을 사람들이 반신반의로 기다렸지. 시간이 흘러 30분이 지났는데도 산이 움직이지 않더래. 산이 움직일 리가 없지. 사람들이 웅성거리기 시작했어. 40여 분이 지날 무렵 그 스님이 눈을 뜨고 일갈을 하더래. 뭐라고 했냐 하면, 저 산이 움직이지 않는구나. 그렇다면 내가 가야지, 라고."

그녀는 그가 스님의 흉내를 내는 것을 보고 잠깐 웃음을 터뜨렸다. 그도 엷은 미소를 띠면서 그녀의 어깨를 감싸고 옷깃을 여미어 주었다.

"내가 조금 일찍 그 스님의 설법을 들었다면 내 삶이 달라졌을 거야. 산이 움직이지 않으면 내가 간다는 그 말. 그 말을 조금이라도 일찍 들었다면 내가 그토록 사랑했던 것들을 이렇게 내버려 두지도 않았을 것이고, 또 절대로 놓치지 않았을 거야. 마르크스가 움직이지 않으면 내가 그 곁으로 가야 했어. 폭력 없는 사회가 보이지 않는다면 보일 때까지 걸어갔어야 했어. 뭔가가 이루어지기를 기다리지 말고 이룰 수 있도록 노력했어야 했어. 내가 그 산에 가까이 다가가더라도 산은 결코 움직이지 않아. 그러나 내가 그 산에 들어감으로써 나는 산의 일부가 되어, 산을 알고 산을 사랑하고 산과 더불어 살 수 있는 거지. 그걸 몰랐어. 마르크스 사상이 옛사랑의 노래가 아니라 바로 내 곁에 있는 거대한 산이라는 것을 몰랐어. 그 산에 들어가 내가 사랑의 노래를 불렀다면, 그 노래가 온 산과 들에 울려 퍼졌을 텐데. 내가 열렬히 사랑하는 이의 노래를 부르면, 그 노래는, 그리고 그 산은 내 가슴에 오롯이 살아 숨쉬게 되는 거지. 그 산을 내 더운 심장에 간직하고, 그 뜨거운 피로 사랑이 사라진 이 삭막한 곳을 따뜻하게 바꿀 수 있는 거지. 그걸 몰랐어. 내가 산으로 가야 한다는 것을. 나는 이제껏 산이 나에게 오기를 기다리면서 오지 않는 산에 절망하고 있었던 거야. 산은 움직이지 않는다는 것을 몰랐어."

그녀는 그의 가슴 품에 머리를 묻고 그의 나직한 목소리에 들려오는 이야기를 되새겨보았다. 그는 전혀 정신이 이상하지 않았다. 그녀는 그가 몸은 수척했지만 오히려 그 어느 때보다 맑은 정신과 편안한 마음을 갖고 있다고 생각했다. 그가 앙상하게 뼈만 남은 팔에 힘을 주어 그녀를 힘껏 그의 품속으로 끌어당겼다.

"이제 내가 산으로 가고 싶어…… 정말 가고 싶어…… 그런데 너무 지쳤어. 걸어갈 힘이 없어. 조금만 일찍 그 깨우침을 얻었다면 산으로 걸어갈 수 있었을 텐데…… 내가 사랑하던 것들을 모두 얻을 수 있었을 텐데. 아쉬워. 인생을 너무 엉터리로 살아온 것 같아. 무엇하나 제대로 깨치지 못하고 겉돌면서 살았던 것 같아……. 은지야, 이제 내가 사랑하던 그 모든 것들을 떠나 보내야 할 것 같애. 그 모든 것을……. 그렇지만 모든 것을 떠나 보내기 전에 마지막으로 내 가슴에 영원히 담고 싶은 산이 하나 있어. 내가 진정 사랑한 그 산에 마지막으로 다가 가고 싶었어…… 그 산은 늘 변함없이 똑같은 자리에서 나를 기다리고 있어…… 이제 그 사랑하는 산의 노래가 내 가슴에 살아 숨쉬고 있어……. 은지야, 사랑해."

그의 시리도록 하얀 얼굴에 흘러내리는 눈물을 보면서, 그녀는 처음으로, 그리고 마지막으로 그의 차가운 입술에 뜨겁게 뜨겁게 입을 맞추면서 하염없는 눈물을 오래오래 흘렸다.

18 스산한 그림자

영호는 자동차를 병원 앞에 보이는 아무 빈 공간에나 급하게 세우고, 병원으로 뛰어들어갔다. 11층 1107호실. 네 개의 엘리베이터가 모두 10층 이상에 가 있었다. 다른 곳에 엘리베이터가 있는지 바삐 살피던 그는 계단으로 뛰어갔다. 수위가 제지를 했지만 밀치고 그는 11층까지 두 계단씩을 뛰어 달음박질쳤다.

그가 개포동 어머니 집을 출발하여 마포에 있는 오피스텔에 도착했을 때는 7시 30분쯤 되었다. 혹시나 저번처럼 정선에서 하루를 보낼지도 모른다는 생각에, 세면도구와 옷가지를 챙기고 바로 자동차를 몰고 정선으로 출발했다. 시계가 8시를 가리키고 있었다. 과수원 전화번호라도 알아왔더라면 지금 전화를 해서 은지에게 내려간다고, 떠나지 말라고, 정말 잘못했다고 말할 수 있으련만 어쩔 수가 없었다. 어제 자신이 은지에게 떠나라고 했지만, 그렇게 빨리 떠나지는 않을 거라고 자위하면서 될 수 있으면 마음을 느긋하게 먹으려고 애썼다. 그러나 그의 차는 급하게 끼어들기를 하면서 강변북로를 질주하고 있었다.

중부고속도로를 타기 위해 올림픽 대교를 건너면서 혹시나 아내가 들어왔나 싶어 전화를 했다. 여전히 받지 않았다. 은지 생각 때문에 잊고 있던 불안감이 되살아났다. 몇 번을 망설이다, 별거 후 처음으로 처가집에 전화를 했다. 다행히 장인이 받았다.

"저…… 강서방입니다."

"누구?"

"강서방……."

"……."

"혹시 주호가 어디 있는지 아실까 싶어 전화를 드렸습니다."

장인은 대답이 없었다. 그는 당혹스러웠다. 장인은 그와 통화를 하고 싶지 않은 모양이었다. 어떻게 전화를 마무리해야 할지를 몰랐다. 그때 장인의 착 가라앉은 목소리가 들렸다.

"지금 병원에 있네……."

그는 쉬지 않고 계단을 뛰어올라갔다. 숨이 턱에 닿을 정도였다. 11층에 도착했을 때, 잠시 숨을 고르고 다시 복도로 뛰어갔다. 병실 문을 왈칵 열어 젖혔다. 의외로 아내가 차분히 그를 맞았다. 땀을 비 오듯 흘리고 가쁜 숨을 몰아쉬면서도 그는 병상으로 달려갔다.

주호는 링거를 손등에 꼽고 병상 침대에 누워 잠이 들어 있었다. 주호의 조그만 얼굴이 더 작아 보였다. 담요 밖으로 주호의 조그만 손이 나와 있었다. 가쁜 숨을 몰아쉬면서, 그는 주호의 작은 손을 감싸쥐고 자신의 이마에 가져갔다. 그렇게 오랫동안 그는 그 자세로 있었다. 두근거리는 마음이 어느 정도 진정될 때쯤, 그는 주호의 두 손을 자신의 볼에 비비고 입을 맞춘 다음 담요 속에 가만히 넣었다.

옆에 있는 아내를 보았다. 눈이 벌겋게 충혈되어 있었고 입술은 바짝 말라붙어 있었다.

"언제부터 저랬어?"

"어제 오후부터요."

"애가 저 지경이 됐는데 나에게 왜 연락을 안 해!"

"……."

"미안해, 목소리를 높여서."

그는 보호자용 낮은 침대에 털썩 주저앉았다. 아직도 가슴이 두근거렸으나 아까보다 많이 진정되는 듯했다.

"어떻게 된 거야. 의사가 뭐래?"

"급성 폐렴이에요. 새벽에 고비를 넘기고 지금은 괜찮아요."

"……."

주호 머리맡에 서서 주호를 내려다보고 있는 아내를 다시 보았다. 늘 집에서 입던 흰색 티에 갈색 치마를 입고 있었다. 올 봄 주호 생일날 만나 보고 대략 7개월 만에 보는 아내였다. 지친 기색이 역력했다. 이전보다 살이 더 빠졌는지 얼굴은 광대뼈가 튀어나올 정도로 핼쑥했다. 아까 소리를 높인 것이 미안했다. 자신은 그럴 자격도 없다는 생각이 들었다.

일어나 주호의 이마를 쓰다듬었다. 열이 아직도 많이 나는지 이마가 뜨거웠다. 그는 주호의 이마를 손으로 쓰다듬으면서, 그 동안 아들과 아내에게 무심했던 자신에 대해 뼈아픈 반성을 하고 있었다. 아까 차를 몰고 병원으로 달려올 때 그는 주호에게 무슨 일이 일어나면 어떡하나 하는 마음으로 거의 미칠 지경이었다. 그리고 자신에게 전화를 걸지 않은 아내에게 너무나 화가 났다. 그런데 막상 병원에 와 보니 주호는 많이 괜찮아 보였다. 아내에게 화를 낼 수도 없었다. 아내는 잠 한숨 못 자고 밤을 새운 모양이었다. 아마도 주호에 대한 사랑은 그보다 아내가 더 깊고 넓을 것이 분명했다. 그가 잠시 가슴 졸인 것에 비하면 밤새 아내가 겪었을 아픔을 헤아릴 수 있었다. 장인과 장모도 어젯밤을 아내와 같이 있었던 모양이었다. 그런데 자신은 주호의 아버지이면서도 주호가 생사를 넘나들 때 그 옆에 없었고, 심지어 아픈 것도 모르고 있었다.

그와 아내 사이에 침묵이 흘렀다. 장모가 들어왔다. 그가 일어나 인사를 하자 장모는 외면을 하고 주호를 보았다. 장모가 아내에게 잠깐 바람이나 쐬고 오라고 했지만, 아내는 주호 곁을 떠나려 하지 않았다. 그가 아내의 옆구리를 툭 치고 밖으로 나왔다.

복도 중간쯤에 있는 의자에 가 앉았다. 아내가 조금 뒤에 그와 한 발 정도 떨어져 옆에 앉았다. 아내는 퀭한 얼굴이었다.

"잠은 좀 잤어?"

"……."

"집에 들어가서 좀 쉬다 나와. 내가 여기 있을 테니까. 밤에 추울 텐데 옷도 두텁게 입고."

"괜찮아요."

"미안해, 난 주호가 저렇게 아픈 줄 전혀 몰랐어."

아내는 대답을 않고 고개를 주호가 있는 병실 쪽으로 돌렸다. 돌리는 얼굴에 한 줄기 눈물이 흐르고 있었다. 그는 고개를 푹 숙였다. 자신의 인생이 이 지경이 될 줄은 생각도 해본 적이 없었다. 좋은 소설을 쓰고, 아버지 어머니처럼 화목한 가정을 이루면서 오순도순 행복하게 살 줄 알았다. 결혼 날짜를 잡던 날, 그는 아내에게 결혼해서 절대로 고생시키지 않고 행복하게 해주겠다고 말했다. 그 말에 눈물을 글썽이면서 자신의 품에 안기던 아내의 모습이 떠올랐다.

"이제 괜찮을 거예요. 아까 외할아버지 가시고 나서 잠이 들었어요. 제가 있을 테니 일 보러 가세요."

아내는 일어나 병실 쪽으로 걸어갔다. 아내의 뒷모습이 너무도 작고 쓸쓸해 보였다. 그도 일어나 병실로 들어가려는데, 핸드폰이 울렸다. 차를 제대로 주차시켜 달라는 병원 정문에서의 전화였다. 아마 차 앞

유리창에 늘 놓아 둔 연락처를 보고 전화를 한 모양이었다. 그는 병실에 가서 아내에게 차를 주차하고 오겠다는 말을 하고, 엘리베이터를 타고 내려갔다. 정문 수위가 그에게 화를 냈다. 그는 미안하다 말하고 차를 지하에 주차시켰다. 주차장에서 나오는데 다시 핸드폰이 울렸다.

"형! 어디야?"

"왜? 무슨 일이야? 왜 자꾸 전화해?"

"화났어? 왜 그래?"

"아냐. 지금 주호가 아파 병원에 있어. 그러니 끊어."

"어느 병원이야? 나도 가봐야지."

오지 않아도 된다는 그의 말에도 아랑곳하지 않고 막내는 기어코 병원의 위치를 알아낼 때까지 전화를 끊지 않았다.

병실에 다시 왔을 때, 의사가 와 있었다. 아내와 막 말을 마친 의사가 주호의 맥박을 재고 청진기를 가슴에 댔다. 주호의 하얀 가슴이 보였다. 아내는 주호를 말없이 내려다보았다. 진료를 마친 의사가 병실을 나가려다 말고 그를 힐끔 한번 쳐다보았다. 그는 가볍게 목례를 하고 주호의 상태를 물어 보려다 멈췄다. 의사가 병실을 바로 나갔기 때문이었다. 그는 무안해서 얼굴이 조금 붉어졌다. 의사는 아마도 자신을 단순히 문병 온 사람으로 아는 모양이었다. 냉장고 문을 열고 이것저것 뒤적거리던 장모가 밖으로 나갔다.

"의사가 뭐래, 괜찮데?"

"괜찮대요."

아내는 짧게 대답했다. 그는 주호를 한번 보고 다시 밖으로 나왔다. 장모가 아까 그가 앉았던 자리에 앉아 있었다. 멈칫 하다가 장모 곁으로 갔다. 장모가 그를 보더니 다시 외면을 했다. 그는 장모 곁으로 가서 앉았다.

"죄송합니다. 뭐라 말씀을 드려야 할지."

"죄송해! 뭐가 죄송해! 자네랑 이야기하고 싶지 않으니, 저리 가게!"

장모는 목소리는 낮고도 단호했다. 그는 아무 대꾸도 못하고 고개를 숙였다. 그가 처가집에 가끔 가면 장모는 그를 몹시 반갑게 대해 주었다.

주호의 까르르 웃는 맑은 목소리가 들리는 것 같았다. 주호와 즐거웠던 시간을 떠올려 봤다. 그러나 그가 주호와 함께 했던 시간은 그렇게 많지 않았다. 주호가 갓 태어났을 때만 하더라도 그는 그렇게 술을 많이 먹지 않았다. 주호를 보기 위해 웬만한 술좌석은 피하고 집으로 일찍 들어갔다. 아픈 아내를 쉬게 하고, 그가 밥을 하고 설거지를 하기도 했다. 아내가 저녁에 잠들면, 그는 잠을 자지 않고 글을 쓰면서 수시로 아내와 주호가 잘 자는지를 살폈다. 혹시나 주호가 이불을 걷어차고 자다가 감기라도 들까봐 밤새도록 안방을 들락거렸다.

주호가 세 살 때부터 그는 거의 매일 술을 마시고 늦게 집에 들어갔다가 아침 일찍 출판사로 갔다. 그러다 보니 주호와 같이 놀아 줄 시간이 없었다. 주호는 대부분 아내와 함께 시간을 보냈다. 가끔씩 일요일날 오전에 집에 있을 때, 주호와 놀아 준 것이 전부였다. 주호가 어떤 음식을 좋아하고, 어떤 과자를 좋아하고, 어떤 장난감을 좋아하는지, 그리고 어떤 비디오를 좋아하는지 지금 아무리 생각해도 기억이 나지 않았다.

그는 긴 한숨을 쉬었다. 도대체 어디서부터 자신의 삶이 이렇게 되기 시작했는지 알 수가 없었다. 그 스스로는 주어진 일에 최선을 다해 열심히 살았다고 생각했는데, 결과적으로 그는 지금 모든 것을 잃어버렸다. 소설도, 출판사도, 아내도, 단란한 가정도, 그리고 아버지와 어머니, 형에 대한 기억도 모두 다.

옆에 앉아 있던 장모가 울먹거렸다.

"처음부터 반대를 했어야 하는 건데. 하도 좋다고 해서 결혼시켰더니…… 이렇게 될 줄 누가 알았나. 어떻게 키운 자식인데. 제 아버지가 매 한번 안 들고 그렇게 키웠는데……. 내가 미쳤지, 미쳤어. 제 아버지가 그렇게 반대할 때 나도 그랬어야 됐는데. "

그는 고개를 들고 앞에 있는 하얀 벽을 보았다. 장모가 울먹이면서 하는 말에 그의 가슴은 미여 터지는 듯했다. 할 수만 있다면, 하얀 벽에 머리를 박고 싶었다. 한동안 장모는 울먹이더니 손수건으로 눈가를 훔쳤다.

"자네, 그래 어떻게 할 건가?"

장모의 물음에 그는 대답을 할 수 없었다. 난감했다. 아내와 별거를 시작하면서도 자신이 아내에게 잘못한 것이 무엇인지를 깊이 있게 생각하지 않았다. 다만 출판사일에만 관심을 가지고 있었을 뿐이었다. 별거를 한 다음에 어떻게 할 것인지에 대해 진지하게 생각해 본 적이 없었다.

"자네, 저 애랑 떨어져 있으면서 무슨 생각했나?"

"……."

"같이 살 건가, 이혼할 건가?"

"……."

"하긴, 지금 내가 자네한테 이런 거 물어 보면 뭐해. 자네가 아무리 같이 살고 싶어도 저 애가 싫으면 그만이니까. 저 애가 어떻게 하든 내가 자네한테 일러둘 말이 있어. 아니, 무슨 사람이 그렇게 술을 먹고 다니나. 저 애가 이야기를 잘 안 하니까, 자세한 내막은 모르겠는데, 주호가 그러더구먼. 아빠 매일 술 먹고 다닌다고. 얼마나 술을 먹고 다니면 애가 알 정도인가. 저 애가 결혼할 때 뭐라 했는지 아나? 자네는 무슨 일을 하면 미치도록 한데. 저 애가 자넬 잘못 봤나? 소설을 쓰던지, 출판사 일을 하던지, 그쪽에 미쳐야지, 왜 술에 미쳐. 술을 마시면 다 해결되나? 술을 그렇게 마셔대니 소설 쓸 시간이 어디 있고, 출판사

일 언제 해. 힘들수록 마음을 독하게 먹고 살아야지. 나는 잘 모르지만, 술 먹고 시간 보낸다고 저절로 모든 게 얻어지나. 뒤웅박차고 바람 잡는 격이지. 스스로가 얻으려고 나서야 뭔가가 얻어지지, 그것도 적극적으로."

"……."

"제 아버지나 나나 자네를 다시는 안 보려고 했는데, 저 애가 불쌍해서 말해 주는 거네. 어제와 오늘, 저 애도 남편 없는 여자가 얼마나 서러운 것인지 절감했을 것이네. 어쩔 줄을 몰라서 허둥대는 거 보고, 내 가슴이 찢어질 것 같았어……. 주호를 아버지 없는 자식으로 키울 건가? 자식이 아픈 줄도 모르는 아버지가 어디 있어? 이게 사는 거야? 이렇게 살 거면 빨리 헤어져. 그게 두 사람 모두에게 이로워. 주호도 빨리 자네 잊는 게 났고……. 그렇지 않고 같이 살려면 술 끊고 마음 고쳐 잡아. 그렇지 않으면 저 애 절대로 자네하고 같이 안 살 거네. ……여자 팔자 남편한테 달렸다더니만, 그 말이 하나도 안 틀려."

장모는 혀를 차면서 자리에서 일어났다. 그가 따라 일어나자 장모는 그를 빤히 쳐다보았다.

"제 아버지나 나나 자네가 한번 찾아올 줄 알았네. 그런데 그렇게 매정하게 발길을 끊나. 하긴 별거 전에도 자네는 명절 때나 왔지만……. 아무튼 술을 끊게. 내 말 명심하게. 얻기를 기다리지 말고 스스로 얻으려고 노력하라는 걸. 자네의 뭘 보고 저 애가 미치도록 일하는 사람이라 판단했는지……. 좌우지간 알아서 잘 처신하게. 난 들어가 봐야겠네. 저 애 어젯밤부터 한숨도 못 잤으니 좀 자게 하게, 자네가 주호 지키고. 따라 들어오지 말게, 저 애랑 내가 할 얘기가 있으니."

장모의 말이 그의 뇌리에 강하게 와 닿았다. 기다리지 말고 얻으려고 나서라는 말이. 장모의 말대로 그는 여태껏 모든 것을 기다렸다. 아내의 말처럼, 고속열차를 타려고 노력도 하지 않았고, 출판사의 타성을 바꾸려고도 노력하지 않았다. 다만 고속열차가 그를 태우기를, 그리고 출판사의 타성이 바뀌어지기를 기다리면서 그 시간을 술로 낭비했던 것이다. 그러면서 자신의 일에 충실한 것으로 착각하고, 아내와 가정을 내팽개쳐 버린 것이다. 그는 사십이 다 된 지금에서야 그 사실을, 그것도 오늘 장모와 미혜를 통해 깨닫게 된 것이 한심스럽고 부끄럽기 짝이 없었다. 미혜와 관계를 맺은 것이 생각났다. 이제 아내의 얼굴을 어떻게 바라볼 것인지 용기가 나지 않았다.

집으로 돌아가는 장모를 병원 현관까지 배웅하고 엘리베이터를 기다리는데, 다시 핸드폰이 울렸다. 막내였다. 병원 정문에 와 있다는 것이었다. 병실에 가겠다는 막내를 겨우 붙잡아 병원 앞 벤치로 갔다. 막내는 여전히 머리에 무스를 바르고 선글라스를 끼고 있었다.

"제수씨는 잘 계시냐?"

"우리야 뭐 따로 놀잖아? 내가 뭘 하든, 그 여자가 뭘 하든 우린 상관 안 해."

막내 부부는 자유분방했다. 과학 기술원 박사를 졸업한 막내는 졸업하자마자 또래 친구들과 벤처 사업을 시작했다. 막내와 같은 또래인 재수씨는 컴퓨터 프로그래머였다. 그가 추측하건데, 막내와 재수씨는 방만 같이 쓸 뿐 서로 간섭하지 않고, 각자 하고 싶은 대로 하면서 사는 형식적인 부부 같았다. 아버지와 어머니는 그런 막내에게 마구 호통을 쳤지만, 어릴 적부터 제 마음대로 해온 막내는 아랑곳하지 않고 제 좋을 대로 사는 것이었다.

"무슨 일이야. 전화 안 하던 네가 계속 전화를 하는 이유가 뭐야?"

"형! 왜 그래? 내가 언제 전화 안 했어. 자주 하잖아."

"너 또 돈이 필요한 거지. 너 저번에 박서기 부인이 어머니께 드린 돈 네가 썼지?"

"어! 형, 아냐! 잠깐 빌렸어. 돌려드릴 거야."

"돌려드려! 내가 확인하겠어. 그건 아버지 돈이야. 아버지가 은혜를 베푼 돈이야. 그런 돈을 네가 왜 써. 반드시 어머니께 갚아. 안 그러면 내가 가만 안 두겠어."

"알았어. 형 갚을게. 그런데 그 땅 어머니 명의로 언제 이전해? 이번에 말이야 코스닥에 좋은 물건이 나왔어. 배팅 한번 하면 따블, 아니 따따블이야. 형, 그 땅 팔아서 투자하자. 잘 되면 아버지 살아 있을 때처럼 우리 또 부자 될 수 있어, 응?"

그는 자리에서 벌떡 일어났다. 생각 같아서는 막내의 뺨을 한 대 갈겨 버리고 싶었지만 참았다. 대신 그는 엉거주춤 일어나는 막내를 노려보면서 말했다.

"그 땅, 어머니 것도 내 것도 아냐. 아버지 땅이고 형의 땅이야. 아버지와 형이 피를 흘리면서 지켜온 땅이야. 절대로 다른 생각하지 마. 내일 정선 가서 그 땅 불우한 사람들을 위해 기증할 거야. 그 땅 팔자고 어머니에게 또 떼를 쓰면 그땐 너하고 의절이야. 내 성질 알지. 다리몽둥이를 분질러 버릴 테니까. 알았어!"

뭐라 뭐라 고함을 지르는 동생을 뒤로 하고 병실에 왔을 때, 아내는 의자에 앉아 주호 머리맡에 고개를 숙인 채 잠이 들어 있었다. 그는 보호자용 침대를 펴고 아내를 눕힌 후 담요를 덮어 주었다. 그리고 주호의 담요도 다시 곱게 펴서 덮어 주었다.

병실 창 밖으로 서울의 야경이 보였다. 밤이 깊었는지 네온사인도 많이 꺼져 있었다. 그는 밤새 의자에 앉아 아내와 주호를 지켜보았다.

19 굴뚝새가 떠난 자리

붉은 노을이 서산 마루에 깔려 있었다. 과수원으로 가는 버스 안에서 은지는 차창으로 보이는 해거름의 스산한 가을 들녘을 바라보고 있었다. 이제 머지않아 저 들녘에 눈이 덮일 것이다. 겨우내 대지는 얼어붙은 채 수많은 인고의 나날을 견디면서 생명이 씨앗을 잉태한 뒤, 아우라지 나루터에 얼음이 울멍울멍 떠내려갈 즈음 파릇한 새싹을 틔울 것이다.

그녀는 그 동안 자신이 혹한의 겨울 추위보다 더 견디기 힘든 삶을 살아왔다는 생각이 들었다. 그러나 그토록 모든 아픔을 참고 견디는 인고의 나날을 보냈건만, 그녀의 남은 삶에서 생명의 싹이 틀 희망은 보이지 않았다. 이제, 그녀는 다가올 겨울, 뼛속 깊이 밀려드는 외로움과 고독감을 감내하면서 가슴 저린 나날들을 보내기 힘들 것 같았다. 그러기에는 이제 너무 지치고 너무 많은 상처를 받은 것 같았다. 더 이상 그녀에게 주어진 가혹한 시련을 운명으로 받아들이면서 살아갈 여력이 없었다. 쉬고 싶은 마음뿐이었다. 짧다면 짧고 길다면 길다 할 수 있는 지난 이십 년의 세월을 돌이켜보니, 남는 것은 아프고 쓰라린 기억뿐이었다. 그 세월 동안, 그녀는 수많은 상처를 입으면서 그 상흔들이 가슴속에 켜켜이 쌓이고 쌓여 결코 풀리지 않을 응어리가 되어 있었다. 그 응어리로 인해 그녀의 영혼은 바스러질 대로 바스러져 이제 한 줌의 재로 남아 있을 뿐이었다. 살다 보면 기쁠 때도 있으련만, 그녀의 삶에 있어서 행복했던 날은 단 한 번, 영철이와 마지막으로 보낸 꿈 같은 한 달이었다. 그 한 달이 없었다면, 그녀는 아마 이미 오래 전에 떠나 보낸 그리운 사람들을 따라 한 많은 이곳을 떠났을 것이다.

그녀는 영철이가 죽은 뒤 하루도 빠지지 않고, 그녀의 눈동자에 아우라지의 하늘과 산과 들판과 나무와 꽃과 강을 담아 한없는 그리움과 이루지 못한 애절한 사랑의 노래를 서러운 저녁 노을에 띄워 보냈다. 노을에 실어 보낸 그녀의 애절하면서도 간절한 사랑의 노래가 밤하늘에 울려 퍼지면서 사랑하는 사람의 별을 반짝이게 하고, 그 별빛이 따뜻한 사랑의 빛으로 그녀의 시린 가슴에 가득 담기는 것을 느낄 수 있었다. 그래서 온갖 상처로 얼룩진 세월을 살았지만, 단 한 번의 가슴아프면서도 아름다운 사랑이 있었기에 그녀는 행복했다고, 그리고 아름다웠다고 말할 수 있었다.

하지만 이제는 떠나고 싶었다. 아니 떠나야 했다. 영철이는 자신이 사랑하는 사람의 사랑 노래를 듣기 위해 마지막으로 먼 길을 걸어 이곳으로 왔다고 했다. 그리고 그는 그가 사랑하는 사람의 노래를 가슴에 품고 저 하늘로 떠났다. 그녀는 이제 더 이상 그리운 사람과 떨어져 있고 싶지 않았다. 밤하늘의 별빛만큼 먼 거리에 있는 그이지만, 그 도달할 수 없는 거리를 걷고 또 걸어 그의 곁에 가고 싶었다. 그의 곁에서, 그와 함께, 그의 가슴에 묻혀, 못 다한 그녀의 사랑 노래를 부르고 싶었다.

그녀는 오늘 아침에 일어나자마자 밥과 반찬을 찬합에 챙겨 남편이 입원한 병원으로 갔다. 남편은 하루 만에 눈을 뜨지 못할 정도로 얼굴이 부어 있었다. 그녀를 보고 남편은 손가락질을 하면서 화를 냈지만, 머리가 아픈지 말은 하지 않았다. 그런 남편의 모습을 보는 순간 그녀는 울음을 터뜨렸다. 자신이 남편의 인생에 치명적인 상처를 입혔다는 생각이 들었기 때문이었다. 어머니의 말처럼, 영철에 대한 그리움을 아우라지 강물에 흘려보내고 남편에게 마음의 문을 열었다면, 남편이 지금처럼 저 지경이 되었을까를 생각하니 살을 도려내듯 가슴이 아팠다. 그녀는 한 손으로 입을 가린 채 눈물을 흘리면서 준비한 찬합을 침상에 올려놓았다. 눈물을 훔치고 찬합 뚜껑을 열자 밥과 국에는 아직 김이 모락모락 일고 있었다. 숟가락을 들어 남편의 손에 쥐어 주자, 남편은 퉁퉁 부은 눈으로 그녀를 한참 올려보았다. 그녀가 눈물을 글썽이면서 밥을 한 술 떠서 남편의 입에 가져가자 남편은 고개를 푹 숙였다. 그녀는 그런 남편이 애처롭고 측은해 또다시 소리 죽여 울먹였다.

남편은 밥을 씹으면서 고통스런 표정을 지었다. 아마 입을 움직이면 상처 부위가 아픈 모양이었다. 그녀는 밥을 국에 말아 죽처럼 만들었다. 남편은 힘겹게 입을 벌리고 그것을 먹었다. 남편은 밥을 먹는 동안 내내 고개를 숙이고 그녀를 바라보지 않았다. 식사가 끝나고 찬합을 챙긴 뒤, 그녀는 통장을 남편에게 건넸다.

"제가 가진 돈 전부예요. 치료비 하시고, 남은 돈으로 다시 장사하세요. 이제 노름 그만하시고 술도 조금 드세요. 저는 이제 못 올 거예요. 아무래도 이곳을 떠나야 될 것 같아요."

남편은 그녀가 건네 준 통장을 물끄러미 내려다보고 있었다. 그녀는 찬합을 들고 자리에서 일어났다.

"미안해요. 당신을 이렇게 만든 건 모두 제 잘못이에요."

돌아서려는 그녀의 손을 남편이 잡았다. 그리고는 시트 밑에서 구겨진 종이를 꺼내 그녀의 손에 아무 말 없이 건네 주었다. 어제 그녀가 주었던 합의서였다. 그녀는 그 서류를 받아들고 한동안 남편을 바라보다 말없이 병실 밖으로 걸음을 옮겼다. 병실 문을 나서기 전 남편을 뒤돌아봤을 때, 남편은 두 손으로 얼굴을 가리고 어깨를 들썩이고 있었다.

인연이라는 것이 이토록 모질고 질긴 것인 줄 그녀는 몰랐다. 생각만 해도 진저리쳐지던 남편이었지만, 2년이라는 짧은 기간 동안 살을 맞대고 살면서 미운 정 고운 정이 그래도 들었던 것 같았다. 눈물을 겨우겨우 참고 경찰서로 가서 합의서를 건넸다. 전씨는 유치장 구석에 앉아 벽을 하염없이 바라보고 있었다. 경찰은 전씨를 불러 그녀와 함께 앉히고 서류를 오랫동안 꾸몄다. 경찰서를 나설 때, 해는 서산으로 기울고 있었다. 그녀는 전씨에게 통장과 과수원 열쇠를 전달했다. 전씨는 울먹이면서 고맙다는 말을 여러 번 반복했다. 그녀는 새벽에 동해 바다로 출발하는 버스표를 예매하고, 과수원으로 가는 버스에 지친 몸을 실었다.

영호가 과수원에 도착했을 때, 그가 처음 이 마을에 왔을 때처럼 서산 마루에 노을이 짙게 깔리고 있었다. 과수원에는 아무도 없었다. 현관문은 잠겨 있고, 은지도 전씨도 보이지 않았다. 영호는 그들이 벌써 떠난 것은 아닐까 하는 불안감으로 현관 유리창을 통해 거실을 살펴보았지만 별 다른 변화는 없는 것 같았다. 혹시 전씨가 과수원에서 일을 할지도 모른다는 생각에 발뒤꿈치를 들고 목을 길게 빼 언덕을 살펴보았지만 보이지 않았다.

그는 설마 그들이 벌써 떠났겠냐는 생각과, 그래도 혹시 모른다는 생각을 번갈아 하면서 마당을 서성서성 했다. 시계를 보았다. 5시 30분이 지나고 있었다. 평상에 앉아 담배를 한 대 물었다. 붉은 노을에 물든 아우라지가 왠지 쓸쓸해 보였다. 그는 자신이 처음 이곳에 도착해 붉은 노을을 바라보면서 핏빛을 연상했던 기억을 떠올렸다. 그런데 불과 사 일 만에 다시 보는 노을이건만, 지금의 노을은 쓸쓸하다 못해 적막하게 느껴졌다. 아마도 자신의 마음이 저 노을에 투영된 것이 아닌가 생각하면서 다시 시계를 보았다.

그는 은지를 만나면 첫 말을 뭐라고 꺼낼 것인지 잠시 생각했다. 미안합니다, 반갑습니다, 고맙습니다, 떠나지 않아서 다행입니다, 보고 싶었습니다, 매운탕 먹으러 왔습니다 등의 말을 떠올리면서, 어떤 말이 지금 자신의 심정을 가장 잘 나타낼 수 있는지를 고민했다. 그는 자신이 그녀에게 또 다른 마음의 상처를 입혔다는 생각을 하면서 경솔했던 자신을 타매하고 싶었다. 여고 시절에 그 엄청난 상처를 입으면서 그녀는 모든 꿈과 희망을 접었을 것이다. 이곳으로 와서 그녀는 지워지지 않는 상처를 지우고 새로운 희망의 꽃을 피우기 위해 무진 애를 썼을 것이다. 그러나 그녀는 이곳에서도 많은 상처를 입었다. 이혼을 하고, 어머니를 잃고, 형을 잃는 충격을 받으면서 그녀의 가슴은 얼마나 아팠을까. 아마도 그녀의 가슴에는 형처럼 피빛 응어리가 들어 있을 것이다. 그는 그녀의 불행에 대해 진심으로 따뜻한 위로를 하고 싶었다. 죽은 형에게 못한 위로까지 그녀에게 해주고 싶었다.

어디선가 새 소리가 들렸다. 그는 그 소리가 굴뚝새 소리인 것을 알았다. 저 새는 겨울이 되어야 인가로 내려오는데 벌써 왜 내려왔는가, 라고 의아해 하면서, 새를 찾으려고 주위를 둘러봤다. 그러나 새는 얼른 보이지 않았다. 또 새 소리가 들렸다. 겨울 살얼음의 추위를 피해 인가로 내려오는 굴뚝새가 은지의 과수원에 보금자리를 튼 것 같았다. 그녀는 새에게도 피난처를 제공해 주는 것일까? 형을 살려 주고, 또 형을 사랑했고, 형이 사랑했던 여자.

그는 또다시 시계를 보았다. 초조한 마음에 평상에서 일어나 과수원으로 들어오는 마을 초입의 가게를 보았다. 저녁 어스름이 깔려서 그런지 가물가물 했다. 왜 이렇게 안 오는 걸까. 혹시 정말 떠난 것은 아닐까. 그는 다시 현관 쪽으로 뚜벅뚜벅 걸어가 거실을 이리저리 살폈지만, 날이 어두워지면서 잘 보이지 않았다. 한참을 살피던 그는 현관에 놓인 그녀의 신발을 보고 안도의 한숨을 내 쉬었다. 아마도 전씨와 함께 외출을 한 모양이었다.

멀리서 기차 기적 소리가 들렸다. 기차가 근처 여량역을 지나는 모양이었다. 아내가 생각났다. 간밤에 잠이 들은 아내는 오늘 아침 주호의 식사가 배달될 때 일어났다. 아내는 몹시 피곤했던지 꿈쩍도 않고 잠을 잤다. 원래 아내는 잠이 많았다. 신혼 초에는 시도 때도 없이 잠을 잤다. 그러나 그가 술을 마시고 늦게 귀가하면서 혼자 주호를 보살피느라 아내는 거의 잠을 자지 못하는 것 같았다.

잠깐 의자에서 졸던 그는 아내의 잠 깨는 소리에 눈을 떴다. 잠을 깬 주호는 그를 보고 누워서 반갑게 두 손을 흔들었다. 그는 주호를 두 손으로 꼭 껴안고 등을 다독거리면서 주호의 머리에 코를 묻었다.

아내는 주호의 밥을 같이 먹었다. 아내는 그에게 이제 괜찮으니 출근하라고 했다. 그가 회사를 오늘 그만둘 것이라 하자, 아내는 그를 한번 쳐다보더니 아무 말 없이 주호의 입에 밥을 떠 넣었다. 주호는 아내와 그를 번갈아 보면서 생글생글 웃었다.

"엄마, 아빠하고 있으니까 참 좋지?"

주호의 물음에 아내는 아무 대답도 없이 밥을 국물에 적셨다.

"아빠, 아빠는 밥 안 먹어?"

"응, 조금 이따가. 많이 먹어."

주호는 아내가 떠 주는 밥을 받아 먹으면서 그를 빤히 쳐다보았다. 그는 주호의 해맑고 초롱초롱한 눈을 보면서, 그 동안 자신이 주호에게 얼마나 불성실하고 나쁜 아빠였는지를 절감했다. 아내는 주호를 쳐다보면서, 그에게 밥을 먹고 오라고 했다. 그는 아내를 물끄러미 쳐다보았다. 어제 보았던 것보다 아내는 얼굴이 몰라보게 바스러져 있었다. 그는 가슴이 저려옴을 느끼면서 병실을 나왔다. 병원 앞에 마련된 벤치에 앉아 커피를 마시면서 담배를 피웠다. 아내와 만난 지난 20여 년의 일들이 생생히 되살아났다.

밤 새워 소설을 쓰던 그, 도서관에 앉아 영어 원서를 읽던 아내, 라일락꽃 활짝 핀 밤 교정을 거닐면서 도란도란 이야기를 나누던 그와 아내, 경춘선을 타고 가면서 그의 어깨에 살며시 머리를 기대던 아내, 결혼 기념물로 만년필을 선물하던 아내, 주호를 낳고 퉁퉁 부은 얼굴로 그를 그윽이 바라보던 아내, 글을 쓰는 그의 서재에 아장아장 걸어 들어와 꽂혀 있는 책을 마구 끄집어내는 주호.

그는 그 이후부터를 생각하고 싶지 않았다. 그는 눈시울이 붉어졌다. 행복했던 그 시절로 돌아갈 수 있다면, 다시는 아내와 주호를 가슴아프게 하지 않을 텐데. 다시는 허망한 삶을 살아가지 않을 텐데. 그는 고개를 들어 가을 하늘을 쳐다보았다. 이제, 지난 시간에 대한 후회와 아쉬움을 접고, 뭔가 새롭게 삶을 살아보고 싶었다. 그러나 난감했다. 소설을 어떻게 쓸 것인지 까마득했고, 또 아내와의 관계도 암담했다.

의사는 주호가 많이 좋아졌다고 했다. 주호는 병상에 가만히 누워 그에게 유치원과 친구와 장난감 등에 대해 쉴새없이 재잘거렸다. 점심때쯤, 장모가 오자 아내가 그를 잠깐 보자고 했다. 아내는 가을 햇살이 따사롭게 비치는 병원 앞 벤치에 앉았다. 아내는 붉게 물든 단풍나무를 한참 쳐다보면서 뭔가를 골똘히 생각하더니 이윽고 단호한 표정을 지었다.

"어제, 어머니가 제게 주호를 생각해서라도 당신과 재결합하라 하시더군요. 그래요, 주호를 생각하면 아빠가 필요해요. 당신과 별거하는 이 년 동안 주호가 제게 아빠는 어디 갔냐고 물었어요. 제가 그랬죠. 아빠는 바빠 회사에서 먹고 잔다고……. 혹시나 당신이 소설을 다시 쓰겠다고 말하면서 아파트 문을 열고 들어오기를 기다렸어요. 전화도 기다렸어요. 그러면서 제게 물었죠. 아직도 그 사람에 대해 미련이 남았냐고. 그래요. 미련이 너무도 많았어요. 당신과 보낸 지난 시절이 그렇게 아쉬웠어요. 주호를 재우고 가끔 밤이면 사진첩을 들쳤어요. 당신과 만난, 길다면 긴 이십 년이라는 세월의 기억들이 그 속에 알알이 박혀 있었어요. 당신과 내가 젊었을 때의 기억을 떠올리면서 당신을 이해하려고 했어요. 그래요. 이해했어요. 당신은 어떤 일에 빠지면 그 일에 끝장을 보는 사람이란 것을 새삼 떠올렸죠. 그때 당신이 출판사에 취직한다 했을 때에 제가 말렸어야 했어요. 당신은 출판사에 가면 출판사 일에 미칠 거고, 그러다 보면 소설을 못 쓰게 되는 거죠. 당신 성격상 한 가지라도 대충대충 넘어가지 않을 것이고, 결국 아무것도 이루지 못할 것이라는 것을 당신과 헤어진 다음에야 깨달았어요. 그걸 알았을 때, 그 동안 제가 당신을 위한다고 한 일들이 진정으로 당신을 위한 것이 아니었다는 걸 또 깨달았어요. 그래서 당신이 돌아오기를 기다리면서 뜬눈으로 밤을 지샌 적이 많았어요. 당신이 돌아오면, 출판사를 그만두고 소설만을 쓰라고 말하려고 했어요. 그리고 제가 당신에게 소홀했다고 사과를 하고 싶었어요."

"미안해. 모든 걸 다시 시작하고 싶어. 소설을 쓰고 싶어."

"소설을 쓰세요. 당신이 뿌리를 내릴 곳은 소설이지 다른 곳이 아니에요. 오래 전에 제가 완행열차를 이야기했죠. 당신은 완행열차를 한 번 놓쳤어요. 그렇다고 실망하지 마세요. 완행열차는 아직 없어지지 않았어요. 그러니까 아직 늦은 것은 아니에요. 새 완행열차를 타세요. 먼저 떠나 보낸 열차에 미련을 두지 마세요. 대신 그 열차에 남겨 둔 아름답고 가슴아픈 추억들을 잊지 마세요. 그 추억과 새로운 완행열차에서의 추억을 글로 쓰면, 당신의 글은 이전보다 훨씬 성숙된 글이 되겠죠."

"고마워."

"아뇨, 제게 고마워할 필요 없어요. 제가 당신을 위해 한 일이 아무것도 없는 걸요. 주호가 아플 때 당신이 정말 필요했어요. 저 혼자서는 거의 미칠 지경이었어요. 어떻게 해야 될지를 몰라 울면서 주호를 안고 병원으로 달려왔어요. 병원에 와서도 바보처럼 갈팡질팡 했어요. 하도 속이 상해 복도에 주저앉아 울었어요……. 그때는 정말 당신이 절실하게 필요했어요."

"미안해. 나는 정말 몰랐어."

"그런데 주호가 고비를 넘기고 나자, 문득 그런 생각이 들었어요. 대학까지 나온 내가 혼자서는 이렇게도 바보처럼 일을 처리하지 못하는가 하는 생각이요……. 그래요. 저도 이제 제 인생을 살고 싶어요. 지금까지 당신에게 제 모든 것을 걸고 당신만을 바라보면서 살아온 인생이 너무나 바보 같다는 생각을 했어요. 당신이 무엇을 하던 제가 제 일을 했더라면, 당신과 제가 이렇게까지는 되지 않았을 거예요. 미안해요. 이제 제가 하고 싶은 일들을 하면서 살겠어요. 지난 십 년 동안 하고 싶었던 그 일들에 미쳐보고 싶어요……. 주호에게 좋은 어머니보다는 훌륭한 어머니가 되고 싶어요. 주호도 크면 저를 이해하겠죠."

"……."

"출판사를 그만두신다고요. 그럼 이제 예전처럼 밤을 새워 소설을 쓰겠네요. 책이 나오면 사서 읽어 볼 게요……. 당신과 보낸 제 젊은 시절을 소중한 추억으로 간직하고 싶어요."

아내는 쓸쓸하게 웃으면서 그에게 악수를 청했다. 고개를 숙이고 병원으로 들어가는 아내의 허전한 뒷모습을 바라보면서 그는 뛰어 달려가 아내를 붙잡고 용서를 빌고 싶었다. 그러나 자신이 그러기에는 아내에게 너무도 큰 상처를 주었다고 생각하면서 아내가 앉았던 자리를 아프게 바라보았다.

굴뚝새 소리가 또 들렸다. 그는 저 굴뚝새처럼, 지금까지 자신이 있어야 할 곳에 있지 않고 엉뚱한 곳에서 세월을 보냈다고 생각했다. 이제 다시 산으로 올라가야겠지만, 그 산은 모든 것이 변해 있을지도 몰랐다. 그는 모든 것이 새롭게 변한 산에 적응하면서 살아야 할 것이다. 그러나 다시는 혹독한 겨울 추위를 피해서 산을 떠나지 않을 것이다. 떠나지 않을 뿐더러, 놓쳐 버린 완행열차를 붙잡기 위해 밤낮으로 미친 듯이 글을 쓰고 싶었다. 그 글 속에, 꿈결처럼 스쳐 가버린 젊은 날의 가슴 설레이던 사랑과 가슴 시린 아픔의 무늬들을 오래오래 되새겨 넣고 싶었다.

과수원이 어둑어둑해졌다. 아무래도 그녀와 전씨가 늦을 것 같았다. 마냥 기다리기도 뭐하고 해서, 오늘 밤은 정선에서 자고 내일 아침 일찍 다시 과수원에 오기로 했다. 자동차 문을 열고 시동을 걸었다. 며칠 전 그녀가 깨끗하게 닦아서 그런지 전조등의 불빛이 한층 밝았다. 어둠을 헤치고 가는 그의 자동차 소리 뒤로 굴뚝새의 울음소리가 고요한 아우라지의 밤하늘을 외롭게 적시고 있었다.

은지는 컴컴해져서야 과수원으로 돌아왔다. 종일 밖에 나가 있어서 그런지 몸은 천근만근이었다. 열은 어제보다 조금 내린 것 같았지만, 한기가 들기는 마찬가지였다. 그녀는 온 집안의 불을 밝히고 거실에 앉아 주위를 찬찬히 둘러보았다. 책장이 보였다. 대부분 영철이가 사다 준 책들이었다. 책을 한 권 꺼내 그것을 그녀의 가슴에 품었다. 그의 체온이 전해지는 듯했다. 그녀는 그를 만나면 하고 싶은 말이 있었다. 다시 이 한 많은 세상에 태어난다 하더라도 그만 있으면 행복하겠노라고. 절대로 자신을 두고 먼저 떠나지 말라고.

책을 도로 책장에 꽂고 그녀는 방 안으로 들어갔다. 내일 떠날 채비를 간단히 했다. 가방에 버스표 한 장과 지갑만을 넣었다. 이십 년 동안 그녀의 손때가 묻은 모든 것들을 제자리에 두고 그녀는 떠나기로 했다. 수많은 상처를 입었지만, 따뜻한 사랑을 베풀어 준 고마운 사람들과 그 사람들의 사랑 속에서 희망을 버리지 않고 살았던 사람들의 흔적을 오래오래 남기고 싶어서였다.

그녀는 눈을 감고 잠을 청했다. 이제 모든 것을 용서하고 싶었다. 그녀의 작은 꿈과 소박한 희망을 빼앗아가고 그녀에게 지울 수 없는 상처를 입힌 미친 세월의 바람도, 사랑하는 사람들을 모두 그녀 곁에서 데리고 간 광기어린 폭력도 모두 피할 수 없는 자신의 운명으로 받아들이기로 했다.

내일, 바다에서 어머니를 만나면 그녀는 어머니에게 묻고 싶었다. 어머니, 차가운 땅 속에 묻힌 아버지와 해후를 하셨나요. 어머니 살아 생전에 늘 넋두리처럼 말씀하셨듯이, 그날 아버지께 투정을 부린 것에 대해 무릎 꿇고 용서를 비셨나요. 아버지가 마냥 인자하게 웃으시죠. 그리고 시체조차 찾지 못한 남동생의 원혼과도 만나 모자간의 못다 이룬 정을 나누셨나요. 어머니, 이제 가슴속에 맺힌 한을 풀어 버리세요. 이곳에서 내색은 하지 않았지만, 그토록 가고 싶어하던 고향 바다에 가셨잖아요. 그러니 어머니, 이승에서의 짧은 삶을 한바탕 불어닥친 광풍에 잠깐 휩쓸린 것이라고 생각하세요.

아우라지에서 피어 오른 아침 물안개가 과수원을 뿌옇게 뒤덮고 있었다. 아무도 없는 과수원에는, 아침이면 늘 지저귀던 굴뚝새의 울음소리도 들려오지 않았다.

■ 작가 후기

오래 전 스승께서, 교정에 있는 은행나무를 보고 저것이 무엇이냐고 물었다. 모두들 은행나무라 했다. 스승은 은행나무를 두고 동구 밖 느티나무라 했다. 나는 이제야 스승의 그 말을 이해할 수 있을 것 같다. 사물 하나를 보더라도 그 사물에 관련된 이야기를 먼저 떠올리는 사람이야말로 소설을 쓸 수 있다는 의미를. 나는 지금까지 은행나무를 보고 동구 밖 느티나무에 대한 이야기를 쓴 소설을 분석하고 비평하는 일을 해왔다. 부끄럽게 이제, 나도 단풍나무를 보고 지울 수 없는, 지워지지 않는 내 젊은 날의 기억을 이야기하는 소설을 썼다.

살아가는 것이 허망할 때, 정선을 거쳐 동해바다로 자주 가곤 했다. 그 길에 오를 때마다, 젊은 날의 지울 수 없는 상흔과 가슴 아픈 사랑의 기억이 의식의 장벽을 뚫고 솟구치면서 내 무딘 감성을 아프게 자극했다. 그 자극은 오래 전부터 내 속에서 꿈틀거리던 소설에 대한 내 욕망을 더 이상 억제하지 못하게 만들었다.

문학을 전공한 지 20년 만에 처음으로 세상에 내놓는 소설이다. 무척 힘들고 괴로운 시간이었다. 아이를 낳는 임산부의 고통을 이제야 겨우 조금 알 것 같다. 소설평론을 하면서 늘 생각했던 것은 나도 이런 소설을 한 번 써보고 싶다는 것이었다. 그런 생각은 아마도 문학청년 시절에 이루지 못한 작가에 대한 꿈이 아직도 내 기억 속에 미진하게나마 남아 있었기 때문일 것이다.

'첫'이라는 글자는 항상 새로운 출발이라는 의미를 지닌다. 보잘것 없는 첫 소설을 발표하면서 그 단어를 되새겨본다. 새로움이라는 이름으로 내 소설의 허술함을 감추고 싶지는 않다. 그렇지만 항상 '첫'이라는 단어를 떠 올리면서 삶과 인생과 사회와 역사에 대해 이야기 해보고 싶은 마음은 간절하다.

2000년 10월에